辛德
瑞拉
01

穿过光年爱上你

Chuanguo Guangnian Aishang Ni

扣子依依 / 著

百花洲文艺出版社
BAIHUAZHOU LITERATURE AND ART PRESS

图书在版编目（CIP）数据

穿过光年爱上你 / 扣子依依著. — 南昌：百花洲文艺出版社, 2017.9

ISBN 978-7-5500-2433-5

Ⅰ.①穿… Ⅱ.①扣… Ⅲ.①长篇小说－中国－当代 Ⅳ.①I247.5

中国版本图书馆CIP数据核字(2017)第215692号

出 版 者　百花洲文艺出版社
社　　址　江西省南昌市红谷滩世贸路898号博能中心A座20楼　邮编：330038
电　　话　0791-86895108（发行热线）　0791-86894790（编辑热线）
网　　址　http://www.bhzwy.com
E-mail　bhzwy0791@163.com

书　　名　穿过光年爱上你
作　　者　扣子依依
出 版 人　姚雪雪
责任编辑　李梦琦　　李　瑶
特约编辑　廖晓霞
装帧设计　Insect
封面绘制　cain酱
经　　销　全国新华书店
印　　刷　长沙鸿发印务实业有限公司（长沙黄花工业园三号　邮编410137）
开　　本　880mm×1230mm　1/32
印　　张　9.5
字　　数　256千字
版　　次　2017年11月第1版
印　　次　2017年11月第1次印刷
书　　号　ISBN 978-7-5500-2433-5
定　　价　32.80元

赣版权登字：05-2017-377

目录

contents

Chuanguo Guangnian

Aishang Ni

目录

contents

Chuangwo Guangnian

Aishang Ni

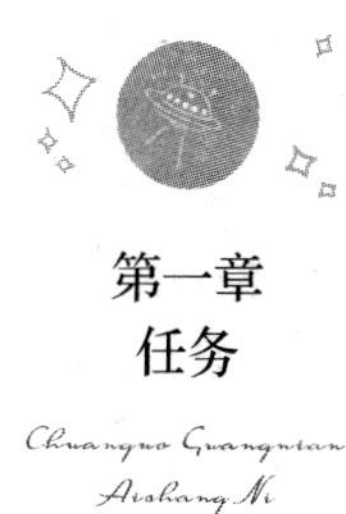

第一章
任务

Chuangyue Guangnian
Aishang Ni

在浩瀚无边的宇宙洪荒当中，拥有生命的星球数量异常繁多。有很多星球上的生命发展出完整且成体系的文明。随着这些文明星球的进一步发展，朝着更广阔的宇宙探索就成了他们的目标，紧接着，侵略、吞噬和星际战争就发生了。

当然，也不是所有的高等文明都对战争和侵略有兴趣，在距离银河系几十亿光年的一个星系当中，有一颗拥有超高等文明的智慧星球，由于其独特的特质，该星球已经连续被宇宙星球协会评为“最奇葩星球”三百多次。

为什么是最奇葩呢？因为，虽然该星球的文明高度发达，具有侵略全宇宙95%以上星球的军事能力，可是这个星球上超过85%的居民最大的爱好都是玩网游，对于攻打别的星球一点兴趣也没有。

对于拥有最好的资源却只顾着玩网游这件事，其他星球都对该星球居民的玩物丧志唾弃不已，但该星球的居民却一点都不在乎，还自豪地给他们的星球起了个好听的名字——就知道玩儿星。

由于文明的高度发展，该星球的大部分工作都能够由人工智能完成，所以，这个星球居民们每天的生活基本上就是：吃饭，睡觉，玩网游。

目前，在该星球上有一款最火爆的真人宇宙级网游——《冒险吧宇宙》。

所谓“真人网游”，便是超越了全息网游范畴的，让用户身临其境参与的实境游戏。而《冒险吧宇宙》这款游戏的场景设定在全宇宙，因此，参与这款游戏的玩家为了完成任务，常常要在全宇宙的范围内奔波。

其实这样的宇宙级网游在该星球上并不罕见，那为什么《冒险吧宇宙》如此受欢迎呢？那是因为游戏公司给出的奖励丰厚。财大气粗的游戏公司规定：在游戏里达到满级后，公司便会赠送满级玩家一个超级大礼包，礼包的内容是三十万星球币再加免费宇宙旅行三十年。

在这三十年当中，玩家想去哪儿玩就去哪儿玩，期间的所有消费都由公司承担。

这一规定出台后，该游戏的服务器当天就差点被挤爆。

但很快，大家就发现想要达到满级并不是一件容易的事，先不提每天必做的繁杂任务了，很多玩家都是玩到99级时就卡住了，因为99级的最后一个终极任务实在是太变态。

有人抽到的任务是搜集一千种外星植物，有人抽到的任务是不借助语言学习器掌握66种外星语言。众玩家纷纷向游戏公司抗议，游戏公司迫于压力，终于将终极任务的难度下调了一些，即使这样，能够完成终极任务的人还是很少。

但少并不等于没有，看着那些千辛万苦达到满级后，免费宇宙旅行的玩家发回的视频，众玩家都是心痒难耐，所以目前，《冒险吧宇宙》还是非常火爆。

妲芷奈就是其中的一个玩家。

妲芷奈是一位正值青春年华的“就知道玩儿星”的女性，换算成地球人年龄的话，她现在大约二十二岁，是一个资深玩家，已经在很多网游中取得了满级。如今，《冒险吧宇宙》这个游戏中她也达到了99级，只差一级，她就能满级啦！

这天傍晚，妲芷奈在窗外四个月亮的月光沐浴下，激动地按下了那个“终极任务抽取”的按钮。

随着眼前的进度条一步步走到顶端，她的终极任务出现了——

【妲芷奈】的终极任务：恋爱敢不敢！

【任务位置】：银河系猎户座太阳系地球亚洲。

【任务目标】：与一名随机抽取的地球适婚男性人类恋爱并结婚。

【任务人物】：聂壕，男，二十七岁（地球年龄），身高189厘米（地球计量标准），企业家，地球网络别称“霸道总裁”。

【任务辅助工具】：语言学习器（免费）、环境适应器（免费），其余工具可在商城内购买。请注意，除非生命受到威胁不可使用武器。

【任务限制】：不可改变该游戏星球的文明发展程度。

妲芷奈一看到这个任务，顿时就头大得想撞墙。因为按照地球人的话来说，她是一只活了二十二岁的单身狗呀！从来就没谈过恋爱的她，竟然要和外星人谈恋爱，她感觉压力很大。

思考片刻后，妲芷奈按下了旁边的帮助按钮，系统冰冷的声音直接通过脑电波传入她的大脑：

系统：[您好，请问您有什么需要帮助的吗？]

妲芷奈：[您好系统，我已经99级了，刚刚抽完了终极任务，这个任务实在有点强人所难，你能不能给我换个任务？]

系统：[抱歉，终极任务一旦抽取就不能更换。如果您实在不喜欢这个任务，建议您新练一个号重新玩。]

妲芷奈：[什么！我练到99级用了一年，你让我重新练，你觉得可能吗！]

系统：[您如果不想重新练，那就尽全力完成这个任务吧。负责任地说，您这个任务在众多玩家中算难度系数比较低的了，您应该感到很幸运才对。]

妲芷奈：[可是我不想和外星人谈恋爱啊……]

系统：[您知足吧，好歹这个“地球”上的居民和我们在外貌上有98%的相似度，偷偷告诉您，您前面那个玩家抽到的任务是和虫族女王谈恋爱，您要和他换吗？]

妲芷奈咬着手指思考良久，终于妥协了：[我还是选择地球吧。]

系统：[乖，看在您这么懂事的份儿上，临走前，送您一次抽奖机会。]

接着，画面上浮现出一个抽奖按钮。

妲芷奈没抱什么希望，众所周知，这种抽奖一般都不会中的，谁知当她按下按钮后，眼前忽然闪现出巨大的彩色横幅：

“恭喜您，中了特等奖！”

“特……特等奖？”妲芷奈受宠若惊地点下那个领奖按钮，一秒钟后，她的游戏背包中多了一本名为《地球人恋爱攻略》的电子书。

系统没有感情的声音这时响起：[恭喜您，这本书是咱们星球的宇宙文明研究者多年精心总结出来的，据说看过这本书的人和地球人都恋爱成功了。]

“哇！太棒了！”妲芷奈刚刚的抑郁情绪一扫而光，激动地说，“我准备好了，现在就出发吧！早去早回呀！”

系统：[您可以将您的星球存款转换为地球货币，以供在地球上花费。请问您要转换多少？（玩儿星币和地球货币的汇率比为1比100）]

妲芷奈这些年也通过玩网游赚了不少钱，在用存款转换了几千万的地球货币后，她兴奋而自信地点下了那个“开始任务”的按钮。

家用智能机器人走上前来，将芝麻大小的传送器佩戴在妲芷奈的脚腕一侧，她忍不住激动地对系统说：[祝我成功吧，有了这本攻略书，我一定能很快完成任务的！]

[……祝您好运。]

系统在说完这句话后就沉默了，妲芷奈的视野也猛地暗下来，只剩下游戏系统界面还呈现在她眼前。

【系统通知】：

传送开始，在此期间请不要大范围活动。

正在向玩家客户端载入地球文明资料，请尽快阅读……

正在进行玩家的异星球适应程序，您可能会稍感不适，请略加忍耐……传送马上就要结束，您即将抵达任务地点：地球。（当地时

间：2016年X月24日12时49分）

传送结束，祝您好运，早日完成终极任务！

随着“嘀”的一声提示音落下，妲芷奈睁开双眼，双脚已经踩在了地球上。

准确来说，她此刻位于地球上一条繁华商业大街角落无人注意的小巷子里。

她打开游戏界面，系统赠送的环境适应器已经帮她适应了地球的重力与空气，她通过语言学习器快速学习了这片大陆上的主要语言，然后整理了一下衣冠，谨慎地从小巷子里走出去。

她很快就发现，系统给出的资料没错，这地球上的居民果真和就知道玩儿星上的人长得很像，妲芷奈走在路上，简直就和走在自己家楼下一样自然。

当然，前提是要忽略掉这里老旧的建筑与交通方式。

她打开3D地图，画面上出现一个忽闪忽灭的绿色光点，正是这次的任务目标，那个叫聂壕的地球男性人类。看地图，此人离她好像只有几百米的距离，并且正在一点点向她靠近，妲芷奈觉得机不可失，连忙打开那本珍贵的《地球人恋爱攻略》，翻看第一章：如何与喜欢的地球对象相识。

书上是这么写的：“据研究者研究认为，地球人普遍喜欢夸张而刺激的见面方式，请尽量给您喜欢的地球人留下深刻印象。”

下面还列举了一长串可以用来搭讪的好办法，妲芷奈从中挑了一个成功率最高的。眼看着地图上的光点一点点向她靠近，她不禁紧张地咬起了手指。

片刻后，游戏界面发出“嘀”的声响，提示她任务目标已经进入视线范围内。妲芷奈抬眸看去，只见一街之隔的对面，一个身材高大挺拔的男人正从口袋里掏出车钥匙，打开他的豪华跑车。

妲芷奈把指甲咬得咯咯响，好……好帅啊！这就是她的任务目标吗？妈呀，她简直太幸运了！还好她之前没有让系统给她换任务！

眼看着任务目标就要驾驶交通工具离去，她一个箭步冲到街对面，“哐当哐当”几拳砸在他的交通工具上。

跑车的车前盖被妲芷奈砸得咚咚作响，果不其然，任务目标聂壕立刻就从车里下来了，旁边几个保安见情况不对，围过来问他：“聂总，要帮忙吗？”

“不用。”聂壕摇摇手，气场逼人地看向面前打扮怪异的女子，“女士，您用拳头砸我的车是有什么事吗？”

哈哈，他找我说话了！一定是我亲切又夸张的打招呼方式给他留下了好印象！

妲芷奈心底一阵窃喜，清了清嗓子，缓缓走上去踮起脚，抬手捏住任务目标好看的下巴，勾起迷人的微笑，学着《地球人恋爱攻略》里教授的语气说：“男人，你成功引起了我的注意。”

聂壕：“……”

……这女人怎么好像抢了自己台词?

身为一个多金英俊年轻有为的霸道总裁，这些年来，聂壕遇见过无数个为了金钱试图接近他的女人，但像今天这个这样搭讪的，他还真是第一次见。

应该是她成功引起了他的注意才对吧?

他勾唇一笑，气场全开，细细打量面前这个主动勾引自己的女人，虽然穿得有点奇怪，但长得还是不错的。对于漂亮妹子，聂壕一向是来者不拒，顺手就从口袋里掏出一张名片递给她，说：“我赶着去开会，这是我的号码，回头再联系。”说着，就坐进自己的豪华跑车里扬长而去。

听到他这么说，原本还有点小紧张的妲芷奈不禁激动地捏住了名片，在心底咆哮：哈哈哈哈哈哈，《地球人恋爱攻略》真是一本神书！果然让她成功认识了任务目标！这么看来他们结婚应该是分分钟的事情啊！

不过……她看了一眼名片上的手机号码，想起自己还没有地球人的手机呀！

妲芷奈连忙打开游戏搜索引擎，搜索最近的手机购买地点，买了一部最新款的智能手机，很快就学会了地球手机的具体使用方式。

妲芷奈通过聂壕的手机号搜到了他的聊天账号，发送了“好友请求”，验证信息写的是：“我是那个被你吸引了注意力的超级大美女。”

《恋爱攻略》第一章里说了，要适当地对目标对象夸耀自己的长处，这样会赢得对方的青睐。

果不其然，片刻后，聂壕就通过了好友验证，给她发来一句话：“超级大美女，你叫什么名字？”

名字！哎呀，对了，她的名字在地球上应该显得很异类吧，从现在起她得起个地球名字才行。妲芷奈打开搜索引擎，搜索“地球上最好听的女生名字”。

片刻后，她给聂壕回复道：“我的名字是：雪翩跹·艾莎妮·冰·维妖娆暮拉·枫咏香·欧翩跹。”

正在开车的聂壕收到消息，低头看了眼手机，手一抖，差点没把跑车开到沟里去。

我去，这名字是什么鬼啊？

聂壕：“我问你真正的名字，你不用这么幽默……”

幽默？我哪里幽默了？妲芷奈正奇怪，系统冰冷的声音忽然提示道：“您刚刚的名字虽然很美，但普通地球人在生活中是不会用到这么长的名字的，建议您使用‘欧翩跹’就很好。否则可能会引起目标人物的警觉，您可能会因此被送进地球的精神病院。”

哈？这么严重啊？妲芷奈连忙重新发消息过去，还特意用上了地球常用的语气助词来活跃气氛：“呵呵，跟你开个玩笑。我的真名是欧翩跹，我知道你叫聂壕，是有名的企业家，厉害哦！呵呵呵呵。”

呵呵呵呵……

看到这四个字，聂壕差点又把车开到沟里去了。他无奈扶额，自己是喜欢漂亮蠢货没错，因为她们赏心悦目又好控制，可是这回这个未免太蠢了一点吧！他觉得再跟她聊下去他肯定得出车祸，便说：“先不说了，我开车呢。”

欧翩跹：“好的，慢点飞。”

飞？我还放飞自我呢！聂壕翻了个白眼，把手机扔到旁边，决定不再理会这个女人的蠢言蠢语。漂亮女人还有很多，这个太蠢了，还是算了吧。

此时已经取名叫欧翩跹的女人并不知道聂壕此刻已经把她丢进了弃置箱，她很兴奋，因为按照《地球人恋爱攻略》的说法，她已经成功完成了第一步“与喜欢的地球对象相识并给对方留下好印象”！

但系统却在这个时候提醒她：[友情提示，地球的文明非常复杂深奥，强烈建议您现在就将发给您的地球文明资料阅读一遍，这样才能更像个正常的地球人。]

欧翩跹打开资料一看，简直吓了一跳，这些资料竟然有好几万页！就算他们玩儿星人的智商在全宇宙里算高的，但短时间看完这些也太夸张了。

系统又善意地提醒：[游戏商城内新推出了一款地球文明学习器3.0，可以帮助玩家快速学习文明资料，加快任务完成速度，您需要购买吗？现在打折，只需9.999万玩儿星币哦。]

欧翩跹：[哈！怎么那么贵！]

系统：[地球文明学习器3.0囊括了所有地球有用知识，因此比较昂贵，但是物有所值呢，你考虑下要不要买？]

欧翩跹：[坑爹的游戏，就知道收钱！我才不买呢，我可是有攻略在手的人，有了这本书，我一定可以轻而易举地拿下聂壕的，你给我退下！]

系统：[哦。]

欧翩跹鄙视地看了眼商城里的收费道具，她可是资深玩家了，一般非必要的东西不用买，都可以顺利完成任务。只不过是一个小小的地球文明而已，她觉得靠自己慢慢摸索就能掌握啦。

于是，她决定立刻开展攻略第二章的内容：如何提升自己，赢得地球对象的好感？

书中的第一步是这么写的：“地球人和就知道玩儿星人除了有着98%以上的相似外表之外，在性格、内心追求方面也大同小异。和玩儿星人一样，地球人喜欢有实力、能养活家庭的恋人，因此越多金越好。遇到喜欢的地球人，一定要尽全力向对方展示你的金钱实力。”

展示金钱实力，这个好办！

欧翩跹快速地通过游戏系统的接收器取了一大袋地球现金出来，然后直奔地图上离她最近的奢侈品商城而去。

这天是工作日，奢侈品店里的顾客并不多。几个打扮高雅端庄的导购看到一个穿着奇装异服的女人扛着一个大布袋就闯进来，都有些不想接待。

但其中一个导购还是走上去问："您好女士，有什么我能帮到您的吗？"

"有！"欧翩跹将一大布袋子钞票全都撒在了店里的桌子上，认真地看向导购小姐，"我需要你把我打扮成一个富婆，看上去越富越好的那种。"

几个导购盯着那些钞票看了一会儿，立刻行动起来，殷勤地将欧翩跹包围起来，又是端茶递水又是给她试衣服。

半小时后，欧翩跹穿着一身粉红色的貂皮连衣裙，提着鳄鱼皮背包，戴着镶钻手表跨出了店门。

导购小姐还在门口殷切嘱咐她："我诚恳地建议您，再去对面金店买一条金链子，越粗越好，挂在脖子上，更能体现您富婆的'优雅'特质。"

欧翩跹感激地说："谢谢！你真是一个好人！"

购置了粗金链子后，欧翩跹又按照《攻略》里的指示，打算去购买一处房产。游戏系统刚刚已经按照"欧翩跹"的名字帮她生成了地球上的合法身份，因此购买房产并不成问题。

她决定把房子买在离聂壕近一点的地方，方便制造浪漫的偶遇机会。于是，她在网络上找到聂壕常住的那间别墅的房地产商，说要全款买别墅，对方立刻派了一名经理过来。

经理驱车带她来到别墅区，向她介绍其中一幢别墅，说："房子上下两层，都是精装修带全套家具的，可以立刻入住。现在全款购买的话，还附送一整年的花园免费修理哦。"

欧翩跹绕着别墅打量了一圈，发现从这里到聂壕家只有几十米的距离，站在二楼还能看见他家阳台，便点点头说："挺不错的，多少钱啊？”

经理看她年纪实在太小，不像能一次付清的样子，便试探地说：“全款的话是一千九百万，如果您想分期的话——”

“真便宜啊，买了！”

“真……真便宜……”辛苦工作一年也买不起别墅的一个厕所的经理不禁痛苦地捂住胸口，他被深深地伤害到了。

“现在给钱吗？”欧翩跹把扛在背上的布袋子递给经理，“这些不够，你先拿着，我再去取。”

经理再度痛苦地捂住了心口，敢情她刚刚就扛着钞票走了一路吗？现在的土豪都这么奔放了吗？

“咳咳……数额巨大，还请您随我去一趟公司办理购房手续。”

于是，一个小时后，欧翩跹成功在地球上拥有了一套房产。她又预订了一辆车，借助游戏商城的汽车学习器，很快学会了地球汽车的驾驶。

等一切手续办完后，天也差不多黑了，想必聂壕的会也开完了，于是她给他发消息：“晚上有空吗？一起吃个饭吧帅哥，嘿嘿嘿。”

收到消息的聂壕正在找妹子陪他吃晚饭，奈何今天特别不凑巧，通讯录里的妹子全都有事来不了，只有欧翩跹一个人是可约状态。

他无奈地叹一口气，罢了罢了，看在她长得还挺漂亮的份儿上，今晚就她吧。

于是，他给她发了个餐厅坐标，说：“七点这里见。”

“好的，呵呵呵呵。”

聂壕：“……”

七点钟，聂壕准时驱车来到了那家他经常去的餐厅，靠窗最好的位置是店里长期为他预留的。

他坐下后，给欧翩跹发消息：“我到了。”

“我也马上到，正在等电梯，稍等一下，呵呵呵。”

聂壕收起手机，在脑海里回想着这个叫欧翩跹的女人的样貌：雾霭迷蒙的大眼睛，白嫩的皮肤，巴掌大的小脸和纤细的长腿……唔，是他喜欢的款。

就是身上的衣服寒酸了一点，不过他对女人一向大方，只要她伺候得自己开心了，他不介意让她过上奢华的生活。

他正想着呢，餐厅门口忽然传来一阵嘈杂声，他顺着这声音抬头看去，下巴差点砸到桌子上。

他的第一感觉是一只火烈鸟走进餐厅里来了，这只火烈鸟脖子上还挂着一条足以闪瞎人眼的大金链子，看到他之后，火烈鸟立刻激动地朝他挥舞起戴着钻石手表的大翅膀说："哟！我们又见面了！"

"……"聂壕猛地从座位上站起来，拉过旁边目瞪口呆的服务生说了句，"我先撤了，你一定要帮我拦住她！"然后飞速从餐厅后门溜走了。

他本来以为这女人只是蠢一点而已，现在看来简直是脑子有问题！他竟然会想和一只火烈鸟吃饭！简直是脑残啊！

于是不过一眨眼的工夫，欧翩跹就发现刚刚还在座位上的任务目标不见了。

她走过去问站在那里的服务生："刚刚坐在这里的人呢？"

"聂总让我帮忙拦住……呃，不是，聂总有急事先走了。"

"走……走了？"欧翩跹挠挠脑袋，不解地低头去看自己的衣服，莫非是她的打扮看上去还不够富？

呜呜呜，不是吧，她的第二步计划竟然失败了？

她赶紧拿出手机给聂壕发消息试图补救，还用上了攻略里建议使用的夸赞对方的美称，道："你这个磨人的小妖精，怎么走了呢？是我哪里做得不对吗？你说啊，我可以改啊。"

小妖精你妹啊！已经坐进跑车里的聂壕差点把手机给扔了，他恶寒地打了个哆嗦，火速把这个叫欧翩跹的女人拉进了黑名单。

唉，颜控是病，要害死人啊！看来以后挑妹子的时候一定要谨慎，再遇到一个这样的，他三天都没办法正常吃饭了。

"奇怪了，他怎么不回复我……"欧翩跹又试着给聂壕发消息，可是消息却发不去了，她不由得惨叫，"啊啊啊！不会吧，他把我拉黑了！"

餐厅经理走上前来，礼貌地说道："女士，抱歉，周围有很多客人在用餐，还请麻烦您稍微注意一下音量。如果您不打算在这里用餐的话……”

“用餐？”欧翩跹的眼睛一亮，要知道，在就知道玩儿星上，他们的饮食早已通过高科技浓缩成了胶囊，每五天吃一颗就能维持身体健康运转，虽然也有正常食材贩卖，可她是个游戏宅懒得自己做饭，因此已经很久没有正常吃过东西了。

她扭头朝四周的餐桌上看了看，惊讶地发现地球的食物好像做得很不错。她用力吸了吸四周散发的香气，对经理说：“我要在这里吃饭，麻烦把菜单给我。”

唉，虽然攻略聂壕的计划暂时失败了，可是饭还是要吃的呀！

服务生很快送上了菜单，欧翩跹看着宣传图片，觉得每个都很好吃的样子，只好转身问服务生：“聂壕经常在这里吃饭吧，他平常最爱吃哪些菜？”

服务生礼貌地说：“抱歉，这个属于客人的隐私，我们不能透露给您。”

欧翩跹从鳄鱼皮背包里抽出一沓厚厚的钞票塞到他手里，扑闪着大眼睛说：“真的不能透露吗？”

服务生被闪得心脏一阵乱蹦，红着脸给她指了几个菜，说：“主要是这些。”

“嗯，那我就试试他爱吃的菜。”欧翩跹下了单，攻略里说了，为了追求到喜欢的地球人，了解他的兴趣爱好和吃饭口味也是很重要的。

“好的，请您稍等。”服务生拿着菜单离开了，片刻后，一道道精致的美食被端上了欧翩跹的餐桌。

“哇——”她端起一盘蚝汁鲍鱼，像看稀世宝物一样打量着它，“好香！你们地球人的烹饪技术好高超啊！”

服务生僵硬地扭头看向旁边的经理，小声说：“难怪刚刚聂总让我拦着她，原来是个神经病。”

经理也叹气说：“这么漂亮的脸，真是可惜了呀。”

欧翩跹将桌上的饭菜一扫而光，最后饱得动也动不了。她伸出小手，正要找人结账，发现旁边一桌的客人举着一张小卡片叫来了服务生，说："买单。"

欧翩跹"咦"了一声，用脑电波问游戏系统：[地球人用来买单的那个小卡片是什么？]

系统：[那是一张银行卡，是地球人主要的消费工具之一。除此之外，地球人还常用信用卡、手机付款等方式进行交易，比现金交易更为方便快捷。]

欧翩跹：[你这个坑爹的系统，为什么不早告诉我这些！害我背着几百万钞票买房、买车！我现在明白他们为什么用诡异的眼神看着我了！]

系统：[你又没问我，怪我咯？再说地球文明资料早就下载在你的客户端了，是你自己不看。]

欧翩跹：[资料有几万页呢我哪里看得完啦！快点给我一张银行卡啦！]

系统：[稍等，生成中。]

几秒钟之后，欧翩跹的脑海里响起"嘀"的一声，她朝包包一摸，她的球状接收器里吐出了一张崭新的地球银行卡。

欧翩跹欢快地用她的卡片结了账，又给餐厅经理塞了一沓厚厚的小费，问："聂壕是不是经常来你们这里吃饭啊？"

"呃，确实偶尔会来……"

"哈哈，这是我的手机号，下次他来吃饭，你一定要打电话通知我啊！"

经理看看手里的钞票，挣扎了一下，最后还是拜倒在了万恶的金钱实力下，小声地说道："好吧，不过，到时您可千万别告诉他是我说的。"

"你放心，我会告诉他我们的偶遇是爱神给予的最好的安排。"

"……"

欧翩跹吃完饭打了个车回到她的地球新家，进门之后，她习惯性地瘫倒在沙发上，等待家用智能机器人给她按摩，可是等了半天也没人过来给她服务。她这才想起自己现在身在他乡，这个偌大的别墅里只有一堆落后的家用电器。

欧翩跹无奈地问系统：[地球上就连家务专用机器人也没有吗？哪怕是最老旧的型号都可以呀！]

系统：[您可以花费金钱生成，但我个人不建议您这样做，万一被地球人类发现就糟糕了。]

欧翩跹开始在地球网络上搜索，问：[网上说可以请家政保姆做家务耶！]

系统：[可以是可以，不过按照您目前对地球的熟悉程度来说，我个人暂时不建议您请家政，万一被发现是外星人就糟糕了。]

欧翩跹只好暂时放弃了这个念头。为了赶快完成任务，她还是想办法让聂壕尽快喜欢上自己才对！于是她再次打开攻略，开始继续看第二章的内容。

上面说了：要多多和喜欢的对象制造浪漫偶遇，用自己各方面的魅力（金钱实力、外表实力、性格魅力等）打动对方。

欧翩跹觉得今天自己出现在餐厅时已经展示了足够的魅力，可为什么聂壕还是走了呢？一定是因为他们的相遇还不够浪漫的缘故，于是她接着往下看什么样的相遇最浪漫。

书上给出的其中一个答案是：英雄救美。

英雄救美！很有道理呀！一个人在危险的时候被另一个人救了，肯定会对她心存感激，说不定就以身相许了呢！聂壕就愿意跟她结婚了呢嘿嘿嘿！

欧翩跹精神大振，连忙跑到别墅二楼阳台上朝对面看去，不过很可惜，聂壕家的灯还暗着，他还没回来。

她从系统里调取他的资料仔细研究了一下，发现这个男人是一家大企业的老板，虽然在她的星球上那些资产并不算很多，但是按地球上的标准来看，他也算是多金英俊很受女人欢迎的完美男人一枚啦。

于是，她坐在阳台上等着聂壕回来。可是等到凌晨时分，他还是没回来。欧翩跹的身体机能已经由系统调整到和地球人一致，便打了个哈欠回屋睡觉去了。

她睡着后没多久，聂壕就回到了家，也简单洗漱了一下就休息了。

聂壕每天早晨都有慢跑的习惯，因此第二天早晨醒来后，他戴好运动腕表出门准备跑步，忽然发现隔壁那栋一直没卖出去的别墅上贴的“待售”标牌不见了。估计是卖出去了吧，也不知道住的是谁。聂壕没多想，开始绕着别墅区安逸的小路慢跑。

就在这时，睡醒起床的欧翩跹走到阳台，系统忽然发出了“嘀”的提示音，她的任务目标出现在视野里！正穿着运动衫跑步！

“啊啊啊，英雄救美！我该怎么做呢？”欧翩跹搓着手在屋子里转来转去，最后视线停留在了房间角落一条装修时用过的灰色麻绳上。哈哈，她想到办法了！

欧翩跹拿着麻绳快速出了门，按照游戏地图上计算出的聂壕的跑步线路，悄悄藏在他必经之路旁的大树后面，把那条麻绳的一头系在对面大树树根上，另一头抓在自己手里。

果不其然，五分钟后，聂壕健步跑了过来，说时迟那时快！欧翩跹看准他即将越过麻绳的一瞬间，猛地拉直了绳子！

于是，无辜的聂壕就这么被麻绳绊倒，整个人像脱缰的马一样朝地面扑了出去。

欧翩跹一个箭步冲上去，本来打算给他来个浪漫公主抱的，奈何她忘记了两人在体重上的明显差异，接住他健壮的身体之后竟然没撑住，“啪叽”一声砸在了地上，充当了聂壕的人肉垫背。

“唔……”欧翩跹捂住撞到地面的鼻子，感觉有什么热热的东西流出来了。不过，她顾不得这许多，连忙爬起来，将滚到旁边的聂壕抱在怀里，用自以为美丽的神情看向他问，“你没事吧？这么巧，竟然又遇见你了！”

聂壕定睛一看，只见昨天见过的那个女神经病正满脸滴血，对他露出邪恶的微笑。

“我靠！”聂壕一个鲤鱼打挺从她怀里跳了出来，朝后退了三步，警觉地问，“你怎么在这儿？你跟踪我？”

翩跹立刻摇摇头，认真地说：“怎么会，这是爱神给予我们的浪漫偶遇呀！连续两天都能碰到，我们一定很有缘分！”

有你妹啊！聂壕觉得不对劲，他刚刚怎么会突然摔倒？他低头一看，发现绊倒自己的是一条麻绳，麻绳的一端还拴在旁边大树上。他顿时就懂了，火大地问面前的女人：“你在树上绑绳子绊倒我？”

“什……什么呀！我不知道你在说什么，我只是看见你摔倒过来扶你而已啦。”欧翩跹一边说，一边装作若无其事地抬头看天。

还装！聂壕又气又恼，说：“这里是私人别墅区，你跟踪我到这里，我可以让保安抓你！不想被抓就赶紧离开！”

欧翩跹擦了擦鼻血，说：“可是我住在这里呀。”

“什么？”

欧翩跹露出灿烂的笑容，指了指不远处一栋别墅，说：“那就是我家！”

隔壁那幢别墅是被她买了？聂壕狐疑地说：“我不信。”

几分钟后，欧翩跹领着聂壕来到自己家门口，用钥匙打开了门，扭头对他笑道：“你看，这里真的是我家哦！咦，对面那栋别墅上面怎么标着‘聂宅’，哇，不会这么巧吧，我们是邻居？哈哈哈，我就说我们很有缘分嘛……哎，你别走啊，我话还没说完……”

聂壕黑着脸朝自己家走，事已至此谁还有心思听这个疯女人把话讲完！果然颜控是病啊，以后他一定不能看到妹子漂亮就把持不住了，这都招来什么神经病啊！故意拿绳子绊倒自己就算了，现在还住到他家隔壁，他还活不活了！

聂壕换好衣服，把跑车开出来，发现那个疯女人居然守在他家门口，他降下车窗对她说：“我警告你，别再骚扰我，不然我一定让你好看！”

欧翩跹挠挠头，不解地说：“我本来就很好看啊。”

“……”

聂壕翻着白眼开着跑车走了。

欧翩跹对着他的跑车屁股直叹气，她不明白，自己明明按照书上教的英雄救美了啊，他为什么一点都没有被感动，反而好像很讨厌自己的样子！

这可不是她想要的效果呀！

她只好再打开攻略，想看看是不是自己哪里做错了，忽然看到第二章下面有小字标注：“请注意，由于地球人类性格多样化的缘故，英雄救美这一招并不适用于所有地球人类，很多地球人类在被救之后，反而会对施救者表现出反感态度。本书研究者经过严密讨论后认为，这是因为这些地球人类拥有一种特有的性格特点，我们统称它为：傲娇。

那么，什么是傲娇呢？简单地用地球上的一句话解释就是：嘴上说不要，身体却很诚实。”

“啊！原来是这样啊！”欧翩跹一拍脑袋，“原来聂壕是傲娇型的男人，也就是说，他表现得越讨厌我，其实就是越喜欢我咯？”

系统：[……]

一想到聂壕现在可能已经喜欢上了自己，从未谈过恋爱的欧翩跹不禁捂住了脸，有点小害羞呢。

聂壕驱车来到公司，走进大厅之后总觉得身后泛凉，忍不住回头看了一次又一次，生怕那个女神经病又追上来了。

跟在他后面的经理沈炽皱眉问：“聂哥，你这是跳探戈呢？”

“……跳你妹的探戈。”聂壕朝他翻了个白眼，叮嘱一声，“这两天让保安多注意点，如果有可疑的女人试图闯进公司，一定要把她拦住。”

“哦，是什么样的可疑女人？”沈炽问，“难道又是哪个妹子舍不得对你放手，死缠烂打啦？”

由于聂壕多金又英俊，他泡过的妹子很多都会对他苦苦纠缠，但聂壕一直是片叶不沾身的主儿，对于玩过的女人从不回头，所以沈炽对于这样的情况并不感到奇怪。

谁想聂壕却一脸后怕地说：“不是，我遇到神经病了！”

“哈？究竟是怎么回事？”

“唉，一言难尽，反正最近你让保安注意点，别放陌生人进来。”聂壕说。

沈炽点头道：“你放心，进门要刷门卡的，闲杂人等进不来。”

想到有门禁，聂壕稍微安心了点，又问：“人事招聘怎么样了？”他的公司最近扩大了规模，很多岗位都需要新的人手。

“已经筛选得差不多了，人事经理问你下午有没有空，让你见见新员工？”

“好。”

沈炽一脸邀功地凑上去，笑着说：“对了聂哥，你上次那个秘书不是辞职了吗？我已经叮嘱过人事经理了，这回让他一定给你招个肤白胸大貌美的。”

聂壕笑道：“你想让我吃窝边草啊？”

“那有什么不可以。”沈炽说，“就算不吃，放在身边看着也很赏心悦目啊。”

“哈哈哈，还是你懂我。”聂壕拍了拍他肩膀，两人一起走进了公司会议室。

而就在同一时刻，欧翩跹也开着她刚刚从4S店取回的车，来到了聂壕的公司附近。

看着地图上属于聂壕的绿色光点正在距离自己不远的地方闪动，她就心痒难耐，真想赶紧让这个男人和自己结婚呀！等她拿到超级大礼包，那后半辈子都可以不用愁了呀！

她想先溜进他公司里观察一下情况，却被保安拦住了。

“请刷门禁卡。”

“门禁卡？”欧翩跹一脸不解。

保安立刻警觉起来，说：“公司里的人都有门禁卡，你没有卡，跑到这里来做什么？”

欧翩跹的脑海里突然传来系统的声音：[先撤退，有危险！]

“啊哈哈哈，我……我就是路过打个酱油！”欧翩跹飞快地从脑子里搜索出一句地球用语，转身迈开小细腿儿跑了。

保安：“……”

[系统系统，怎么办，我进不去聂壕的公司呀！能不能给我生成一个什么门禁卡？]欧翩跹钻回车里问。

系统：[可以是可以，不过我有更好的建议，想不想听？]

翩跹：[想想想！你快说！]

系统：[此条是收费建议，五百玩儿星币，是否确认付款？]

欧翩跹咬碎了一口银牙，一边嘟囔着“破游戏”，一边选择了“是”的按钮。

系统：[根据我刚刚对任务目标公司的调查结果分析来看，他的公司正在进行员工招聘。我可以帮你黑进他的公司系统，将你的资料加入员工档案，这样你不仅有了门禁卡，还成为了聂壕公司的员工，可以正大光明地接近他。]

欧翩跹：[好耶！这真是个好主意！那么赶紧黑进去吧！]

系统：[此功能额外收费五千玩儿星币，是否确认付款？]

“破游戏，就知道收费！”欧翩跹气得嗷嗷大叫，恨恨地选择了确认按钮。

系统的语气波澜不惊：[恭喜，您的资料已经加入聂壕的公司员工档案。您的身份是他的专属秘书，今天下午两点聂壕会和新员工见面，请把握机会。]

“太棒啦！”

下午时分，欧翩跹将自己好好打扮了一番，她穿了一条火红色的裙子，手上戴了好几个大钻戒，还把头发烫成了据说最近在地球上很流行的橙黄色。然后，她再次来到聂壕公司门口，保安看见一个火红的身影走过来，立刻联想到沈经理说的“奇怪的人”，连忙喊道：“站住，你是什么人啊？”

欧翩跹却扬着下巴，拿出门禁卡在门上一刷，踩着十厘米的高跟鞋歪歪扭扭地走进去了。

有门禁卡？呃，莫非是新招聘的员工？保安一头雾水，眼睁睁地看着她走进电梯。

而此刻，经理沈炽正把这次招聘的所有新员工聚集在会议室里，让聂壕给他们开个简单的新员工动员大会。

聂壕看着眼前一群崭新的面孔，对沈炽低声问：“不是说给我找个漂亮女秘书吗？是哪个？看着都一般啊。”

沈炽环视一圈，说："好像还没到！你等一下，我给她打个电话催催她！"

"嗯。"聂壕点点头，拿起桌上的运动饮料喝了一口。旁边的沈炽拨通员工通讯录上的电话，门外立刻传来一阵手机铃声："我有钱我有钱我最有钱！"

四周的员工们哄堂大笑，正想着谁用这么搞笑的铃声，会议室的大门就被欧翩跹猛地推开，她喘着气靠在门上说："不……不好意思，我迟到了！你们地球人的高跟鞋实在是太难走了！"

聂壕嘴里的运动饮料"噗"地喷了沈炽一脸。

"……是谁放她进来的！"

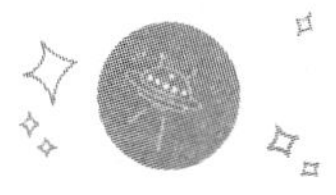

第二章
上班

Chuangguo Guangnian
Aishang Ni

沈炽面无表情地抹了把脸，看着聂壕一脸惊悚的表情，立刻就明白了，压低声音问聂壕：“这就是你说的那个跟踪你的神经病？”

“就是她！快把她给我赶出去！”聂壕吓得抓紧了手里的饮料。

身为聂壕手下的得力干将，沈炽只好硬着头皮接下这个任务，朝那个一头橙红色头发的怪异女子走过去，道：“女士，不好意思，这里是我们的办公场所，请您不要打扰我们可以吗？”

欧翩跹指着自己鼻子说：“可是我是你们这里的新员工哦！”

“……你说什么？”

“我说我是你们公司的新员工呀，是聂壕的私人秘书哦。”欧翩跹得意地说着，还娇羞地偷看了一眼躲在后面的聂壕。

嘿嘿嘿，看他那瑟瑟发抖的样子，一定是因为太喜欢我了所以激动得打战了吧！

“啥？”如果此刻沈炽嘴里有一口运动饮料，他肯定也喷出来了。他连忙拿出手机，翻看中午收到的新员工登记表，果不其然在私人秘书那里看到了“欧翩跹”的档案，档案上的照片里正是眼前这个诡异的女子。

这啥情况！他不是叮嘱过人事经理，私人秘书一定要招个肤白貌美胸大的给聂壕嘛！他怎么招了个神经病进来！

他强作镇定，轻咳一声对欧翩跹说："欧小姐，你稍等一下，我需要核实一下资料。"说完，拔腿就跑出了会议室。

"哦，好呀。"欧翩跹点点头，径直走到会议桌边挑了把空椅子坐下，攻略上说了：如果机会合适的话，就摆出自己最有魅力的一面朝喜欢的地球人类放电。

眼看聂壕就坐在和自己几米之隔的地方，欧翩跹觉得当下这个机会正合适呀！便从口袋里掏出一个小型防狼器，对着聂壕一边笑一边按下防狼器开关。

"滋滋滋！"防狼器的顶端冒出电光，看呆了所有的围观群众！

这女人干吗一脸邪恶微笑地看着他们老板，还用防狼器放电？

聂壕坐不住了，他想跑，不是他没勇气，实在是从来没遇到过这么奇葩的女人！她这动作是什么意思，要拿防狼器电自己吗？！

这时系统终于忍不住出声了：[能请问一下您现在在干什么吗？]

欧翩跹：[我在放电呀！对聂壕放电！]

系统：[……电不是这么放的，我说了几遍了，地球文明资料早就下载到您的客户端了，您能不能先好好看一眼啊！]

咦？她搞错了吗？亏她刚刚还特意买了个防狼器呢。欧翩跹吐了吐舌头，连忙把防狼器收了起来，对惊呆了的围观群众露出笑容道："嘿嘿，这么多地球人，很高兴见到大家呀。"

所有人动作一致地转过脸去。

就在这时，去咨询人事经理的沈经理跑了回来，聂壕连忙把他拉到身边问："问了没，怎么回事啊！"

沈炽一脸无奈道："人事经理说私人秘书不是他招的，但是当时给的要求确实是肤白胸大貌美。"

聂壕指着欧翩跹，小声地说道："那怎么给我招了这么个女的进来啊！"

沈炽生无可恋道："人事经理说，呃……虽然打扮得怪了点，从照片上来看她是肤白胸大貌美没错啊。"

"可她是个神经病啊！我在你们眼里难道已经饥渴到只要是肤白

胸大貌美就可以的程度吗！”聂壕抓狂，“我不管，这女的我不要，我都要被她吓死了！把她给我辞退了！”

沈炽擦擦汗，说：“这样的话要付她违约金的……”

“付就付！老子不缺那点儿钱！”

趴在桌子上玩钻戒的欧翩跹听到了“辞退”这个词，耳朵立刻竖了起来，她紧张地问系统：[他们好像在商量要辞退我，这是为什么呀？系统系统你快帮帮我！]

系统：[此条建议收费五百玩儿星币。]

欧翩跹：[啊啊啊，怎么又收费，好啦我付钱，快告诉我要怎么办吧！]

于是，系统将准备好的说辞发送到欧翩跹的阅读界面上，她刚看完，经理沈炽就一脸沉重地朝她走来，开口道：“欧小姐，是这样，经过我们对你资料的再次审核，我们发现您和我们公司的要求还有一定差距，所以不能聘用您。对此给您造成的损失，我们愿意按合同上的要求付违约金，还请您——”

他话未说完，欧翩跹突然跳了起来，一手捂住胸口，一手指着聂壕，潸然泪下：“你……你这个始乱终弃的坏男人！”

这又是啥情况啊？沈炽一时无法应对，就听到欧翩跹哭诉着说：“我和你在一起那么久，对你那么好，你却说甩我就甩我，我应聘到你公司来上班，只希望能多看你几眼，可你……可你却对我这么绝情！我要天天在你公司门口哭！我要让你始乱终弃的行为尽人皆知！聂壕，得不到你，我就毁了你！”

聂壕面无表情地坐在座位上，此刻他心里只有十个大字闪过——颜控一时爽，后果不敢想！

而且悲催的是他其实根本没和这个女人怎么样啊！

他缓缓地站起来，拍拍沈炽的肩膀，说：“这儿你帮我扛着，我不行了。”

“哎，那她怎么办啊？”沈炽一脸焦急，“聂哥，公司马上要上市了，这会儿你们的事要真的被她大肆宣扬，后果不堪设想啊！”

聂壕抓狂：“老子跟她根本没什么，都是她瞎编的啊！你干吗用那么狐疑的表情看着我，你不相信我吗？”

沈炽沉痛道：“我是很想相信你，但你之前的确睡过很多妹子，说不定这个你睡过但你忘了呢？”

“不可能！这个如果我睡过我一辈子都忘不了！”聂壕大喊。

沈炽安抚道：“好了好了，别生气。咱们还是得以大局为重啊，公司上市期间不能有风言风语，这样吧，我先把她留下，等上市的事情忙完了，再找机会辞退她，你看行吗？”

聂壕痛苦地看了欧翩跹一眼，说：“……只要她别总出现在我面前就行！”

沈炽说：“这个好办，我可以把她调去一个看不见你的岗位。”

于是欧翩跹的岗位就确定下来了：仓库管理。

对此，欧翩跹感到很不服，她的职位明明是私人秘书啊？巧舌如簧的沈炽这么跟她解释：“这个，我们是有三个月实习期的，实习期会安排您在别的岗位上工作，以此来熟悉整个公司的运作流程，大家都是这样的哦。”

欧翩跹问系统，系统在沉默了片刻后说：[说得很有道理，我竟然无法反驳。]

于是，欧翩跹只能暂时去管仓库了，不过令她感到高兴的是，上班第一天，经理沈炽就给了她一大笔奖金，并且叮嘱她一定不要把她和聂壕的事情乱说出去。

接下来的几天里，欧翩跹一边上班，一边继续学习攻略第二章的内容，书上说了：在缺少和喜欢对象的见面机会时，就要努力讨好对方周围的亲朋好友，赢得这些人的喜欢，这样就能感染到喜欢的人。

欧翩跹一拍脑袋，觉得书里说得真对呀！聂壕的亲朋好友，唔，那不就是沈经理嘛！她要赶紧取得他的好感才行！

于是这天傍晚，公司下班时刻，聂壕像往常一样鬼鬼祟祟从大厅里出来，生怕那个女神经病又像前几天一样突然从角落冒出来拦住自己。沈炽看着实在有点心酸，主动走在他前面说：“聂哥别怕，我挡着你，你一口气跑出去！”

话刚说完，大厅的落地花瓶后面就钻出了那个橙红色头发的身影，只听她“嗷”地大叫一声，就冲到了两人面前。

聂壕汗毛直竖，已经准备好了拔腿飞奔，谁知欧翩跹停在两人面前后，忽然对沈炽露出一个大大的笑容，然后抓着他就夺门而出。

“哎，你干什么——”

沈炽被欧翩跹拐带走了，剩下聂壕一个人站在大厅里发愣。

Excuse me！说好的拦住他呢！她怎么换对象了！

“哎，姑娘！你抓错人了！”

沈经理被欧翩跹抓着，两人像两只奔腾的羊驼一样从马路这一边跃到那一边。

“快停下！你看清楚了，我不是聂壕！”

欧翩跹总算停下了，回头对沈炽笑：“我知道你不是聂壕呀！”

沈炽顿时有种被雷劈中的感觉，不是吧！莫非她看上自己了！这几天自己偷偷在背后对聂哥幸灾乐祸，现在报应来了吧！

欧翩跹掏出车钥匙，打开车门后拉着沈炽就往车里塞，说：“请进，快请进啊！”

“我不——”沈炽哀号着被塞进了欧翩跹的车里。

欧翩跹坐进车里，一边发动车子一边扭头对他笑道：“你别怕，我不会伤害你的，要不要吃根棒棒糖啊？”

沈炽打了个寒噤，抓紧了领口：“你……你到底要干什么？”

“我就请你吃个饭！走！”欧翩跹一脚油门把车子开了出去。

沈炽很想跳车，可是欧翩跹开得超快，他只能害怕地抓紧了安全带。欧翩跹一边开车，还一边抱怨：“你们地球这个交通工具呀，也太落后了，为什么都不能飞呢！要是在我的老家，现在我们早就到餐厅啦！”

沈炽在心底吐槽：你老家是精神病院吧？

二十分钟后，欧翩跹把车子开到了餐厅门口，她抓住沈炽，道：“下车吧，我们去吃好吃的地球美食！”

沈炽像条死狗一样被她拖进餐厅里，为了自己的生命安全，他决定让聂壕背锅，便说：“欧小姐，我知道你和聂总有私人恩怨。但我是无辜的呀，你应该拿他兴师问罪嘛你说对不对？”

“你误会啦，我没有想要兴师问罪，就想请你吃个饭而已。”欧翩跹真诚地说，拉着他坐在桌边，将菜单递给他，“你点菜吧！”

沈炽看着她橙红色的头发和闪瞎眼的大钻戒，捂脸痛苦道：“我没有胃口。”

“啊，怎么会这样，莫非你生病了？”欧翩跹关切地问，“你们地球人可真脆弱呀，这样吧，我带你去看医生！”说着，拉着沈炽就要走。

沈炽简直服气了，连忙说：“不不，我好像又有胃口了。”

“哦，你好得真快呀！”欧翩跹坐回去，撑着下巴说，“那就点菜吧！随便点，我请客，不用跟我客气！”

很懂得审时度势的沈炽分析了一下认为，要想让这个女人以后别缠着自己，还是得先稳住她。于是，他点了菜，在等服务生上菜的空隙，他问：“欧小姐找我，应该不止请吃饭这么简单吧？”

“嘿嘿，被你看出来啦。”欧翩跹不好意思地笑了笑，“我……我听说你和聂壕关系挺好的，你能不能在聂壕面前多说我几句好话呀？最好是能让他天天想起我！”

哦，原来她采取的是迂回策略啊，太好了，只要她对自己没兴趣就行！沈炽懂了，但又不懂了，问：“可你不是说聂哥对你始乱终弃，你要毁了他吗？既然如此，为何还要和他和好？”

欧翩跹捂着胸口，用她在地球电视剧里学到的语气脆弱地道：“尽管他伤害了我，可是我的心里却只有他啊！沈经理，你就帮帮我吧，没有他，我吃不下睡不着，瘦了好多斤，已经感受不到人生的意义了！”

我被你逼得也快感受不到人生的意义了好吗！沈炽简直想掀桌了，他揉着额头说：“这个，欧妹子啊，我跟你说实话吧，聂哥是喜欢美女，但是我想他应该不会喜欢你这一型的。天底下的有钱男人还有很多，凭你的条件，一定能找个比他更好的。”

“可我只喜欢他呀！”欧翩跹道，“拜托你了，就帮帮我吧！你喜欢什么，我都买来送给你呀！这些钻戒好不好，你们地球人把这个石头卖得很贵呢，我都送给你！”说着，她就把手指上七八个大钻戒都摘下来塞到沈炽手里。

沈炽也不是个没见过世面的，这些钻戒看一眼就知道都是真的，看这姑娘的打扮应该也不缺钱。所以他就奇怪了，能买得起这么多钻戒的姑娘干吗还要缠着聂壕啊！难道说……

她真的喜欢聂壕？

可是这姑娘明显脑子有问题啊！沈炽为她和聂壕同时掬了一把辛酸泪。

说起聂哥这个人吧，沈炽有点同情他。聂壕虽然谈了很多女朋友，可是那些女人基本上都是冲着他有钱和大方来的。聂壕起初并不觉得怎么样，可是玩得久了，难免心里觉得空荡荡的，他喝醉时也跟沈炽抱怨过，说想找个真心喜欢的人，对方却总变着法子让他买包买车买房。后来他索性也就不找什么真爱了，开始浪荡红尘，花钱买一时的开心，至于真爱什么的，都让它见鬼去吧。

所以，看到眼前这个可能是真喜欢聂壕的姑娘，沈炽就觉得有点可惜。要是她正常一点，别那么像是精神病院墙塌了跑出来的，该多好啊。

带着对聂壕的同情和对拯救自己的渴望，沈炽思索再三之后终于开口道：“钻戒我就不要了，但我可以给你一些建议。”

“啊，什么建议，你说你说！”菜上来了，欧翩跹一边胡吃海塞一边说道。

沈炽指了指她的头发和装扮，说：“首先你得把这身打扮换一下，你这钻戒，这大金链子，我看你干脆再去文个文身，就是混社会的大姐大了。”

欧翩跹不解道：“可是不这么穿，我怎么能对聂壕展示出我很有钱，可以养得起他呢？”

沈炽愕然地问：“你……你要养他？”

“对呀，喜欢一个人就要给他好的生活，不只在你们地球，我们老家也是这样的呀。”

沈炽有点感动，他轻咳一声道：“聂哥他是很有本事的男人，不需要女孩子养他，你要是真的喜欢他，就把自己打扮得正常点吧。来来，我给你一点参考。”

他用手机搜了几张清纯美丽姑娘的图片给她看，道：“就按照这个样子打扮。”

欧翩跹感激地看向沈炽，道：“经理，你真是一个大好人！”

……能别随随便便给人发好人卡吗？

沈炽无奈地说：“不过我跟你说实话，聂哥很花心的，还从来没真的喜欢过谁，我也就是稍微给你点建议，你不要抱太大希望，实在不行就放弃吧。”

“那怎么行，我是绝对不会放弃的！”欧翩跹坚定道，“我一定会让他喜欢我的！”笑话，要是放弃了，她的宇宙旅行三十年计划就泡汤了呀！

不明就里的沈炽再度被感动了，他觉得他误会这个女孩子了，她应该不是脑子有问题，只是有点傻乎乎的。于是，他哽咽道：“我会尽力帮你的。”

“呜呜呜，你们地球人可真热情！都是大好人！”

……不要再给我发好人卡了！

第二天早晨，聂壕鬼鬼祟祟地来到公司，见个人就问：“你们沈经理来了没？”

“来了老板，你有事找他？”

聂壕紧张地问：“他看上去还好吧？”

被问到的人茫然道：“还好啊，难道沈经理出什么事了吗？”

聂壕没再回答，轻手轻脚走到沈炽的办公室门口，心中尽是内疚的情绪，唉，昨天为了保全自己，他竟然就这么眼睁睁看着沈炽被那个女神经病拉走了！怎么说沈炽也是跟随自己闯事业多年的兄弟，他却这么忘恩负义！

也不知道沈炽被那个女神经病折腾了一晚上，现在精神还正不正常？他一定得给好兄弟道个歉才行。聂壕一边想着，一边推开了办公室的门，他本以为会看到一个精神萎靡的沈炽，可是……咦？

办公室里，沈炽正坐在桌子后面，和一个长相清丽甜美的姑娘聊着天。

那姑娘留着波浪卷的墨色长发，皮肤白皙，肌肤丰润，水灵灵的大眼睛像两汪清泉似的，聂壕费了好大劲儿才挪开对她的注视。

“咳咳，沈炽，你……没事吧？”他问。

“没事啊，我能有什么事？”

聂壕愧疚道：“昨天傍晚你不是被那个欧翩跹抓走了吗？她没把你怎么样吧？都是我不好，明明是我的锅我却让你背了。我也没想到她对我会那么迷恋，她昨天找你说了什么？是打算放弃我了吗？不过我这么英俊潇洒多金，是个女人都很难放弃我的。不过她把你抓走了……难道是看上你了？”

不知为何，沈炽觉得聂壕最后问出的那句话好像有点酸酸的，他看着聂壕忐忑的表情，在心底偷笑一声，说：“这个问题啊，你直接问翩跹本人好了。”说着，他就把旁边清纯美丽的妹子拉到了聂壕的眼前。

聂壕莫名其妙地将眼前的姑娘看了看，是很合他的口味没错，但是……

“这谁啊？”

只见面前的姑娘对他歪着脑袋眨了眨眼，窗外三月的春风恰巧在这时吹拂起她的长发，让聂壕的心忽然一阵乱蹦。她又突然踮脚挑起他的下巴，邪魅一笑说：“磨人的小妖精，这就不认识我了？”

聂壕猛地朝后跳了半步，像大饼一样贴在门上，鬼叫道：“你是欧翩跹？”

欧翩跹撩了下自己昨晚刚做好的长鬈发，哼笑道：“对你看到的，还满意吗？”

聂壕扭头看向她身后的沈炽，大喊：“这什么鬼啊？”

沈炽生无可恋地捂住了脸，他原本的计划是让聂哥看到欧翩跹清纯可爱的一面，以此来抵消之前她在聂哥心中留下的神经病印象的。奈何这丫头换了造型，内心却根本没换，还是那么抽风、那么不知所谓啊！

他把欧翩跹拉了过来，低声道：“大姐，你这些台词都是从哪儿学的？”

欧翩跹说：“攻略……呃，我听说你们地球人追喜欢的人都这么说啊。”

“没有人这么说！”沈炽无奈道，“你就不能用正常的方式跟他打个招呼吗？”

“正常的方式？好吧。”欧翩跹对聂壕挥挥小手，“你好啊地球人！我很喜欢你哦！”

聂壕：“……”

沈炽：“……”

“沈炽，跟我出来！”聂壕黑着脸对沈炽招招手。

沈炽一脸无奈地抓抓头发，给欧翩跹留下一句“你回去上班吧，有机会我再通知你”，就走了。

他跟着聂壕来到安静的角落，聂壕一脸愤怒地指责他：“你什么情况啊沈炽！枉咱们这么多年兄弟，你现在竟然帮着外人想把我卖了！那个欧翩跹用什么办法给你洗的脑啊？”

沈炽解释道：“聂哥你别生气，我觉得翩跹其实挺好的，就是有点傻而已。”

“她那哪是傻，是神经病好吗！”

“可是你不是总跟咱们这些兄弟说，想找个真心喜欢的人吗？昨天晚上她请我吃饭，我了解了一下，我觉得说不定这姑娘是真喜欢你，不是冲着你有钱来的。”

聂壕顿了一下才说：“那也得看我自己乐不乐意吧！”

“哦，那你的意思是不乐意咯？”沈炽问，“你要真的不乐意，那我就跟人家说清楚，让她走，这样也不会惹你烦心了。”

那就让她走吧！这句话分明都已经冲到聂壕嘴边了，可是不知怎的，他脑海里忽然闪过刚刚欧翩跹在春风里微笑的样子，嘴里的话不由自主就变成了：“不是公司马上要上市吗？等等再说吧。咳，我去忙了，别再让那个女的来骚扰我啊！”

看着聂壕绷着脸走开的样子，沈炽在心底偷笑，看来欧翩跹这丫头说得没错，聂哥的性子是有点傲娇啊！

接下来的日子里，欧翩跹没有像往常那样经常凑到聂壕面前去，一方面是因为沈炽叮嘱她不要太急躁，另一方面是因为她开始学习攻略里第三章的内容啦！

第三章的大标题叫：如何从日常生活的点点滴滴中打动喜欢的地球对象。

里面主要提到了两点：第一点是要做到对喜欢的对象无微不至，经常买小礼物送给对方；第二点是要通过通讯工具对地球对象进行言语上的关心。

由于聂壕拉黑了她的联系方式，她只能暂时先从第一点入手了。

可是聂壕身为一个地球上的有钱人，衣食无忧，她买什么送他比较好呢？

于是，欧翩跹开始在人类的购物网站上搜索生活用品，打算买来送给聂壕，毕竟生活用品比较常用嘛。她很快找到了许多不错的生活用品，一买就买了一大堆，打算周一到周五，每天给他送一样。

现在她每天上班的流程就是用电脑看看电视剧，用手机买买东西，简直乐得要飞起来。

她真的越来越热爱这个原始却可爱的星球啦。

可是和她相对应的，聂壕就开心不起来了。

从这周一开始，他每天来到办公室，就能看到桌子上放着一个纸盒，上面贴着小字条写着："送你的礼物。"

用脚后跟都能猜到这礼物是谁送来的，起初聂壕看到纸盒，就把它扔到角落，可是随着时间一天天过去，礼物越堆越多，他难免变得有些在意了。

这天傍晚快下班的时候，聂壕实在是经不住角落里纸盒的诱惑，决定打开来看看。

他在心底对自己说：反正看完了就扔掉，他只是比较好奇而已！

于是，他先拿过一个最大的盒子，掂了掂它的分量，还挺沉的，不过估摸着那个女神经病也不会送自己什么正常的礼物，他还是谨慎一点好。他小心翼翼地拆开纸盒，发现里面是一个空气加湿器，旁边还有欧翩跹写的小字条："地球的空气比我老家干燥多了呀，小妖精你要注意空气保湿啊。"

"这东西我家里有一堆好吗？还有别叫我小妖精成吗？"聂壕撇撇嘴，一边嘟囔着没新意，一边拿过第二个盒子。

第二个盒子大小中等，也不是很重，聂壕拆开一看，发现里面是个U形枕，旁边仍旧有字条写道："工作累的时候就用它休息一下吧，不过其实我更希望你累的时候可以靠在我的胸口，我永远是你避风的港湾。"

"避风你妹啊，你自己就是龙卷风吧！"聂壕翻着白眼把空盒子推到一旁，接着打开第三个盒子。

第三个盒子里是一套名牌运动衫，聂壕随意看了一眼就把衣服扔到旁边，在盒子里着急地乱翻，说："字条呢？"

他找了好一阵才找到，原来字条被塞到衣服口袋里了，上面写着："自从看见你晨跑，就深深恋上了你英俊的身姿。这衣服是按着你身高买的。话说你们地球男人有个'三个180'标准，前两项我目测你都达标了，请问第三项你达标了吗？"

"达没达标关你什么事啊！这个外表清纯内心猥琐的女人！"聂壕红着脸把字条揉成一团扔到垃圾桶，又拿过最后一个盒子。

这是最小的盒子，掂掂分量也是轻得可以，聂壕不禁怀疑里面是不是空的啊？

他疑惑地打开盒子，一张俊脸顿时红成了猪肝色。

因为里面放着一条深紫色的男、式、蕾、丝、内、裤！

欧翩跹的字条上还大大咧咧地写着："如果第三项你也达标的话，那么这个就适合你用啦！没达标也不要紧，商家说了尺寸不合适可以换货的。"

"滚蛋！"聂壕抓起内裤就把它扔了出去。

偏偏好巧不巧的，沈炽和聂壕的其他几个好哥们在这时推门进来问："聂哥！晚上要不要一起去找妹子玩——我靠！"

他们看到了什么！聂哥的办公室地板上为什么会有条很不正经的内裤啊！

“啊，好辣眼睛！”

“聂哥一天到晚到底都在办公室里做些什么啊？”

“一定是我开门的方式不对，我重新开一遍。”

聂壕脸红得都要爆了，解释道：“不是你们看到的那样，这东西是那个女神经病送给我的！”

说着，他连忙把内裤捡起来扔到垃圾桶里，对众人轻咳一声道：“走吧，去会所，刚刚发生的一切都是你们的幻觉。”

一个叫小陈的哥们邪邪一笑，说：“比起去会所找妹子玩，我现在更想去见见你们一直在说的那个女神经病啊。”

另一个也举手道：“我也想要围观！好好奇啊，这个送男人内裤的女人到底是什么样子！”

“求围观！”

众人齐刷刷看向聂壕，一脸期待的表情让他不忍直视，他说：“女神经病有什么好看的，你们没毛病吧？”

“聂哥，你该不会是不舍得让我们见到她吧？”

“谁说的！我会舍不得她？开玩笑！”聂壕立刻正了神色，“看就看呗！我带你们去，满足一下你们奇葩的好奇心！”说着，就抬腿朝外走去。

沈炽在后面憋着笑提醒：“聂哥，你脖子上还挂着U形枕呢。”

聂壕脚步一顿，拿下U形枕扔到桌子上，然后继续若无其事地朝外走。

几个兄弟笑哈哈地跟在聂壕身后，直奔公司地下一层的仓库门口。还没走进仓库大门，众人就闻到了烤肉的香气，大家打开大门一看，只见一个有着墨色波浪鬈发的姑娘正蹲在地上，用夹子夹着肉片放在小烤炉上烤着。

她将烤好的肉片咬了一口，露出满足而幸福的表情感叹道：“地球的食物真是好吃啊！咦？聂……聂壕？你怎么来了？”

欧翩跹站起来，激动地问他：“莫非你是喜欢我今早送你的那条内裤？怎么样，尺寸还合适吗？”

跟在聂壕身后的兄弟们互相对视了一眼，齐刷刷地爆发出了哈哈大笑。

“笑什么！”聂壕转身瞪着这群兄弟，枉他之前请他们吃饭喝酒泡妹子，现在竟然反过来嘲笑自己。

哼，全都是这个讨厌的女人的错！

而欧翩跹已经跑到他面前问道：“你是为了那条内——”

“你不要再提内裤的事了！”聂壕抓狂，“我来只是因为这群家伙非要看你一眼而已！我走——等等，谁让你在仓库里烤肉吃的？”

欧翩跹说：“因为到晚饭时间了呀。”

“这是仓库，谁准你在仓库吃东西了，想吃东西不会去外面吃啊！”

欧翩跹为难道：“可是我要看着仓库啊。”

“不是到下班时间了吗？”

“哦，我的地球同事说他晚上有事，今天让我替他上夜班。”欧翩跹道，“所以我就烤点肉吃啦，你和你的朋友们要不要跟我一起吃呀，我还有很多肉哦！”

聂壕刚想说不吃，猪队友小陈就举着手说：“我要吃，闻起来很香啊！”

“我也要吃！”

于是大家齐刷刷地忽略了聂壕的意见，围着那个可爱的小烤炉席地而坐。

聂壕崩溃：“不是说去会所泡妹子吗？你们怎么吃上烤肉了！”

小陈说：“聂哥你也来吧，总去那种灯红酒绿的场所实在有些腻味了，今天咱们也小清新一把。”

聂壕喊道：“跟这个女神经病吃饭才是重口味好吗！你们要吃就吃，我走了！”

“哎，聂壕！”欧翩跹站起来想追，却被其他人拦住了，“算了算了，聂哥就这脾气，你越逼他他越不乐意。”

“可是……”

“别可是啦小美女，坐下来一起吃吧。”

欧翩跹本有些犹豫，但转念一想，这些都是聂壕的朋友，她如果和他们搞好关系，就可以提高聂壕对她的好感度了，于是便坐在大家中间，殷勤地将买来的肉和蔬菜放到烤炉上，很快就和大家都熟络起来。

一群人边聊天边吃完了烧烤，欧翩跹把他们送出大门，又乖乖地继续看仓库。这里只是聂壕公司一个分仓库，规模不大，但是由于建在地下稍微显得有点阴森。

再加上这两天欧翩跹在看守仓库的时候看了几个地球恐怖片，她不由得有些害怕，用大衣裹紧了自己。虽然她问过系统很多次地球上的鬼到底是不是真的，系统都说不是，可电影里拍得真的好真实啊！

她用电脑放着欢快的歌曲，然后拿着库存本开始核对仓库的库存量。一排排放满货物的货架在略显灰暗的白灯照射下，有种重峦叠嶂的幽深感。

欧翩跹抱紧了库存本，硬着头皮朝前走。五排、四排、三排，还差两排，她就能检查完所有库存了！然而就在这时，身后却忽然传来了诡异的声响！

“咚咚咚！”

欧翩跹吓得头发都奓起来，之前看过的恐怖片一股脑儿全都闪现在她眼前。

而那诡异的声响也离她越来越近了。

欧翩跹顿时嗷嗷嗷地喊着朝门口冲过去，谁知才起步就撞进了一个宽阔温暖的怀抱里。

“我靠——”聂壕捂着胃后退三步，怒道，“你有病啊！在仓库里跑什么跑！”

欧翩跹连忙抱住他说：“聂壕我们快跑，这里有鬼啊！”

“胡说八道，哪儿来的鬼？”聂壕皱眉瞪她。

“有啊有啊，我听到‘咚咚咚’的声音，一定是鬼在地面上爬来爬去！”

“那是老子走路的声音！”聂壕嫌弃地将贴在他身上的欧翩跹推开，“走开，不要跟我拉拉扯扯的。”

欧翩跹缠着他胳膊问：“别走啊！这里好恐怖，你陪我一起守仓库好不好？”

聂壕气笑了，说：“我陪你守仓库？那我付你工资是为什么啊？自己好好给我守着，做得了就做，做不了就走！”

欧翩跹着急了，连忙问系统：[他要走了，快帮我留住他啊！]

系统：[此条收费建……]

[啊啊啊，好了好了都给你，快告诉我怎么做吧！]

系统：[一个字：哭。]

欧翩跹连忙掐了自己一把，“嗷”地鬼哭狼嚎道：“一个人在仓库好恐怖啊，呜呜呜呜呜呜……我的心好冷，已经感觉不到地球人类的善意了……”

走到一半的聂壕忍无可忍地回头说：“好了好了不要再哭了，难听死了！”

欧翩跹抽噎道：“那你陪我一会儿好不好？”

聂壕靠在欧翩跹的办公桌上，不耐烦道：“就十分钟啊，我还有事儿呢。”

“嗯！”欧翩跹激动极了，“那你要不要吃烤肉？我还有很多没烤的哦！”

“不吃，少烦我。”聂壕哼了一声转过头去。

“哦，那好吧。”欧翩跹有点失落，既然他不吃，那她就自己吃好了，刚刚只顾着照顾聂壕的朋友们，她自己都没怎么吃好。

于是，她拿出小烤炉，插上电，倒上油，滋滋滋地烤起肉片来。

诱人的香气很快在四周弥漫起来，聂壕的肚子不禁咕噜噜叫起来。

他垂眸，看着欧翩跹像个孩子一样兴奋地把烤好的肉塞进嘴里，一脸幸福地咀嚼，不禁嗤笑道：“不过就是烤肉而已，你是多没见过世面啊？”

“我以前的确没吃过地球的烤肉呀。”欧翩跹举起一块色泽诱人的肉问他，“你要不要吃？”

“不要。”

欧翩跹举着烤肉来到他面前，说：“就尝一尝嘛，味道真的很不错的。”

聂壕看了眼她清纯美丽的小脸，最后一脸嫌弃地拿过那块肉放进了嘴里。

“还要吃吗？”

“不要。”

“再吃一块嘛。”欧翩跹再次把肉举到他面前，聂壕再次一脸嫌弃地吃掉了肉。

这么一来一往几回合之后，欧翩跹忍不住笑道：“嘿嘿，你真是个傲娇的小妖精呀。”

聂壕差点被噎死，深邃明亮的眸子狠狠地瞪着她，说：“我警告你，以后别再叫我‘小妖精’了听到没？我一个大老爷们儿哪里像妖精了！”

“好吧好吧，你别生气呀。”欧翩跹决定转移一下话题，“对了，你不是说你去什么会所了吗？怎么又回来了？莫非……你是来找我的？”

“胡说！我不过回公司办点事，想起我的兄弟们还在这儿，过来看一眼罢了，和你一分钱关系都没有！”聂壕反驳。

“哦，他们早就吃完烤肉走啦……”

“那不跟你废话了，我走了。”聂壕说着就朝外走去，没走几步又停下来，“你要是真的怕鬼，就别替别人上什么夜班，真是笨！”

“我不笨啦，我的智商在老家的测试排名蛮靠前的，只是来地球不太适应。”

又在胡言乱语了……聂壕无奈地瞥了她一眼，转身走进电梯。

电梯一路上行，到达他办公室所在的那一层，聂壕打开办公室的门，嫌弃地看了眼垃圾桶里的不正经内裤，把它拿起来塞到抽屉角落，然后又捡出那张被他揉成一团的欧翩跹写的字条。

他盯着上面的字看了一会儿，鄙夷地说：“字怎么写得歪歪扭扭那么丑。”然后又把其余几张字条从口袋拿出来，夹在一本厚厚的书里，放在了书架高处。

第三章
后台

Chuanguo Guangnian
Aishang Ni

又是一个平静的清早，聂壕从睡梦中醒来。

自从那个女人住到他家隔壁之后，他就没过过一天消停日子。每天下班回到家都能收到她各种各样的欢迎，有时是挂个大横幅，上面写着“小妖精工作辛苦啦么么哒”，有时候是在他别墅门口摆满各种鲜花，最近的一次则是雇了个舞狮队跑到他家楼下大舞特舞，搞到最后他一想到要回家就浑身发颤。

可是从这周开始，那个女人对他的骚扰就停止了。准确地说，公司里的骚扰还在继续，只是他回到家，却再没看见那个女人的身影。

他翻身下床，穿着拖鞋走到阳台朝对面的别墅看去，果不其然，里面没人。

这蠢女人，连续四个晚上不回家，他倒要问问她这几天不回家是干什么去了！

聂壕带着莫名其妙的怒气来到公司，跑到仓库门口正打算质问欧翩跹，就发现有人抢先了一步，正在训她。

只见仓库主管怒火冲冲地拿着被咬烂的货物训欧翩跹说：“你怎么看仓库的？之前我们这里从来没出过老鼠！自从你来这里上班，老鼠咬坏多少东西了？这损失谁赔啊？不要以为你有后台，我就不敢说你了！”

欧翩跹低着头小声道歉：“对不起主管，我不是故意的，昨天晚上值夜班实在太困了，所以忘记关门了……”

“关门那么重大的事你都能忘？”主管怒火不减，“我看这里是容不下你这尊大神了，一会儿我就跟人事经理说调走你，我可不想被你拖累！”

“真的对不起，主管你再给我一次机会吧，我下次不会了。”

“你少跟我装委屈，你不是有后台吗？有本事，找你的后台来压我啊！”

其实老鼠咬坏的东西并不多，但主管之所以发这么大的火，主要还是因为欧翩跹碍了他的事。之前他都安排好一个亲戚要来公司管仓库了，谁知沈炽一句话的工夫，欧翩跹就空降下来填补了那个空位，他的亲戚自然就没法来了。主管心里气不顺，就想把她调走，至于公司里都传言的欧翩跹有后台，他也是半信半疑。

谁知他话刚说完，身后就传来了一个男人的声音：“戈主管。”

主管回头一看顿时呆住了，说：“老板，您怎么到这儿来了？”

聂壕走过去挡在低着头的欧翩跹身前，微微扬着下巴狂傲不羁地说：“你不是让她找后台吗？现在后台来了，你还有什么想说的？”

主管吓得眼珠子都快掉出来了，不是吧，原来欧翩跹真有后台啊，而且还是全公司最大的那个！完了，他刚刚骂她那么久，老板是不是都听见了啊？

“老板，我……我也不是故意要说她，但是你看，因为她看管不力，这些货物都被老鼠咬烂了，我身为她的上级有责任管她，但我知道这孩子有潜力，以后一定能做好的。”主管还是知道见风使舵的，立刻换了语气伏低做小起来。

聂壕哼了一声，不耐烦道：“走吧走吧。”

主管立刻脚底抹油溜了。

聂壕转过身，看见欧翩跹依旧低着头站在原地不动，他无奈道：“该不会是哭了吧？没事了，我已经帮你把他训走了，他以后不敢拿你怎么样了。”

可是欧翩跹却没有回应，聂壕觉得很奇怪，俯身去瞅她的脸，这一瞅差点没把他给气死！

这蠢女人竟然站着睡、着、了！亏他刚刚那么英勇地挡在她面前，说了那么多霸气外露的话，她却一个字都没听见！

“喂！你给我醒醒！”

“唔……”欧翩跹抬起头迷茫地说，“对不起主管，我会……”

“主管你个头，看清楚我是谁！”

欧翩跹看清面前的男人之后立刻露出花儿一般灿烂的笑容，道：“聂壕，你怎么来了？你来找我的吗？”

“……”聂壕忍住吐血的冲动，没好气地问她，“你怎么站着都能睡着！晚上到底干什么去了？”

“没干什么，就看仓库呀。”欧翩跹打了个哈欠，“我已经连续值了四天夜班啦。”

“四天夜班？”聂壕奇怪，“不是应该轮着值夜班吗？”

“是呀，可是我的同事好可怜，我就帮他多值几天夜班了。”

聂壕皱眉问：“有什么可怜的？”

翩跹掰着手指头说：“他周一的时候爸爸去世了，周二的时候妈妈出车祸了，周三的时候老婆难产了，周四的时候爷爷重病了，而且都是在晚上，唉，你们地球人本来就生活得很艰难了，他又这么可怜，我当然要替他值夜班啦。”

聂壕生气又无奈地说：“可怜的是你，蠢女人！那么明显的谎话都听不出来！”

欧翩跹一脸震惊地说：“你……你说什么，原来他在说谎？”

聂壕恨铁不成钢地瞪了她一眼，拿出手机把刚刚的仓库主管叫回来，说：“把另一个管仓库的给我叫到公司来，立刻！”

老板下令，那个整日用谎话骗人的男员工赶紧跑来了。那男员工原本还想蒙混过关，谁知聂壕一看见他就说：“你自己去人事部领辞退书。”

男员工大惊，说道：“老板，我这几天真的是有急事，我不是故意不值夜班的，求你再给我一次机会吧！”

“那可不行，你周一死爸周二死妈周三老婆难产，像你这么衰的人我还是第一次见，我怕你继续留在这里连我的生意也带衰了。”聂壕冷冷地嘲讽，“现在就走，别让我叫保安赶你啊。”

那人只好灰溜溜地走了。

聂壕又接着问仓库主管：“你不是说你身为上级有责任管下属吗？那为什么只管欧翩跹，不管那个到处钻空子的小人？”

“我……我一时失察……”仓库主管满头大汗，他怎么敢说自己是收了那个人的好处，才睁一只眼闭一只眼呢？

“哼，一时失察？”聂壕眯着眼睛看他，“那以后你可要把一碗水给我端平了，这种事再发生一次，你就和刚刚那个人一起滚。还有，今天你自己看仓库，我倒要看看你能看出什么花儿来。”

“是是，我知道了，我一定认真工作。”仓库主管连连点头，还对旁边的欧翩跹讨好地笑了笑。

聂壕满意了，转头看向欧翩跹，刚想说话就被她扑了个满怀。

“聂壕，你好帅好有型好像电视剧里的大侠啊！”欧翩跹把脑袋埋在他胸口，“呜呜呜，没想到你这么喜欢我，怎么办，现在我心里有好多羊驼在奔腾！”

聂壕一脸嫌弃地推开她：“谁喜欢你了！还有什么叫羊驼在奔腾啊，你能不能好好说人话！”

欧翩跹不解地问：“我说的是地球人的话呀？”

又开始犯傻了。聂壕说：“今天我放你假，回家补觉去吧，以后别再那么傻被人利用了。”

欧翩跹眼泪汪汪地说：“你真是一个大好人！”

……既然说喜欢我就不要乱发好人卡行吗！聂壕推了她脑门一下，道：“快点走，看到你就心烦。”

“哦……”欧翩跹对他灿烂地笑笑，“对了，刚刚主管说‘不要以为你有后台’，后台是什么意思啊聂壕？”

聂壕瞪她一眼，道：“后台就是我！以后谁再这么欺负你，就直接这么告诉对方，懂了没！”

“懂了！”翩跹用力点点头，一边朝外跑一边说，“晚上你要早点回来哦，我要给你准备超级棒的回家礼迎接你！”

“谁要你迎接我啊……”聂壕嘟囔了一句，勾着嘴角转身走进了电梯里。

身为大老板的聂壕亲口下令给欧翩跹放假，公司自然没人阻拦。她快乐地回到家，扑到软绵绵的大床上一睡就是一个下午，等醒来的时候已经是傍晚了。

欧翩跹伸着懒腰走出卧室，看了眼墙上的时钟就愣住了：“哎呀呀，已经这个时间了！聂壕马上要下班了啊！我还没准备今天的回家礼啊！”她顿时顾不上其他，换好衣服就开车出门，打算去买点礼物送给他。

路上，她本来想给沈炽打电话问问聂壕下班了没，可是因为在开车，手一滑就把号码拨到聂壕那里去了，欧翩跹想起他还拉黑着自己，谁知电话却接通了——

“干什么？我还上班呢，有话快讲。”聂壕不耐烦的声音从电话里传过来。

“咦？”欧翩跹奇怪地说，“你不是拉黑我了吗？”

手机那头的聂某人沉默了两秒，“咔嚓”一声把电话给挂了。

“嘿嘿嘿，这个傲娇的小妖精。”欧翩跹笑着再次把电话拨过去，听到聂壕更加不耐烦的声音：“到底干什么？我告诉你啊我只是一不小心手滑才把你从黑名单放出来的，你不要多想。”

“哦。”欧翩跹说，“你什么时候下班呀，我刚睡醒，今天的回家礼还没准备好呢，不然你在公司多待一会儿再回来？”

“我有病啊，专门在公司等你准备奇葩回家礼？”聂壕说，“晚上有饭局，哪有那么快回来。”

“这样吗？那太好啦哈哈哈，那你慢慢吃啊。”欧翩跹高兴地挂断电话，既然他要去吃饭，那自己准备礼物的时间就很充足啦。

等他回到家天都已经黑了吧，不如这次她去买些彩灯挂在他家大门口？

欧翩跹觉得这个主意非常不错，便把车开到装潢市场，打算买些漂亮的彩灯。谁知她刚刚把车停好，眼前的地图上忽然出现了一个黄色的光点。

聂壕是任务目标，他在地图上的光点一直是绿色的，而黄色的光点则代表着和游戏玩家来自同一星球的高级智慧生命体，并且对方也正在执行本游戏的任务。由于宇宙的广阔性，把两个玩家分配到同一星球做任务的情况是非常罕见的。

简单一点说就是，欧翩跹，在距离家乡好多光年的异星球，遇到老乡了。

《冒险吧宇宙》这款游戏并未禁止玩家互相联系与帮助，欧翩跹又思乡情切，于是想也不想就朝着这个黄色光点跑了过去。

她很快就跑到了对方面前，只见一个穿着白衬衫的男子正背对着她站在一家油漆店门口，手里提着一小桶油漆，她刚要说话，对方就回过头看向她。

这是一个很冷峻的男人，身高腿长，皮肤是冷白色调的，看上去有点孤傲不可亲近的气质。

欧翩跹被他的气场唬住了，说："你好呀！我没别的意思，就想跟你打个招呼。"

"嗯。"冷峻的男人略略一点头，声音也是冷冷淡淡的，"稍等一下，我要去买把刀。"

欧翩跹歪着脑袋问："你买刀干什么呀？"

冷峻的男人托着下巴认真地说："地球人有一句俗语，叫'老乡见老乡，背后捅一刀'，所以我得捅你一刀。"

一直沉默的系统终于听不下去了，同时对两个人说：[那只是一个夸张的说法，不是真的让你们捅刀！话说你们两个不买地球文明学习器3.0也就算了，能不能稍微花点时间把我发给你们的地球文明资料看一下啊！一个两个都这样，会加大我工作量的！]

欧翩跹恍然大悟：[原来那只是个夸张说法呀，地球人的文化还真是深不可测呢，我小看它了。]

冷峻的男人也点点头附和道：[是啊，果然深不可测。]

系统：[没有那么深不可测好吗！只是你们两个太蠢了而已！我

当系统这么久，遇见的玩家那么多，你们两个是我见过最蠢的了！啊，气死我了！]

两个人都很少见到系统生气的样子，赶忙缩了缩脖子道歉：[对不起。]

系统的火气显然还没消：[本来还打算不让你们两个蠢货碰见的，奈何你们任务执行的地点相隔太近……算了，既然已经碰见了，你们随意吧，我不管了。]

说完，系统就沉默了。

欧翩跹对冷峻男人说："我们好像把系统惹生气了呢。"

"是我的错，对地球的风土人情还不熟练，才会导致这样的结果。"冷峻男人说，"还没有问你的名字？"

"我叫妲芷奈，地球名是欧翩跹，你呢？"

冷峻男人说："布克毕，地球名是上官霸琦。"

"哇！好不错的名字呀，你当初是怎么取的呀？"

"谢谢，你的也不错。"上官霸琦说，"我在网上搜索了地球最好听的男生名。"

"我也是哎！哈哈哈看来我们真的很像呢！"欧翩跹顿时觉得自己和上官霸琦的距离拉进了不少，"话说你在做什么任务呀？"

"游戏的终极任务，你呢？"

"我也是，真的好巧啊！"欧翩跹说，"不过现在我还没找到诀窍，看样子完成任务那天还离自己很远啊。你呢？"

上官霸琦叹了口气，摇头道："我也是一样，地球人实在是太高深莫测了。明明刚开始来这里的时候，我一直认为地球文明落后，应该很容易就能完成任务的，谁想根本没那么简单。"

"是呢是呢！"欧翩跹深有同感地点头，"话说你的终极任务是什么呀，可以告诉我吗？"

"当然。"上官霸琦颔首，"咱们找个地方我请你吃饭吧，我们边吃饭边聊。"

"好啊，好啊，哈哈，可以在异星球上和老乡吃饭，实在是太开心啦。"

于是两人一边说着，一边结伴朝附近的餐厅走去。

欧翩跹和上官霸琦来到附近的购物商城里，上官霸琦领着欧翩跹走进一间装潢华丽的餐厅，里面的服务生见到他就恭敬地说："上官先生，欢迎欢迎，这边请！"

服务生将两人带到靠窗的座位上落座，上官霸琦将菜单送到翩跹面前，说："你来点吧。"

"嘿嘿，那我就不客气啦。"欧翩跹高高兴兴点了几个菜，等服务生拿着菜单离开后，就迫不及待地问，"你还没跟我说你的终极任务是什么？"

上官霸琦道："我的任务是让五十个以上的地球人相信我的外星人身份，并且不被抓住。"

欧翩跹奇怪道："听起来好像不是很难哎。"

"一开始我也这么想，可是或许因为地球人太善良友好，我们又和地球人长得太像，所以无论我怎么努力他们都不相信我是外星人。"上官霸琦叹了口气，"曾经有一次，我开着咱们星球的汽车，地球人叫UFO的东西专门在地球人眼前逛了一圈，可是他们都把我当成Cosplay的。"

"唉，我也好不到哪里去。"欧翩跹说，"我的终极任务是追求一个地球男人并且和他结婚，可我根本没有恋爱经验，他还是外星人，我追得好艰难。"

上官霸琦举起了桌上的高脚杯，道："别气馁，翩跹。我们来碰个杯吧，以后要一起为了完成终极任务而加油啊！"

"好！"欧翩跹和他碰了杯，喝了一口果汁后突然想起什么，激动地说，"对了对了，我们还没有用玩儿星的方法打过招呼呢！不如现在来打个招呼吧！"

"玩儿星的打招呼方式吗……"上官霸琦喃喃道，"说起来离家那么久，确实有点怀念这样的打招呼方式呢，那就来试试吧。"于是他站了起来，朝欧翩跹张开了双臂。

欧翩跹也开开心心地站起来，然后走过去，用脑袋在他的胸口蹭来蹭去。

于是，刚刚和几个老板吃完饭的聂壕从餐厅包间一出来，就看见那个总叫自己小妖精的蠢女人正小鸟依人地靠在一个男人的胸口上。

聂壕眼睛瞪得比驴还大，脚下没刹住，一头撞在了前面的花瓶上。“砰”的一声巨响过后，花瓶碎了，餐厅里的所有人都朝他看过来，包括欧翩跹，她惊讶地说：“聂壕！你也在这里吃饭呀？”

聂壕捂着脑袋，冷冷地扫了她一眼扭头就走。

哼，还说什么喜欢他，果然是骗人的！回去就把她拉黑，再也不理她了！

“聂壕，聂壕你别走呀！我们一起吃饭吧！”尽管欧翩跹对着聂壕的背影喊了许久，可他还是头也不回地走远了。

她垂头丧气地回到餐厅里，对上官霸琦说：“你看吧，我说了他很难追的，他的脾气好奇怪，总是莫名其妙就生气了。”

上官赞同道：“确实莫名其妙。不过翩跹，千万别因此气馁，游戏之所以好玩就是因为它有难度。”

“有道理。”翩跹赞许地点头，“谢谢你上官，我不会气馁的！咱们先吃饭吧，吃饱了我继续追他！”

两个人吃得酒足饭饱，满足地离开餐厅。翩跹好奇地看着上官手里提着的油漆桶，问他：“你买油漆做什么用呀？”

“粉刷一下我的UFO。”上官霸琦解释，“还没跟你说过我在地球的职业吧？我是话剧团的成员之一，在里面主要负责扮演外星人。我想把我的UFO粉刷成新的颜色，看上去新奇一点。”

翩跹笑道：“话说我好怀念咱们的汽车哦，可以在天上飞。”

上官问：“你想看看我的汽车吗？我带你去，就放在我家里。”

“真的可以吗？”

“当然，如果条件允许你还可以开一会儿。不过我这款汽车型号比较老旧了，游戏系统不允许把太先进的汽车传送到地球上来，我只好买了旧款。”

“没关系没关系，那我就不跟你客气啦！”翩跹激动地搓搓手，“咱们快走吧！我好久没飞过啦！”

在上官霸琦的指引下，翩跹把车子开到了C市的海岸边。

她好奇地看着面前漆黑的海面，问："你家就住这儿吗？可是这里没有房子呀。"

上官指了指停靠在岸边的一艘游艇，说："我住那里。"

"哇！好棒哦，我当初怎么没想到买游艇呢！"翩跹欢快地朝游艇跑过去，"我可以进去看看吗？"

"当然。"上官领着她走进游艇，里面空间不算大，但布置得很整洁。

翩跹开心地在游艇里转了一圈，问上官："你介意我用你的游艇做背景拍个照发到社交软件上吗？我看好多地球人这么做呢，我的账号里现在一张照片都没有，我不想显得太另类了。"

上官道："好啊，也把我拍上吧。"

于是，翩跹把手机调成自拍模式，露出灿烂的笑容，和上官一起对着镜头比了个剪刀手，又拍了两三张游艇内景的照片，然后把拍好的照片都发到了软件上。

上官看了看手表："时间差不多了，我带你去看看我的车吧。"

"好呀好呀。"翩跹跟着他走出船舱，好奇地看着四周，问他，"话说你把车子藏在哪里了？不会不小心被地球人发现吗？"

"他们不会发现的。"上官霸琦按了下手表背面的一个按钮，两人面前原本黑沉沉的海面之下，忽然发出了橙黄色的光芒。

那光芒越来越亮，渐渐勾画出一个椭圆形状的UFO来。只见它慢慢顶开水面，海水顺着它光滑的表面流淌而下，最后显露出一个椭圆扁平状的UFO来。

翩跹看着眼前这个悬浮在海面上方的深灰色UFO，说道："哎呀！我小的时候爸爸就开这款车呢！好怀念呀！"

上官说："现在是深夜，周围没有人，你可以开着车在海面上玩一会儿。"

"好耶，你跟我一起来吧！"

两人一起登上汽车，翩跹很快就熟悉了这款车的操作，兴冲冲地开着它朝着海洋更远方驶去。

结束饭局的聂壕原本是想立刻回家的，可是被欧翩跹这个蠢女人一气，他哪还有心思回家啊，立刻叫上沈炽跑去会所找妹子消磨时间。然而肤白貌美大长腿的漂亮妹子围着他坐了一圈儿，他却连看一眼的兴致都没有，视线一直紧紧盯着自己的手机。

沈炽惶恐地问："聂哥，是不是这手机做错了什么？"

"……没有！"聂壕抬头喝了一口烈酒，都说借酒消愁，可是他怎么越喝越火大了？

哼，该死的女人，还说什么喜欢自己，都被他亲眼撞到和别的男人亲亲热热了，现在竟然连个道歉的电话也不打过来！

还是拉黑她算了！

聂壕刚要动手，一股莫名其妙的直觉促使他点开了自己的社交软件。他记得自己和欧翩跹第一次见面那天本来是加了她好友的，但由于太奇葩赶紧把她给拉黑了。他倒要看看被拉黑这段时间这蠢女人都干了些什么！

于是，他把欧翩跹从黑名单里放出来，点开她的相册，看到的第一张照片就让他想吐血！

只见照片里，欧翩跹满脸兴奋地对着镜头比剪刀手，底下还配着她的话："今天见到了老乡，好激动！还到他的游艇里参观了一圈，话说游艇真不错呀！赶明儿我也去买一艘！"

照片的侧面还拍到了一个男人，他在欧翩跹旁边也对着镜头摆出剪刀手。聂壕一眼就看出来了，这就是刚刚在餐厅里和欧翩跹卿卿我我的那个家伙！

哼！拜金虚荣的女人，看到人家有游艇就扑过去了是吗！

聂壕冷着脸放下手机，对沈炽说："上次聚会认识的那个代理商廖总，你还有他电话吗？"

"有啊，聂哥你要他电话干什么？"

"我、要、买、游、艇！"

"哈？哦……好，好啊。"沈炽赶忙把对方的电话发到聂壕手机上，"聂哥，你为什么突然想着玩游艇了？"

“不为什么。”聂壕收起手机，随意搂住旁边一个妹子，“你叫什么？算了你说了我也记不住，从明天起做我女朋友怎么样？”

妹子就差没当场蹦起来了，激动地说：“都听您的，聂总！”

“好，过两天我把游艇买回来，带你去玩，你记得要在上面拍照知道吗？”

“好的，没问题！”

聂壕这才满意了，收起手机开始和大家喝酒聊天。

一旁的沈炽看得简直一头雾水，心想聂哥这到底是抽什么风呢？还有他刚刚拿着手机到底在看什么啊？他好奇地点开自己的社交软件，之前他也加了欧翩跹好友，一刷新就看到了她新发的照片。

沈炽盯着照片看了两秒，“噗”的一声笑了出来。

聂壕奇怪地问：“你笑什么呢？”

沈炽瞥了他一眼，感叹道：“唉，果真是傲娇的小妖精啊。”

“……怎么连你都这么喊我！再这样我揍你啊！”

欧翩跹和上官霸琦在海面上开着UFO玩，一玩就玩了大半个晚上，导致她回到家之后睡过了头，第二天早晨上班差点迟到。

因为走的时候太匆忙，她甚至忘记把每天要送给聂壕的礼物带上，翩跹害怕聂壕会因此生她的气，就溜到他的办公室门口想跟他解释一下。

谁知一推开门，她就看见办公室里坐着一个年轻漂亮的妹子，正靠在聂壕身边和他说笑着。

翩跹愣了一下，问：“你是谁呀，怎么在聂壕的办公室？”

聂壕替那妹子回答了：“这是我女朋友，为什么不能在我办公室？”

“什么！”翩跹大吼一声，撕心裂肺道，“你怎么可以有女朋友呀！你明明知道我在追你的！”

“我有没有女朋友关你什么事！再说你好意思说我吗？昨天和别的男人勾勾搭搭都让我看见了！”

“什么勾勾搭搭啊？”翩跹一头雾水，“啊，莫非你是说上官？

可是他是我老乡啊，我们没什么的！”

“没什么你会小鸟依人地靠在他怀里，你当我瞎啊！”聂壕酸溜溜地说。

“那是我们老家打招呼的方式呀，我跟谁都是这么打招呼的！”

“你就编吧你！”聂壕气得牙痒痒，都这样了这蠢女人竟然还狡辩！他起身把欧翩跹往外推，“出去，以后不要随便来打扰我，我有女朋友了！”

欧翩跹愣愣地站在门外，震惊得动弹不得，怎……怎么办呀！聂壕有女朋友了，那是不是说她的游戏任务失败了？她的宇宙旅行计划泡汤了？

不，等等！她还有攻略神书！兴许这本书上有帮她的办法！

翩跹连忙调出书，翻到还没来得及看的第四章，上面的大标题如同朝阳般照亮了她的心——

“第四章：如何打败各种类型的情敌。”

呜呜呜，她真是爱死这本书啦！

欧翩跹离开办公室之后，聂壕就把耳朵贴在了门上。他听到她在门外自言自语，他都已经做好准备等她再次冲进来了，可是她竟然直接走了！

聂壕气得差点把门把手拧碎了，漂亮妹子小心翼翼地问：“聂总，是那个姑娘惹你生气了吗？”

聂壕不耐地挥了挥手，从抽屉里拿了一沓钱塞给她，说：“我还要工作，你自己去逛街吧。”

“好的，好的。”妹子赶忙拿了钱要走，又被聂壕叫住：“中午十二点你过来，我带你去吃饭。”

“好的聂总！”

漂亮妹子离开之后，聂壕努力让自己投入工作，可是心情却怎么都静不下来，只好拿出手机刷一刷社交软件解闷。

欧翩跹在几分钟之前又发了新的照片，是她咬了一口的早餐，底下配着的话是：“地球上的早餐真好吃呀，这个鸡蛋灌饼我给满分！

话说早上去见小妖精，一言不合他又跟我生气了，好苦恼哦。”

沈炽还在底下回复：“都叫你不要送内裤给他了。”

翩跹回复：“我今天没送礼物给他呀，话说他办公室里有个好漂亮的妹子，他还说那是他女朋友，怎么办啊，沈炽，我是不是没有希望了？”

沈炽：“啊，那个呀，不用当真。”

聂壕气得七窍生烟，快速在下面回复：“你个臭小子，你到底跟谁是一边儿的？”

沈炽：“当然是跟聂哥你啊，但如果以后你和翩跹成一家了，那我帮她也没错啊。”

聂壕：“谁要跟她成一家了！”

翩跹：“哇！小妖精，你把我从黑名单里放出来啦！你不生我的气啦？！”

聂壕赶忙把自己的回复都删掉然后放下手机装死。

中午时分，那个漂亮妹子准时回来了，聂壕带着她去停车场取车，偷偷回头一看，拐角处果然有一颗鬼鬼祟祟的小脑袋。发现聂壕回过头，那颗脑袋连忙把自己藏了起来。

聂壕得意地勾着嘴角，领着漂亮妹子开车扬长而去。

他去了自己最常去的那家餐厅，两人在靠窗的座位落座。服务生刚刚递上菜单，门口就传来了欧翩跹的声音：“聂壕！”

聂壕强忍着不露出笑容，冷着脸对服务生说：“把那个女人给我赶出去。”

服务生为难道：“可是聂总，她在我们这里办了钻石会员……”

“对呀，对呀，你别想把我赶走！你在哪儿我在哪儿！”翩跹一边说着，一边气喘吁吁地跑到聂壕桌前，右手还提着一个巨大的麻布袋。

翩跹坐在他旁边，霸道地挑起他的下巴说：“今天我就让你知道，你，聂壕，是我的！”

“谁是你的了，走开，不要影响我和我女朋友吃饭！”

“她马上就不是了。”翩跹看向坐在对面一脸茫然的漂亮妹子，将手里的麻布袋“哐当”一声放在她面前，学着攻略里的语气问她，“这六百万够不够让你离开我喜欢的男人？”

漂亮妹子先是一怔，接着猛地拍了一下桌子站起来道：“你以为我是那么肤浅的人吗？我告诉你，我是真心喜欢聂总的！我不会为了这么一点钱就离开他！”

翩跹蒙了，不对呀，这和说好的不一样呀！攻略里说了，用巨大的金钱诱惑可以很轻易地逼退情敌的，为什么这个妹子没有退？

一旁的聂壕也在这个时候煽风点火：“哼，你别以为人家都跟你一样是那种拜金虚荣的女人啊！看见游艇脚都挪不动了！”

他话刚说完，面前的漂亮妹子就冷着脸朝餐厅服务台走去，翩跹和聂壕都一脸茫然地看着她，听到她问收银妹子：“你好，能把你的验钞机借我用下吗？”

收银员：“好呀，请便。”

聂壕：“……”

翩跹好奇地扭头问他：“她为什么要借验钞机呀？”

聂壕：“你给我闭嘴！”

翩跹缩了缩脑袋，不明白聂壕怎么又生气了？

漂亮妹子拿着验钞机回来了，一边从麻袋里拿出一捆钱塞进验钞机里，一边对翩跹说：“那个，不是我不相信你啊，但是验一下，我比较放心。”

翩跹终于懂了，说：“这么说，你愿意放弃聂壕啦？”

漂亮妹子翻了个白眼道：“废话，他连我名字都不知道。”

聂壕俊脸涨得通红，咆哮道：“喂！有你这么揭我短的吗？”

有六百万在手的漂亮妹子懒得理他了，认真地对翩跹说：“不过我可告诉你哦，要是数额不够，你一定要全数补给我的。”

翩跹建议：“或者我给你转账？你这样要验很久耶，我今天带现金来只是想显得比较有气势。”

“好啊好啊！”

于是，漂亮妹子留了账号，翩跹现场转了账，妹子开开心心地拎着包走了。

翩跹高兴地搓搓小手，她实在爱死攻略这本书啦！

她回过头，霸道地对聂壕说：“你看吧小妖精，我说过你逃不出我手掌心的。”

整间餐厅的人都在津津有味地围观这场闹剧，聂壕只觉得老脸都给丢光了，起身就想走，却被欧翩跹搂住了腰，喊道：“不准走，小妖精我不准你走！”

聂壕抓狂道：“不要叫我小妖精啊！”

“那你不准走！你看啦，那个妹子给她六百万她就离开你了，可是我没有哦！说明她对你的喜欢只值六百万，但我对你的喜欢绝对比六百万还要多！”

聂壕哼道：“那只是你更贪心罢了，我给你一千万你走不走？”

“不走。”

“三千万？”

“不走。”

“五千——”

“你全款支付我在宇宙旅游三十年的费用我立刻就走。”

一旁竖着耳朵看热闹的餐厅经理没忍住，“噗”的一声笑出来。发现聂壕投来危险的眼神，他连忙正了正神色，说道：“我什么都没听见。”

“哼。”聂壕冷着脸对欧翩跹说，“你‘疯言疯语’说够了没？还让不让我吃饭了？”

翩跹大喜：“那你不走了？我们一起吃饭好不好？我请你！”

“那你别再叫我小妖精了听到没！”

“好好好。”欧翩跹连忙把菜单递到他面前，“你爱吃什么都点上，从今以后我养你呀！”

聂壕一口茶水差点喷出来，说：“咳咳咳，你……养我？”

“对呀对呀。”欧翩跹一脸真诚地抓住他的手，“你要什么我都买给你，好好照顾你，我就是有这么喜欢你呀！”

聂壕微红着脸收回手，低声斥道：“老子不用你养！你少胡说八道了！”

“嘿嘿，那你先点菜。我记得你好像爱吃这几个菜吧？”欧翩跹指着菜单。

“嗯。”聂壕应了一声，随意点了几个菜，问她，“你呢？”

欧翩跹潋滟的大眼睛一眨不眨地看着他，说：“你爱吃什么我就爱吃什么。”

聂壕撇了撇嘴，把菜单递给服务生说：“再加个特制烤肉。”

“好的，聂总请稍等。”

片刻后，做好的菜就一道道端了上来，聂壕拿起筷子吃饭，翩跹却一直看着他，感叹道：“你长得好英俊，鼻梁好挺，我们老家也很少见到像你这么帅的男人呢。”

聂壕吃了一块肉，不理她。

“你的手也长得好好看，地球上怎么说来着？骨节分明，修长有力，对吧对吧？”

聂壕吃了一口菜，仍旧不理她。

“你的喉结和锁骨也长得好好看，如果穿白衬衫露出一点点的话，一定超级诱人的！好想舔……”

“你够了，你到底是来吃饭的还是看我的？”聂壕终于被她说得脸红了。

翩跹连忙把脸埋在碗里，说：“嘿嘿，不说了不说了，吃饭。”

吃完饭后，翩跹果然主动买了单，还挽着聂壕的手臂说：“时间还早呢，我们出去逛个街再回公司吧！”

“不要。”

“就当走走路消食啦，吃这么饱立刻回去工作对身体不好的，拜托啦，拜托啦，答应我这个小小的请求吧。”翩跹拉着他的手摇晃。

“……那就一会儿啊，我下午还要开会呢。”聂壕不耐烦地说。

“好好好。”

两人离开餐厅，沿着街道漫无目的地瞎逛，看到路边卖烤玉米的，翩跹买了一根给他；看到地摊上卖娃娃的，翩跹也买给他；看到卖水果的……

“好了好了，你怎么看到什么都要买，我不需要这些！”聂壕终于被她买得不耐烦了。

翩跹解释："可是我要养你呀，以后你想要什么都告诉我，只要我买得起我一定买给你哦。"

"说了不用你养我了！"聂壕压下心底异样的感觉，带着十分别扭的表情说，"我问你，不准对我撒谎，昨天晚上和你一起在餐厅吃饭的那个男人，到底是什么人？"

"是我老乡啊。"

聂壕怒道："你家老乡一见面就靠在人怀里啊！"

"真的，我没骗你。在我们家乡就是这么和人打招呼的。"翩跹说，"我们那里见到友人，就靠过去把脑袋在对方胸口蹭三下。如果是一男一女就是女孩子蹭男孩子胸口；如果是同性别的话，就是个子矮的蹭个子高的。这是我们表示友好的方式哦。"

此刻，翩跹在聂壕眼里只能用一句话来形容——一本正经地胡说八道。

"你要是不相信，下次我把上官，就是我老乡叫过来，他会给我做证的，我们真的什么都没有！你明明知道我喜欢的是你呀！喜欢你的脸你的手还有你的锁骨喉结……"

"好了好了好了，不要说了！大街上的！"聂壕脸又红了，"不是要逛街吗？还逛不逛了？"

他这么说，就是相信自己啦！翩跹很开心："嗯，走吧走吧！"

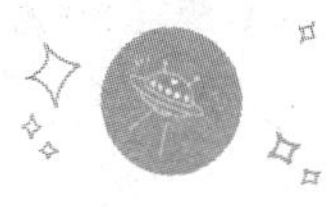

第四章
玩火

Chuanguo Guangnian
Aishang Ni

两人走着走着，就来到了之前翩跹经常去的购物商城，街边落地橱窗内陈列着店里最新上架的衣服，翩跹很快被男模特身上那件白衬衫吸引了。

“聂壕！我买这件衣服送给你好不好？”翩跹指着橱窗问。

聂壕平常对穿什么不太讲究，又想到之前这个蠢女人嚷嚷着什么穿白衬衫舔锁骨的话，就打了个寒噤，说：“我不要。”

“买嘛买嘛，我真的好想看你穿！”

“说了不要就不要！你不要拉着我！快走了！”

翩跹见他要走，索性像得不到玩具的小孩儿一样蹲在地上，扯着他的手大喊：“就让我买给你嘛，你穿白衬衫一定很好看的，你要相信我的眼光啊！”

“喂，你多大了，有你这么赖皮的吗？”聂壕简直要气笑了。

翩跹趁他回头的空当，拉着他跑进了那家店里，对售货小姐指着那件白衬衫说：“麻烦把那件衣服拿给我们试试！”

“好的，您稍等。”

售货小姐一眼就看出这两人都是低调的有钱人，便趁机多拿了几件衣服给翩跹，道：“女士，这几件也是店里新款呢，你男朋友穿着一定很合适，您要不要让他试一试？”

“好耶！我喜欢！”翩跹抱着衣服来到聂壕面前，“这些你都试一下好不好？”

聂壕瞪着她说：“你当我芭比娃娃啊，一件件试衣服！”

“就试一下嘛，不好看我们就不买了，好不好？”翩跹拉着他的手摇来摇去。

聂壕看着她水汪汪的大眼睛，实在无法拒绝，说：“就这些啊，试完咱们就走！”

“好好好。”翩跹雀跃地等在试衣间外面，不断地拍门催促，“好了没呀好了没呀，让我看看呀！”

聂壕一脸不情愿地穿着那件白衬衫出来了，翩跹几乎是立刻就看呆了。聂壕本身就是经常运动的人，身上的肌肉并不十分夸张，但非常匀称有力，将衬衫精良的剪裁全都衬托出来了，再加上他又长得英俊高大，穿着白衬衫简直就像电视剧里的校草一样！

翩跹激动地扑到他怀里，道：“你好帅呀！”

聂壕红着脸把她从自己身上扯下来说：“你花痴啊！”

“这件一定要买，你再试一下别的呀！”翩跹雀跃地说。

聂壕不耐烦地试遍了剩下的衣服，当然每一件穿在他身上都超级好看，等最后一件黑色T恤也试过之后，他问翩跹：“好了吧？我们可以回去了吗？”

翩跹却摇摇头，扭捏地从身后拿出一团粉色的东西，小声道：“你刚刚……试衣服的时候，我去旁边逛了一下，发现这个很不错，你要不要也试一下？”

“什么啊？”聂壕抓过那团布料展开一看，俊脸顿时红成了茄子色，怎么又是男式蕾丝内裤！

他指着翩跹训道：“你……你这个不知廉耻的猥琐女人！快点把东西放回去！”

“就试一下嘛……”翩跹仍旧不死心。

“你放不放回去？不放我就走了！”

“啊，好啦，我放就是了。”翩跹一脸惋惜地朝内衣区走过去。

片刻后，售货小姐把两人要买的东西打包好，翩跹立刻拿出卡递给售货小姐。

聂壕一愣，伸手把她拽了回来说：“行了，你还真给我买啊？”

“对呀，我说过以后我会养你的嘛。”

聂壕抽出卡递给售货小姐，道：“这件事不准跟我争，我个大男人还能让你花钱？”

翩跹感动：“聂壕，你对我这么好，是不是已经喜欢上我了？”

聂壕耳根红了，把她的脑袋朝后一推说：“谁会喜欢你这个神经病啊！”

售货小姐很快拿着收据回来了，两人大包小包朝着公司返回。

回到公司门口时，翩跹伸出双手给聂壕比了一个爱心，道：“那下午工作也要加油哦，小妖精！”

“说了别叫我小妖精了！”聂壕嫌弃地瞪她一眼，走进电梯里。

回到办公室之后，离会议开始还有二十多分钟的时间，聂壕索性靠在老板椅里玩手机，打开社交软件后果然又看见欧翩跹发了新照片，竟然是她趁他试衣服的时候偷偷拍的！

照片里，聂壕穿着白衬衫对着镜子略略皱着眉头，一脸不高兴地准备脱衣服。

底下是欧翩跹的话：“小妖精果然很适合白衬衫，如果再解开最上面一两颗扣子，露出锁骨什么的就最好啦，好想啃一口哦。”

聂壕正想训她几句，往下一翻发现不对呀，怎么照片下面那么多人点赞还有评论！而且都是他认识的人！

陈鹰（聂壕好哥们之一）：“哈哈哈哈哈小妖精！看来聂哥已经被这小丫头收服了嘛！”

沈炽回复陈鹰：“嗯嗯嗯，确实快了，这就是传说中的一物降一物啊。”

孙相挚（聂壕好哥们之二）：“哎呀，那下次见面是不是要叫她嫂子啦？”

沈炽继续回复：“我看还是叫小妖精媳妇儿吧，她肯定喜欢！”

翩跹：“哈哈哈哈我确实喜欢！”

赵大义（公司董事之一）：“我不说话，我就点个赞。”

冉南国（公司董事之二）：“不容易啊，小聂总算找到喜欢的女孩了。我也算看着他长大的，这下可以不用替他张罗相亲的事了。”

戈埔（仓库主管）：“翩跹我给你从老家带了点特产，挺好吃的，你可以拿去给聂总也尝尝。”

聂壕要疯了，抓着手机跑出门，逮住正在喝茶的沈炽质问道：“这怎么回事啊，为什么欧翩跹加了公司这么多同事好友？”

沈炽莫名道：“她也是公司员工啊，大家都是同事，互相加个好友很正常吧。”

“正常个鬼啊，其他同事就算了，为什么所有高层都加了她啊？平常她叫我小妖精的事情现在全公司都知道了好吗！大家还点赞，赞个鬼啊！”

沈炽认真道：“你不喜欢的话，可以让翩跹删掉嘛。”

“……”

“你要是觉得面子上过不去，我帮你告诉她也行啊。”

说着，沈炽就拿起了手机，作势要拨电话，聂壕轻咳一声，义正词严道：“我是那么小气的人吗？好了你也别玩手机了，快去工作！”

看着聂壕转身离开，沈炽憋笑憋得肚子都疼了，直到他关上办公室的门才终于放声大笑起来。

傍晚，聂壕结束了一天的工作驱车回家，还没把车开到别墅门口，他就无奈地叹了口气。

因为此刻，他家大门口的栅栏和树上挂满了各种颜色的彩灯，将四周照得如同白昼。他从车里下来，走到门口对着无人的空气说：“出来吧，别躲了。”

旁边的大树后面立刻探出翩跹可爱的小脑袋，一脸期待地问：“今天的回家礼好不好看？我布置了很久呢！”

聂壕白了她一眼：“无聊，你怎么成天搞这些没用的东西。”

“因为想让你开心呀。”翩跹走过来盯着他看，“你怎么不穿那件白衬衫呀，很适合你的！”

一提起这事聂壕就火大，他没好气地说：“我告诉你，以后不许在社交软件上叫我小妖精听到没！全公司的人都知道了好吗！今天开董事会的时候那些老前辈一个劲儿盯着我笑，你知道有多丢人吗！”

翩跹一脸天真道：“那是因为他们也觉得小妖精这个称呼很适合你吧！你看你长得这么帅，又这么厉害，可不就像地球传说里的小妖精一样吗？”

聂壕简直想一巴掌把她糊到墙上去。

他拿出钥匙开门，翩跹却跟在他身后不走。

聂壕问：“干什么，你家在隔壁！”

“我可不可以去你家参观一下呀？我还没参观过地球人的房子呢！”翩跹说。

满口胡言乱语。聂壕走进门去，叮嘱道：“不准乱逛，不准乱碰我的东西啊！”

“好！”翩跹蹦蹦跳跳地走进聂壕家，一进门就看见花园里摆着一个巨大的烧烤架，顿时激动地扑过去，“哇，你怎么有这么大的烧烤架！烤肉一定超级棒吧！”

“哦，老早之前买的了，买了之后就没用过几次，都闲置了。”

“那多可惜呀，聂壕，你还没吃晚饭吧，我们一起用这个烤肉吃好不好？”

聂壕撇撇嘴，说：“不好，很麻烦的。而且家里也没有准备肉和酱料。”

“我家有肉和酱料呀，拜托了，我们就一起烤肉吃吧！你要是嫌麻烦的话，我帮你烤，不用你动手！”翩跹再度发挥她橡皮糖的特性，黏在聂壕身上不撒手。

“不行！少跟我黏黏糊糊的，走开！”

“拜托了拜托了，我知道聂壕最好啦！”

“……那你快点去拿材料，我告诉你啊，我不会动手的，你要吃就自己烤！”

“好耶好耶！”翩跹跳起来抱了他一下，然后就像小兔子一样冲了出去。

聂壕无奈地朝烧烤架走过去，将最上面的烤网拿起来看了眼，皱起了眉。真是的，都多久没用过了，上面全是灰尘！保姆又不在，这么大洗起来多麻烦啊！

他一边在心底抱怨着，一边拎着烤网朝旁边的水龙头走去。

很快，翩跹就把家里冰箱储存的蔬菜、肉、饮料和酱料全都搬到了聂壕这边。

聂壕正把木炭加到烤架里，见她提着大包小包的样子，便伸出手说：“给我。”

“没关系呀我来吧！”

“叫你给我就给我！”

“哦……”翩跹只好把东西都送到他手中。

聂壕看了眼木炭燃烧的情况，说：“可以了。”

然后，他便把肉和蔬菜铺在烤网上，再涂上酱料和油。红嫩嫩的肉在木炭灼热的烧烤下，溢出内里的油脂，掉落在下面的木炭上发出“滋滋滋”的诱人声响。

翩跹享受地做了个深呼吸，陶醉地说：“好香呀！”

聂壕一边翻转着鸡翅，一边鄙视地看着她，嘟囔：“吃货。”

翩跹嘿嘿一笑，眼巴巴地看着他手里的夹子，说：“可不可以让我也烤一下，你刚刚不是说你自己不动手吗？”

“你废话怎么那么多，这是我的烤架，万一被你弄坏了怎么办？”聂壕撇嘴。

“让我玩一下嘛！”翩跹拉着他手臂撒娇。

聂壕只得把夹子和刷子递到她手上，不耐烦地叮嘱：“小心别烫到啊。”

“嗯嗯嗯嗯嗯！”翩跹开心地翻转着鸡翅，“话说还是大烤架好呀，我的那个小烤炉做起烧烤就没这么有感觉！回头我也要买一个这样的！”

聂壕说：“我当初买了都后悔了。就招待兄弟吃饭用了两三次，这不都闲置了？你要是想要就送给你，反正我也用不上。”

“真的吗？小妖精你真好，你是这地球上对我最好的人了！”

聂壕无奈地说道："你到底要我说几次才懂，我不喜欢你叫我小妖精！"

翩跹问："那你想让我叫你什么呀？"

"随便你，反正不要叫小妖精就行，我看起来有那么幼稚吗？"

翩跹沉思片刻，忽然懂了，原来他是觉得小妖精听上去太幼稚呀，那她换个成熟的不就行了？

于是，她对他露出极其灿烂的笑容，聂壕忽然觉得后背发凉，还没来得及阻止，就听到翩跹雀跃地说："老妖精！"

"……"

半分钟后。

被赶出聂壕家的翩跹无辜地拍着他家的铁门，可怜巴巴地说："聂壕，聂壕，你让我进去呀！我到底哪里又做错了，呜呜呜，你给我机会我可以改的嘛！我再也不惹你生气了，你明明知道我最喜欢你了！而且我还没吃到烤肉呢！"

门内传来聂壕没好气的声音："前面说那么多废话，其实你就是为了吃烤肉吧！我算是看透你了！"

"不是呀不是呀，除了吃烤肉，我也喜欢你呀！你快让我进去吧，不然烤肉都要烤煳了呀！"翩跹急得快哭了。

过了几秒，聂壕总算把门打开了，他板着脸挡在门口，瞪着翩跹说："以后还敢不敢那么叫我了？"

翩跹问："你说什么？老妖精还是小妖精？"

"……前面那个！我有那么老吗？"聂壕气得鼻子都要歪了。

"没有没有！聂壕最帅最可爱了！"翩跹连忙说，"那我以后还是叫你小妖精哦！啊，我的烤肉——"说着，她就推开聂壕朝花园里的烤肉架飞奔而去。

聂壕简直要气死了，追过去就要骂她，翩跹却夹起一块烤好的肉吹吹凉，然后塞到了他嘴里，说："你快尝尝，好不好吃？这是我买的特制酱料，很贵的呢！"

聂壕将肉咽下去，也就忘了自己还在生气了："嗯，还可以。"

"嘿嘿，那多吃一点。"翩跹夹了好多肉，踮着脚一口一口喂到他嘴里。

聂壕道："好了，不是你一直吵着要吃吗？你自己吃，不用管我了。"

"可是我喜欢你呀，所以要照顾你。"翩跹理所当然地说，"我们老家都是这样的，要把喜欢的人照顾好，才是有本事的人哦！"

聂壕揉了揉泛红的耳根，心想一定是炭火太热了，赶忙拿起饮料喝了一口。

两个人就这么站在美好的夜色下，伴着烤肉的滋滋声吃完了晚餐。翩跹摸着自己滚圆的肚皮，躺在聂壕家的沙滩椅上动弹不得，道："好饱啊，我动不了了。"

聂壕坐在她身边，皱眉道："就算好吃也没必要吃那么多啊，小心把胃吃坏了。"

翩跹叹息道："没办法呀，我担心以后回到老家就吃不到这么正宗的地球美食了，所以要多吃一点。"

"你老家怎么会吃不到，很穷吗？"

翩跹摇摇头，指着头顶的星空说："是很远，很远。我在这里，甚至看不到我们的太阳呢。"

"废话，大晚上的上哪儿看太阳去。"

翩跹歪着脑袋问聂壕："对啦小妖精，这里怎么只有你一个人住？你爸爸妈妈呢？"

聂壕耸耸肩，喝了一口啤酒，道："我爸妈跟我一样，也是生意人。他们自己有住的地方，而且经常出差不在。"

翩跹说："真的吗？那和我爸爸妈妈好像哦！他们的工作也需要在宇宙里出差呢，虽然很少见到他们，但每次爸妈回来都会给我带好多礼物，所以我知道他们一直在想着我啦。"

聂壕自动忽略掉她话里发神经的地方，心想莫非她父母也是生意人？嗯，这样就能解释她为什么家境还不错了。不过像她这样的姑娘可选择的男人应该很多吧，怎么偏偏就出现在了自己的生活里？

他正想问个清楚，就看见翩跹搓了搓手，盯着夜空一本正经地说："哎呀，夜深了，我好想开车哦。"

“噗——”聂壕一口啤酒就喷了出去，“咳咳咳……你这个猥琐的女人，你胡说什么呢！”

翩跹莫名地问：“我胡说什么了？我就是想开车呀！”

聂壕脸红地道：“要开车你自己回家开去，不要以为我跟你一起吃了晚饭就是愿意和你开车了！”

翩跹茫然道：“我本来也没说要和你一起开呀，我正打算去找我老乡呢。”

聂壕瞪大眼睛，怒道：“你……你这个虚情假意的女人！还敢说你和你那个老乡没什么？你都说漏嘴了！”

“说漏嘴什么呀？我只是想和他一起开车呀？很奇怪吗？我们昨天晚上还一起开了大半夜呢，你别说，开车还挺累的，今天早晨我差点就迟到了。”

聂壕都快被这女人厚脸皮的程度给气死了，气愤地站起来，说：“那你就去找他开车吧，以后不要再说什么喜欢我，也别追我了！”

翩跹一看他生气了，赶忙站起来问：“你怎么又生气了呀？我又有哪里做错了吗？是因为开车吗？可是你不也天天开车吗？我为什么不能开？”

“我——”聂壕被她的话给噎住了，停顿了一下才为自己辩解，“我也没有你说的那么夸张，没有天天开车好吗！起码……起码认识你之后就没有了。”

翩跹眼前直冒星星，问：“所以你的意思是，如果我要追你，就不可以开车？”

聂壕哼道：“这不废话嘛！”

翩跹妥协道：“好吧，那我以后都走路去上班就是了，你不要生气了。”

聂壕哽住了，面无表情地说：“等等，你刚刚跟我说的开车，就是开车上班的那个意思吗？”

“对呀，不然呢。”

“……”聂壕沉默了两秒，忽然捏住了翩跹的肩膀使劲儿摇晃，“那你刚刚跟我扯什么找你老乡开车啊！还开了大半夜！”

“就是在晚上开车呀，我老乡的车比较特别，白天开出去很容易出危险的。”翩跹解释。

聂壕有气无力地捂住了脸：“我要一个人静一静，别打扰我。”

翩跹终于明白了什么，问：“啊……难道在地球上开车还有别的意思？”

聂壕红着脸说：“没有！”

“真的没有吗？让我上网查一查——”

“不准查！”聂壕赶忙夺过她的手机，“我说没有就是没有，你还不相信我说的话吗？”

翩跹赶忙说：“当然相信了，我喜欢你呀。”

“那就听我的话，不准查。”聂壕趁机说，“还有啊，以后除了我，不准对着任何一个男人问他能不能开车，你那个老乡也不行，知道吗？”

“哦。”翩跹听话地点点头，“那你不生我的气了哦。”

“嗯。”聂壕故作高傲地点点头，“你回去吧，我要休息了。”

“那晚安啦，明天见呀小妖精。”见他不生气了，翩跹也放心下来，对他挥挥小手，转身跑回了隔壁的别墅。

她一走，聂壕紧绷的神经就松懈了下来，他百思不得其解，他为什么要对这个女人这么在意啊！以前他身边的女人来来去去，他知道她们和别的男人有瓜葛，但是他从来没在乎过，反正大家都只是玩玩而已。

可是刚刚听到翩跹说和她老乡开车，聂壕真的是人生中第一次这么生气！

难道他对她……

不不不，不可能的，他怎么可能喜欢上一个神经病啊！一定是因为这女人总是在自己周围神神道道的，他被她的天马行空影响了。

嗯，对，一定是这样。

聂壕一边想着，一边抬头朝隔壁的别墅望去，翩跹已经回到了家里，正站在阳台上对着花园里的他挥手。

他的手机收到了她的消息：“小妖精，我到家啦，早点睡哟，明天上班一定要穿那件白衬衫哦。”

聂壕动了动手指，回复道：“不要，我睡了，晚安。”

翩跹：“……呜呜呜，你这个磨人的坏妖精！”

聂壕收起手机，勾着嘴角转身走进屋里。

第二天清早，床头的闹钟叫醒了聂壕。

他从宽阔的大床上坐起来，揉了揉头发，像往常那般走去卫生间洗漱。换衣服的时候，他从衣帽间随意抓了一件衣服就套在头上，然而就在将手臂套进袖子里的时候，眼角余光忽然瞥到了放在地上的纸袋子，里面放着的正是被欧翩跹那个女人硬缠着让他买的白衬衫。

聂壕拿出那件白衬衫放在眼前看着，左看右看都不觉得这衣服到底哪里好看了，那个女人的审美还真是奇葩。

他撇了撇嘴，将衬衫穿在身上，把扣子严密地扣到脖子下方之后又想起了什么，解开了最上面的两颗，然后随意套了件西装裤，吃了点保姆准备的早餐就出门了。

聂壕刚刚把车子从车库开出来，旁边就猛地冲出一个身影扑到他车窗前，大喊：“早上好呀小妖精！”

聂壕吓了一跳，说：“大早上的喊什么喊，你想吓死我吗？”

“嘿嘿，见到你太激动了嘛。”翩跹对他灿烂地笑着，“你今天送我去公司好不好呀？”

“为什么，你不是有车吗？”

翩跹委屈地说：“不是你昨天说不允许我开车吗？我都在这里等你好久了……你不送我，我就只能走着去了。”

想到昨晚那个关于开车的误会，聂壕稍微有点尴尬，道：“那就快点上来吧。”

“我就知道小妖精最好啦！”翩跹钻进了车里，问，“你吃早饭了没呀？”

“吃过了啊，你没吃？”

“没有！”翩跹拿出包里的面包，“我可以在你车里吃吗？”

“可以，但你早上就吃个面包啊？你家里没有保姆吗？让她给你做啊。”聂壕一边开车一边说。

翩跹紧张地说：“我不可以聘请保姆的。”

“为什么？”

“……我不能告诉你，你会被吓跑的。”

聂壕翻个白眼：“神神秘秘的，你就算想说我还不想听呢。”

翩跹对他讨好地笑了笑，然后便打开面包吃起来，还拿出手机玩起了上面的游戏。

聂壕忍不住用眼角余光去瞥翩跹，想看看她有没有注意到自己穿了那件白衬衫。然而这个蠢女人似乎毫无察觉，要么就专心致志地玩游戏，要么就玩社交软件，反正是自从上车之后就连头都没抬过。

聂壕终于忍不住了，故意咳嗽了几声：“咳咳！”

这下翩跹总算把脑袋抬起来了，扭头问他：“聂壕你没事吧，怎么咳嗽了，是不是生病了？”

“没有，刚刚嗓子不太舒服而已。”聂壕说着，抬手故意扯了扯衬衫的领口。

“哦，没有就好，要是难受一定要去看医生哦。”翩跹关切地说完，又把视线转回到了手机上。

聂壕差点没把方向盘给掰碎了，这个可恶的女人，他都暗示得这么明显了，她怎么还是没看见，也不想想昨天晚上是谁央求着他一定要穿这件难看的白衬衫的！现在他穿了，她竟然视而不见，可恶，她一定是故意的！不理她了！

聂壕气愤地把车开到公司，翩跹下车的时候看着手机傻笑，还差点撞在车门上。聂壕终于火了，抢过她的手机说：“这破手机到底有什么好玩的，你盯着看了一路！”

翩跹对他灿烂地笑道：“我刚刚发了照片，不知道为什么大家都在下面发‘囍’字，祝我和你百年好合呢！”

“哈？”聂壕点开她的社交软件，看到她发了一张吃了一半的面包照片，下面写着：“今天和聂壕一起开车了呢，好开心呀！他还让我答应他以后不可以和别的男人开车，虽然不明白为什么，但是只要他开心就好啦。”

聂壕顿时有种搬起石头砸自己脚的悲痛感。他把手机塞回翩跹手里，一言不发朝公司大厅走去。

一进门就撞见了沈炽，他一看见聂壕就意味深长地说："聂哥，恭喜啊。"

聂壕瞪他："恭喜个头啊，不是你们想的那样！"

"啊？"沈炽一脸不解，正想问个清楚，却被另一件事吸引住了注意力，"咦，聂哥，你今天这个衣服……很少见你这么穿啊？"

聂壕平常穿衣不拘小节，这是众多哥们都知道的。只有参加重要的商业会议时才会穿西装，然而今天公司也没什么重要的事啊，他怎么穿得如此正式？

沈炽忽然恍然大悟："哦，这就是翩跹买给你的那件衣服——"

聂壕连忙打断了哥们的话，说："别……别说了！"

然而一旁的翩跹听到了动静，抬起头好奇地问了一句："你们在说什么呢？"

沈炽被命令了不能说话，只能不断地用手指聂壕的衣服。

聂壕又尴尬又紧张，心想都这么明显了，这下这个蠢女人应该能发现了吧？

谁想翩跹盯着他看了两秒，笑着说道："嘿嘿，你们还真是好朋友呀。那小妖精工作加油哦，我也去上班啦！"说完就转身一蹦一跳地跑了，手上还抓着那个可恶的手机。

聂壕黑着脸在原地站了几秒，忽然平地一声吼："欧翩跹！"

前方的翩跹猛地刹住脚步，茫然地回过头："小妖精你叫我？"

只见聂壕气势汹汹朝她走过来，拽住了她手腕，半天才从嘴里挤出几个字："你……你好样的！"

翩跹困惑地眨眨眼，说："呃，谢谢夸奖？"

聂壕差点没一口老血吐出来，他没好气地说："以后我要是再听你的话，我名字就倒着写！"说完就甩开她气愤地走了。

"哎哎哎哎哎，聂哥你别生气，有话慢慢说啊！"沈炽连忙追了上去。

剩下翩跹一个人在原地茫然不已，这个男人到底是怎么回事呀，明明路上的时候还好好的，为什么突然就生气了呢？她又有哪里做错了吗？

已经许久未开口的系统突然在这时说话了：[想知道，你哪里错了吗？]

翩跹：[……你是不是又要收费了，好吧，告诉我是为什么吧。]

系统：[很简单的，你有没有注意到他今天的穿着。]

穿着？翩跹挠挠脑袋，不好意思地说：[路上只顾着玩手机了，没注意呀。]

如果系统可以化作实体，它现在肯定已经开始打人了：[他穿了昨天你们买的那件白衬衫！你的脑子不是玩儿星原装的吧！你是想把我气到服务器故障吗？]

“啊啊啊，原来是这样啊！”翩跹猛地一拍脑壳，撒腿就追了过去，“聂壕，聂壕我错了，你别走啊！”

等翩跹追到聂壕的时候，他已经走到办公室门口了，正没好气地脱着身上那件白衬衫。沈炽还在旁边试图充当和事佬，道：“聂哥你别生气，你也知道那丫头有时候傻傻的，她不是故意的——”

“你再帮她说话，就跟她一起管仓库去！”聂壕没好气地说。

就在这时，翩跹冲了过来，一把攥住聂壕的衣领，大喊道：“不准脱！”

聂壕一边试图甩掉她一边说：“放开我！这是我的衣服我为什么不能脱！你别跟我拉拉扯扯的！”

翩跹当着众人的面理所当然地说：“因为你是我喜欢的人，这件衣服也是我给你挑的，所以要脱也是我帮你脱！我不允许你脱你就得穿着！”

聂壕很少见到翩跹这么强势，愣了一下才说：“神经，我为什么要听你的啊？”

“反正就是不许脱！”翩跹将他拉近到自己面前，露出邪魅一笑，哼哼道，“你这个爱发脾气的小妖精，总是跟我闹别扭，你这是在玩火你知道吗！”

聂壕一脸崩溃地将她的脑袋推开，怒道：“玩你妹的火啊！”

虽然在日常生活里聂壕是不折不扣的花花公子，但工作时他还是很认真的。开会、审核合同、洽谈生意、听下属汇报情况，一番连轴转地忙碌下来，时间已经到了中午十二点，而他忙得连口水都还没顾得上喝。

总算结束了上午的工作，聂壕累得靠在椅子上，随意一瞥手机，发现上面收到了许多条消息，都是给他今早在社交软件上发的一条广告的回复。

聂壕懒洋洋地划开屏幕一看，一股酸爽感顿时扑面而来！

陈鹰："玩火的聂哥，火就那么好玩吗？"

孙相挚："看样子很好玩，说真的，聂哥身边有这么个活宝肯定每天都过得很开心吧哈哈哈哈。"

冉南国："小聂啊，你们年轻人的生活我确实不太懂，不过玩火是不是有点过了？你都二十多岁怎么还像小时候一样呢？万一把房子给点着了怎么办？"

沈炽回复上面的公司董事："呃，冉伯伯，此玩火非彼玩火，您不用担心。"

冉南国："是吗？唉，我果真是老了。"

赵大义："老了+1，我还是点点赞就行了。"

聂壕气得差点没把手机给拍碎了，按下电话按钮说："把沈炽给我叫进来！"

一分钟的工夫沈炽就进来了，他一脸想笑又不敢笑的表情，聂壕看着顿时更郁闷了，抓着手机问："为什么全公司的人都知道我玩火了？不对，都以为我玩火了！话说回来玩火到底是个什么鬼啊！"

沈炽一脸无辜道："聂哥，这可真不是我的锅。谁让早上你和翩跹当着那么多人的面大吵大闹，很多人都听到了，有人在公司内部通讯系统说了一句聂哥是爱玩火的总裁，就这么流行开啦。"

聂壕指着他说："肯定是你散发出去的！我平常对你不好吗？你竟然这么对我？"

沈炽笑道："聂哥，你总是这么不坦率，明明现在心里很高兴对吧。”

聂壕的俊脸涨成了番茄色，说：“你……你胡说什么呢！”

沈炽一脸“你别装了”的表情，指着他的衣服说：“要是真那么讨厌欧翩跹，你先把身上那件白衬衫换了啊！”

聂壕梗着脖子说：“我只是太忙了，一时忘记换了而已！哼，我现在就换！”

说着，他就要去旁边的休息室换衣服，可就像是跟这件衣服有心灵感应似的，翩跹忽然推门进来了，喊道：“聂壕，你吃午饭了没有？啊啊啊，你这个不听话的坏妖精，说了这件衣服不许脱的！”

她冲上来对他露出邪魅笑容，道：“哼哼，小妖精，你又要玩火了吗？”

“我玩你个头啊，你以后再提这两个字信不信我把你糊到墙上去！”聂壕没好气地说。

“嗯？你不喜欢我这么说吗？”翩跹有点不解，怎么会这样，这句话可是她从攻略第五章“如何哄生气了的地球对象”上面学来的，写的人明明说，地球人一听到这句话就会变得很娇羞，然后就不生气了。

可是聂壕怎么看上去更生气了呢？

她只好拉着他的袖子说：“对不起啦，早上是我不好，不应该没注意到你专门为我穿了这件衬衫，我特意给你买了午餐哦，你就不要生我的气了好不好嘛。”

“不好！现在我是玩火的总裁这件事全公司的人都知道了！”

“那……那你不喜欢玩火，下次我们去玩水啊？”

聂壕怒道：“你给我糊到墙上去！”

翩跹想求助现场的围观群众，却发现沈炽早就神不知鬼不觉地溜走了。

她只好委屈地走到墙边，把脸贴在了墙上。

聂壕皱眉问：“你干什么啊？”

翩跹红着眼睛小声抽泣：“不是你让我糊到墙上吗？”

聂壕瞪着她看了两秒，忽然就“扑哧”笑了出来。

他大笑着将翩跹拉过来，戳着她的小脑袋说：“你能不能不要那么蠢啊？”

翩跹捂着额头说：“我不蠢的，我的智商在我们家乡排名很靠前的呢。”

“好好好。”聂壕擦了下她眼角的泪珠，问，“不是说给我买了午餐吗？在哪儿呢？”

翩跹的眼睛顿时就亮了，这么说他不生气了哦！她开心地说：“马上就到，已经在路上了！”

不一会儿，穿着统一制服的餐厅服务生就带着一道道饭菜进来了。看着这么多菜，聂壕惊了，扭头问翩跹：“你叫了多少菜啊？”

“不多呀，三十多道而已啦。”

“你有病啊，这么多我怎么吃得完！”

翩跹委屈：“可是我怕你工作太辛苦，想给你补充营养啊。”

这何止是补充营养，直接营养过剩了好吗？聂壕无奈道：“这样吧，把菜给外面的员工分一分，我们吃几个就够了。”

“好吧，听你的。”忽然，她“咦”了一声，“聂壕，你刚刚是不是说了‘我们’？你愿意和我一起吃中饭吗？”

“……不是！你听错了！”

“我没有！小妖精想跟我吃饭就直说嘛，嘿嘿，你果然是个傲娇的男人呀。”

“……你给我糊到墙上去！”

两人又闹腾了一番，总算是安静下来，坐在那张桌子旁边吃饭。

翩跹开心地把菜塞进嘴里，小脸鼓得圆圆的，连嘴角沾上了饭粒都不知道。

聂壕鄙夷地瞪着她，伸出手指将她嘴角的饭粒捏下来，一边训她“你这女人吃东西一点都不淑女”，一边非常自然地把那颗饭粒放进了自己嘴里。

做完这个动作之后，两个人都呆住了。

聂壕愕然地盯着自己的手，他为什么要从这个女人的脸上抢饭吃啊？！

翩跹还在盯着他看，聂壕连忙用大声说话来掩饰自己的慌张，道：“你看什么看，吃饭啊！”

“聂壕……你……”

他紧张得快要把筷子捏断了，她要说什么？

翩跹忽然说了一句：“你的手真的是怎么看都好看，让我给你拍个照吧！”说着就拿出手机对着他的手拍了一张。

原来她在看这个啊。聂壕松了口气，但很快又觉得不对，他都对她做出这么亲昵的动作了，她怎么一点反应都没有？这家伙到底是不是地球人啊？

一旁的翩跹喜滋滋地把他的手照放到了社交软件上，然后说：“对了对了，你晚上有没有空呀？我们一起去看话剧好不好？”

“话剧？那有什么好看的，不去。”

“去嘛去嘛，我还没有看过地球人的话剧呢！”翩跹拉着他的手指捏来捏去。

聂壕红着脸收回手道：“去就去，你不要跟我黏黏糊糊的。”

“嘿嘿，就知道你是个嘴硬心软的小妖精。”翩跹得意地说，拿起手机一看，高兴道，“哇，又有好多人给我点赞哦！”

聂壕对于这笨女人在手机上乱发照片已经习惯了，说：“拿过来给我看看。”

翩跹乖乖把手机递给他，屏幕上是他的手照，下面写着：“我家小妖精的手长得可真好看呀。”

聂壕瞪她说：“我怎么成你家的了？少在那里自作多情了。”

翩跹道：“以后肯定会是的，因为我们会结婚呀！”

“结你妹！好了我要工作了，看话剧你晚上再来找我吧。”

“嗯！”翩跹跳起来抱了他一下，“小妖精工作加油哦！”说完就蹦蹦跳跳地出门了。

徒留聂壕一个人愣在原地，搓了搓自己的手，心想她身上还挺软乎的。

傍晚时分，翩跹正蜷缩在办公桌前的椅子里看电视剧，门外忽然响起了一阵脚步声，紧接着聂壕就出现在门口说："走了。"

"嗯？"翩跹看了眼时间，"还有半小时才下班耶，你怎么这么早就过来了？"

"咳咳……我今天下午事情少还不行吗？"

"行呀，可是剩下的半小时怎么办……"

仓库主管从货架后面探出脑袋说："翩跹你去吧，我帮你看着就行了。"

"好呀，谢谢你主管，你真是个好人。"翩跹开心地说着，从椅子上跳下来，拿起包包走到聂壕身边，"那我们走吧。"

"嗯。"聂壕领着她来到一楼大厅，刚刚从电梯出来就碰到公司两个中层，对方看到他，顿时恍然大悟，道："我说聂总刚刚怎么催着我赶紧交报告呢，原来是急着去约会啊。"

"唉，这就是热恋中的男人啊。"

"他们在说什么呀，谁热恋呀？"翩跹好奇地问。

聂壕连忙把她的耳朵捂起来，红着脸说："快走，别人的闲事少管懂不懂啊。"

"哦。"

聂壕开着车，按照翩跹的指引把车开到了市里的一家剧院门口，不过这剧院的规模也太小了，夹在便利店和服装店中间，一不留神就会被人忽略掉。

他皱眉从车里下来，看着头顶那个破破烂烂的剧院标牌，问翩跹："你到底要看什么话剧啊？我们找个影院看电影不好吗？"话刚说完，他忽然注意到剧院门口贴了一张小小的宣传报，上面印着话剧的名字《外星人地球居住记》，下面则印着几个话剧演员的脸。

聂壕随意瞥了一眼，忽然发现右上角那个扛着UFO的面孔有点眼熟。他盯着对方看了一会儿脸就黑了，指着那张脸问翩跹："这是不是你那个老乡？"

"是呀是呀！"翩跹开心地说，"我专门来给他捧场哦！"

"……"

"哎，聂壕你别走呀，你要去哪儿？为什么又生气了呀？"

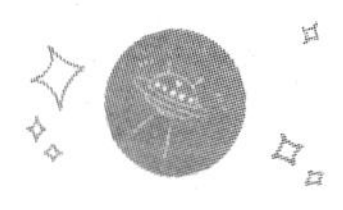

第五章
话剧

Chuangguo Guangnian
Aishang Ni

翩跹像条尾巴似的被聂壕拽在身后，从街的这一头被他拖到另一头，又从另一头拖回来，聂壕终于没辙了，无奈大吼：“好好好，我陪你看还不行吗？”

翩跹开心地抱住他大喊：“小妖精最好啦！”

聂壕一脸憋屈地揽着她，心想我真是太好了！这天底下哪还有男人会陪着一个女人去看她男性暧昧友人的话剧啊！而且这女人还口口声声说什么喜欢自己，要追求自己！她这像是在追自己的样子吗？

“我们买点吃的再进去吧！”翩跹看到不远处有个小吃铺，便拉着他跑过去，买了一大堆山楂片、小蛋糕、炸鸡块，还有两杯饮料。

“哇，鸡块好香哦！”翩跹用叉子插了一块放到聂壕嘴边，“你快尝尝！”

聂壕将香酥可口的鸡块吞下去，翩跹又把小蛋糕塞过来说：“再尝尝这个呀！”

看着她望着自己时清澈爱慕的眼神，聂壕憋屈的心情终于稍稍好转了一点。

他替她拎过那一大堆零食，拽着她的手腕朝剧院走去，说：“好了，进去再吃吧，你这还没开始看呢就要把零食吃光了。”

“嗯，都听小妖精的！”

两人走进剧院大厅，里面的装潢和外面一样破破烂烂的。话剧还没开演，大厅里开着灯，但灯光颜色也是昏昏沉沉的，一看就让人没劲儿。

观众席上总共也就十多个人，大部分的座位都空着。舞台上，还有几个话剧演员在临时充当剧务搬道具。

翩跹兴冲冲地找到他们俩的座位，拉着聂壕坐下，满脸期待地看着周围的景象，惊叹道：“这里就是地球的剧院哦，好棒啊！”

聂壕无奈道：“这也算好棒？下次带你去有名的剧院让你看看什么叫真正的好棒。”

“可是这里真的好棒啊！”翩跹靠在他身上说，“你不知道，我老家早就没有这样的场所啦！大家看电影什么的全在家里，根本没有这样的气氛呢！”

聂壕已经完全想象不出翩跹的老家到底是个什么样子了。不过这丫头说话总是天马行空的，他也没往深处想。

这个时候，一个穿着怪异服装的男人从舞台一侧走出来了，肩上还扛着一张桌子，翩跹一看到他就激动地挥手大喊：“上官霸琦！上官霸琦！我在这里！”

聂壕嘴里那口果汁“噗”地就喷出来了，不是吧，这女人的老乡怎么叫这么个名字，他以为他是言情小说男主角吗？

台上的上官霸琦循声看去，很快发现了欢快地挥舞着小手的翩跹，对她淡淡一笑，说：“谢谢捧场。”

“不客气不客气！加油哦！”翩跹一边大声说着，一边把旁边的聂壕拉了起来，“你也跟上官霸琦打个招呼呀小妖精！”

我干吗要跟这个家伙打招呼啊！聂壕一脸不爽地对上官霸琦抬了抬下巴。

上官霸琦则回以礼貌一笑，然后将肩上的桌子放下，还潇洒地摇了摇头发。

旁边的两个女演员顿时望着他露出花痴的表情。

聂壕差点就要冲上去打人了，这货有病吗？搬个桌子而已，他怎么还要起帅来了！谁不会搬桌子似的啊，等他上去搬一个一定比他帅一百倍！

他赶紧扭头去看旁边的蠢女人，只见翩跹看着上官霸琦，特别自豪地说："哈哈，上官太有型了！今天的话剧一定超好看，聂壕你说是不是！"

是个头啊！

聂壕没好气地坐回吱呀作响的椅子上，不想理她了。

"你怎么又生气了呀？"翩跹不解地凑上来，不好意思地说，"是因为我把小蛋糕都吃完了吗？"

聂壕无奈地看了她一眼，为什么面对这个女人的时候明明很生气，但就是没办法对她发火呢？

他把翩跹凑近的脑袋推到旁边，说："你好好看话剧，不要离我这么近。"

"哦。"

又过了几分钟，舞台上的布景总算做好了，观众席的灯灭了，话剧开演。

其实这部名为《外星人地球居住记》的话剧也没什么特别亮眼的剧情，就是讲一个外星人伪装成地球人的样子在地球定居，渐渐和一群地球人成为好朋友的故事。不过不得不说的是，每个话剧演员都特别敬业，表演得十分到位。

看到搞笑的地方，翩跹哈哈大笑；看到紧张的地方，翩跹就害怕地钻到聂壕怀里，还把脸埋在他胸口。

她身上散发出洗发水的清香，她软乎乎的身体更是让聂壕又享受又煎熬，他想把她推开，可是又有点舍不得。可恶，这女人怎么这么会撩啊，她还总装成一副天真烂漫傻乎乎的样子，该不会是故意骗自己的吧？

等话剧演完的时候，翩跹激动地用力鼓掌，大声对台上的演员喊："你们演得好好哦！这一定是全宇宙最好的话剧啦！"

因为这是个很小型的话剧，并不算很正规，所以演出结束后演员都没有离开，而是留在台上和观众们交流或者合影留念。

翩跹赶忙拉着聂壕朝前跑，说："我们也去吧！女主角好漂亮哦，我一定要和她拍合照！"

聂壕只好被她拉到台上去。

"上官霸琦！"翩跹对被女生围在中间的上官霸琦挥着小手，"我在这里！"

对方立刻朝她走过来，认真地问："我演得怎么样？"

"超级棒！和真的外星人一模一样！"

"那就好，我还有点担心我扛着UFO那一幕会不会有点夸张。"上官霸琦琢磨着，这时他看到了一旁的聂壕，问翩跹，"这位就是你正在追求的对象吧？"

聂壕顿时用鼻子冷哼一声，眯着眼睛瞪他，心想你知道她在追我你刚刚还潇洒地搬什么桌子啊！你以为你比得过我吗？

"对呀对呀，他叫聂壕，是不是超级帅？！"翩跹幸福地靠在聂壕身上。

"从地球和咱们老家的审美来看，确实是个外貌基因很不错的人。"上官霸琦认真地点点头，朝聂壕友好地伸出了手，"你好，我是欧翩跹的老乡，我叫震天动地·雷火·冰封灭·上官霸琦，平常叫我上官霸琦就可以。"

聂壕："……"

他现在信了这家伙和欧翩跹真的是老乡了。

"我就叫聂壕。"他和上官握了握手，雄性的竞争本能促使他说道，"对了，你那游艇看着不错，最近我也买了一艘，过几天就运来了，有空你可以来看看。"

"好，我一定大驾光临。"

……有形容自己"大驾光临"的吗！是想给他下马威吗！

聂壕正要发作，上官身后忽然传来一个清脆好听的女声："上官！能不能帮我抬一下桌子？"

一向表情清冷平静的上官忽然就红了脸，说："好……好的！没……没有问题！"然后就朝那个女声的主人跑了过去。

翩跹好奇地看着叫上官帮忙的那个姑娘，说："哇，那个就是女主角耶！一会儿我要找她合影！”

只见上官霸琦走过去，毫不费力地一口气就抬起两张桌子，快速把桌子搬到幕后去了。放下桌子，他又很快回来，微红着脸问话剧女主角：“还还……还有什么需要我帮……帮忙的吗？你……你尽管吩咐，不……不用客气！”

女主角笑着摇头说：“不用啦，真的太谢谢你了，自从你加入我们剧团之后，我感觉整个剧团都有活力了呢。”

上官的脸更红了，挠着脑袋说：“我并没有……做……做什么，演……演技也不够好，还有很多要和你……你们学习的地方。”

“嗯，你放心，我会慢慢教你的！”女主角笑着看向翩跹这边，“刚刚我看你和这个观众说话呢，你好厉害哦，粉丝越来越多啦！”

“不不不，她……她是我的老乡！”上官霸琦连忙摆摆手。

翩跹也赶忙兴冲冲地跑过去，激动地问女主角：“是呀，我是上官的老乡，大明星，看在我和上官是老乡的份儿上，你可不可以跟我合个影呀？”

女主角笑得特别温暖阳光，点头道：“当然可以，上官的朋友就是我的朋友。啊，还没问你叫什么呢？”

“我叫欧翩跹，大明星你呢？”

“我叫钱涟凝。”

“哇，好好听的地球名字哦！”翩跹开心地说，“你刚刚演得好棒哦！这是我看过全宇宙最好看的话剧啦！”

“哈哈哈，你和上官果然是老乡，说话风格都很像呢。”钱涟凝笑道，“那咱们就一起合影吧！”

“好好好！”翩跹拿出手机递给旁边一个演员，“可不可以帮我们拍个照？”

对方同意了，翩跹连忙把站在旁边不吭声的聂壕拉过来说：“小妖精，你过来一起照呀！”

聂壕只好站在她身边，翩跹挽住他的手臂，和钱涟凝一起对着镜头比了个剪刀手。

“那我就先去忙了，剧团还有点事要我处理，你们先聊吧。”拍完照后，钱涟凝说道。

“好的好的！”翩跹连忙点头。

上官霸琦追上去问：“有……有没有我能帮得上忙的地方？”

“唔，没关系，你先和翩跹聊天吧，十分钟后大家都过来开个会就好。”

“好……好的。”

待钱涟凝离开后，翩跹才好奇地问上官：“好奇怪呀上官，为什么你一对涟凝说话就结巴呢？”

上官顿时僵在原地，紧张地说：“我没有啊！”

“有啦有啦，我注意很久了。难道你都没发现吗？那我把涟凝叫回来让你再跟她说句——”

翩跹话还没说完，就被聂壕捂住了嘴，训斥道：“你少管别人的闲事！”

“……哦。话说聂壕你手指上有山楂片的味道耶。”

聂壕红着耳根松开了手，瞪她：“谁让你乱舔的！”

翩跹嘿嘿一笑，讨好地挽着他的手臂。

聂壕白了她一眼，转头对上官霸琦说：“既然你还要开会，那我们就先走了。”

上官感激地看了看他，点头道：“好的，多谢。下次一定去你的游艇参观。”

说起这个，聂壕不由得联想到了什么，拿出手机说：“方便加个好友吗？”

“当然。”

两人加完社交软件的好友后，聂壕拉着翩跹离开了剧院，她问他：“你刚刚为什么不让我说完呀，上官是一对涟凝说话就结巴呀！他会不会是生病了呀？”

是生病了，而且还是相思病。

聂壕心底明明乐开了花，还要板着脸训翩跹：“他没事！我告诉你，既然你要追我，那就只准关注我的事情，再在我面前说别的男人的事，我就不理你了！”

“好啦好啦，我答应你，你不要生气哦。”

“哼。”

“嘿嘿。话说你也觉得上官是很不错的人吧，不然就不会加他好友啦！”

“谁说的，我加他只是为了——”

只是为了以防万一而已。虽然那家伙现在心有所属，可万一哪天突然对这个蠢女人感兴趣了怎么办？所以他还是做点准备比较好。

不过这些话就没必要告诉这个蠢女人了，聂壕问：“接下来干什么？回家？”

“不要不要，还早呢！前面那条街好像有好多好吃的，我们去吃好不好！”

“你个吃货，就知道吃！”聂壕鄙夷地看了她一眼，牵住她的小手朝前走去。

两人在街上吃了一路，最后翩跹买了一个粉色爱心状的超大号棉花糖。她举着棉花糖对聂壕说：“小妖精，你帮我和地球的棉花糖拍个合影呀！我要把这个发给爸爸妈妈看！”

聂壕一边腹诽着你怎么不把我拍下来发给你爸妈看呢，一边按下手机快门。

“你也来和棉花糖拍一张吧，趁我把它吃掉之前！”翩跹又把棉花糖塞到他手里。

聂壕不情愿道：“我一个大老爷们，干吗要和这种甜腻腻的东西合影啊？”

“哎呀，你把它举高高呀！”翩跹拿着手机朝他跺脚。

聂壕只好举着棉花糖对着镜头翻白眼。

翩跹拍好照片后喜滋滋地把棉花糖拿回来，咬了一口后露出幸福的表情，递到聂壕嘴边道：“好好吃，你也尝尝呀！”

这句话他今天晚上听了不下十次了。

聂壕无奈地咬了一口，问：“还要吃什么别的吗？”

翩跹摸了摸肚子，摇头道：“不行，今天实在吃不下啦，我们回家吧！”

聂壕开车载着她回家，翩跹就坐在一旁玩手机，等他把车停到家门口时，她已经把今天的照片整理好发到社交软件上去了。

“哇！点赞的人越来越多啦！大家都说——”

聂壕竖起耳朵，本以为他接下来听到的会是夸赞自己的话，谁知——

“——上官好帅！哈哈哈，我老乡就是厉害！以后我要多帮他宣传话剧！”

聂壕差点没一头撞到方向盘上，他抓过翩跹的手机不可置信地看向屏幕，翩跹发的前几张照片都是她看话剧时拍的上官霸琦。说实话，那家伙在舞台上还真有几分风范，但问题是他聂壕也不比他差好吗！为什么没人夸他呢？

他很快找到了缘由，翩跹最后一张照片上才是他，画面里他拿着棉花糖一脸不爽的样子，和上官霸琦简直天差地别！

他那群兄弟还在底下留言，煽风点火！

孙相挚：“哎哟哟哟，这家伙是谁呀？竟然从外貌上打败了我们聂哥！”

沈炽：“应该是她老乡，她之前发过和这个人的合影。”

陈鹰：“不妙！聂哥的小妖精地位危险了，你们看，八张照片他才占了一张。”

孙相挚：“就是就是，而且拍得那么不走心。翩跹妹子，你这是变心了吗？”

变心你妹啊！聂壕指着照片，气愤地问翩跹：“谁让你把我拍得那么丑的！”

翩跹一脸无辜道：“是你自己不跟棉花糖好好合影嘛！”

“你给我重拍！”

“啊？可是棉花糖我吃完了呀！”

“我要棉花糖干什么？”聂壕伸出手臂将她一把搂在怀里，拿着她的手机调成自拍模式对准他们两个，“要拍了，你对着镜头笑得灿烂点！”

“哦。”翩跹乖乖地靠在他怀里露出灿烂微笑，聂壕的下巴抵在她的侧脸上。

聂壕连拍十几张，挑选出最满意的几张，用翩跹的社交软件发了出去，底下写着：“刚刚发错了，我家小妖精才是最帅的！”

很快就有人回复了。

孙相挚：“……这个是聂哥自己发的吧。”

陈鹰：“肯定是他自己发的，你们看照片的角度，这照片都是他自己照的。”

冯督：“重点应该是他叫自己小妖精吧。”

孙相挚：“哈哈哈哈哈哈！”

陈鹰：“哈哈哈哈哈哈！”

沈炽：“差不多行了，不然聂哥要生气了。”

翩跹好奇地抬头问聂壕：“他们为什么要笑你呀？”

聂壕把额头暴起的青筋压下去，瞪着她说：“不为什么，好了你快回家吧！”

翩跹看了眼他家别墅，拉着他袖子说：“时间还早呀，我可不可以去你家玩一会儿？我家没有人，我一个人在家可无聊了。”

“不行！”

“求你了求你了！”翩跹捏着他的手心撒娇道。

“……那就十分钟啊。”

“你最好啦！”翩跹抱了他一下，快速下车跑到他家门口拍门，“你快开门呀！”

“你急什么啊。”聂壕勾着嘴角打开大门。

翩跹冲进花园里问：“我可以进屋子里看看吗？”

聂壕耸耸肩，道：“随便啊。”

翩跹欢呼一声跑进别墅里，一边参观，一边自言自语：“哦哦哦，原来地球人是这么布置家里的，看来我还有需要学习的地方！还好我听系统的话没有请保姆，不然肯定会被发现不对劲的！”

又在胡言乱语了。聂壕打开冰箱，问她：“你渴不渴？要不要喝点什么？”

“不渴不渴。”翩跹好奇地看着二楼，“我可不可以去看看你的卧室呀？”

“去吧。”他打开一罐果汁喝了一口，看着翩跹雀跃地跑上二楼，自己坐在沙发上开始查看上官霸琦这家伙的社交账号。

这家伙是个不怎么爱发照片的人，偶尔会发一两张都是和他的话剧有关的，还会别扭地提到那个叫钱涟凝的话剧演员，嗯，看来他是真喜欢他同事，这下聂壕可以彻底放心了。

嗯，等等，自己为什么要觉得放心啊？

就算上官喜欢欧翩跹，和他又有什么关系啊？

聂壕心里隐约有什么东西眼看就要浮出水面了，就在这个时候，二楼忽然传来翩跹的一声尖叫，吓得他立刻扔了手里的果汁，大跨步朝楼上跑去。

“怎么了怎么了？”

他推门冲进去，就看见翩跹摔倒在衣帽间的地毯上，上半身套着他的灰色T恤，下面则光着两条白皙纤细的长腿，她不好意思地说：“我……我想试一下你的裤子，不小心被绊倒啦。”

聂壕看着她白嫩的小腿吞了吞口水，拉她起来训道：“谁让你乱穿我的衣服了！”

“我没有穿过地球男性的衣服呀！想看看和女性的有什么不一样嘛。”翩跹解释道，站起来比着他的T恤转了一圈，天真地笑道，“你的衣服都好宽大哦，你看这个衣服我都可以当连衣裙穿啦，好不好看？”

聂壕用手捂住鼻子以防鼻血流出来，这个该死的蠢女人，竟然故意穿着自己的衣服诱惑他！她以为她把两条白腿露出来在自己面前晃来晃去，他就会上钩了吗？

“一点都不好看！”他扯过一条自己的裤子塞给她，“快点把裤子穿上，你想感冒啊！”

“哦。”翩跹气馁，“你觉得不好看哦？那我以后不穿啦。”

“咳咳，我的意思是，别人或许不觉得好看，但我觉得还可以。所以以后你在我面前这么穿就行了，不能穿给别人看啊！”聂壕一本正经地胡说八道。

“嗯，我都听小妖精的！”翩跹开心地说，“话说，虽然你们地球男性的衣服宽大了一点，但原来你们也是要穿内衣的呀！”

“什么内衣？”聂壕忽然有种很不好的预感。

翩跹从柜子里拿出一件女性文胸，说：“就是这个呀！原来地球男性也穿呀，可为什么我没见你穿过呢？”

……妈啊救命，那是很久以前他谈过的女友留下的内衣！

聂壕连忙把那件衣服抓过来，说：“我们不穿的，这件是我买错了！好了你先出去，你看你把我的衣帽间弄得乱七八糟！我要整理一下，你先给我下楼去！”

“哦，那我先下去啦，我可以吃你冰箱里的东西吗？”

“吃吃吃，随便吃。”

等翩跹一走，聂壕连忙将衣帽间快速搜查了一遍，将过去留下的那些女性衣物全都找出来塞到垃圾桶里，然后松了口气。

还好这蠢女人够蠢，要是被她知道这些是别的女人留下的，肯定会生气吧！

不对，他为什么要在意她生不生气啊？

聂壕一边想着，随意地朝旁边的试衣镜看了一眼。

镜子里的他穿着平时根本不穿的白衬衫，领口上还有粉色棉花糖的痕迹。

聂壕看着这样的自己，恍然觉得有点陌生，却又有点熟悉。仿佛那个被他藏匿在内心深处许久的，那个渴求爱情的幼稚的自己，又重新出现了。

他对着镜子发了一会儿呆，最后轻笑了一声，好像明白了什么。

他下到一楼，看见翩跹坐在沙发上，正想跟她说话，就发现她神情有点不对。

他吓了一跳，心想不是吧，难道文胸的事情被这丫头想明白了，她生气了？

聂壕感觉自己紧张得像是嗓子眼被人掐住了，问：“蠢女人，你怎么了？”

翩跹摇摇头，喃喃道：“我只是想到了今天看的话剧。”

“话剧？”

“嗯。你还记得吗？上官演的那个角色，被好朋友们发现他不是地球人之后，大家虽然接受了他，可是这其实只是话剧呀。如果，如果在现实生活中的话，会有这样的事情发生吗？”翩跹睁着水汪汪的眼睛看着聂壕，期待而不安地问，“聂壕，如果我是外星人，你会害怕我讨厌我吗？是不是会找人把我抓走？”

聂壕“扑哧”一声笑了出来，说：“你这丫头，一天到晚都在想什么乱七八糟的事啊。”

“我是说认真的！如果我是外星人，你……你……你会再也不理我了吗？”

“不会。”聂壕走上前揉了揉她的头发，“反正你本来也不像个正常的地球人，我早就习惯了。”

“真的吗？”

翩跹的大眼睛水汪汪的，看起来好像马上就要哭了。聂壕伸手摸摸她软乎乎的脸颊，轻声说：“真的，不会不理你的。”

翩跹感动地抱住了他。

两人在这宁静的夜里相拥在一起，气氛很浪漫很温馨。

直到翩跹开口道：“那么我们来讨论一下你衣帽间里那件文胸的问题吧。”

“咳咳咳咳……什么？”

翩跹面无表情地说：“不要骗我了，我已经猜到那是以前在你家留宿的姑娘留下的了。”

“我……”聂壕张大了嘴，连句完整的话都说不出来，“我我我……那是……”

“我生气了！我不要理你了！”说完这些，翩跹就推开他气愤地转身跑掉了。

“哎，翩跹……”

剩下聂壕一个人站在家里发呆，悲催地心想这难道就是自作孽不可活吗？

翩跹穿着聂壕那条宽大的牛仔裤，吭哧吭哧地跑回家，路上还差点绊了一跤。

她偷偷跑到阳台上朝聂壕家看去，发现他还在原地发呆，便忍不住问系统：[系统系统，为什么你说我装作生气的样子聂壕就会紧张我呀？他也没有追上来呀？你这条收费建议是不是坑钱的呀？]

系统：[给他一个缓冲的时间，让他自己想明白。]

翩跹：[想明白什么呀？我自己都不明白。为什么看到他屋子里有女孩子的内衣我就要生气呀？你能给我解释一下吗？]

系统：[我怕我解释了你也听不懂，话说你真的是玩儿星人吗？我强烈建议你回星球测一下血统，你知道你的愚蠢程度已经让我无法直视很多次了吗？]

翩跹有点生气，说：[我真的是啦。我爸爸妈妈都是很厉害的宇宙搜索家呢！]

系统：[就是那个总体测评分位于玩儿星排名2%之内的人才能从事的，年薪上千万玩儿星币的职业？父母都这么厉害怎么会生出你这样的后代，莫非是变异了？]

翩跹：[喂！你再这样说我要生气咯！]

系统：[我还要服务器故障了呢。]

翩跹：[哼，别以为这样就能吓到我了！没有你我也可以很好地完成任务！我还有攻略呢！]

系统：[不，我是说真的，我马上就要服务器故障了。十秒前刚刚收到消息，从玩儿星到地球的所有通讯和传输马上就要中断了，本游戏自然也无法运行，我能够和你通讯的时间只剩下一分钟。]

翩跹大惊：[不不不，怎么会这样！你别生气啊，是我不好，我说错话了！]

系统：[和你无关，貌似是传输的虫洞上出现了什么干扰，我恐怕有一段时间无法联络你了。趁现在还可以传输小型物品，我免费赠送你一件防御武器，如果遇到危险时允许你使用。武器传输完毕，现在还剩三十秒、二十九、二十八……]

翩跹慌乱地说：[到底怎么回事？那你什么时候才能和我恢复通

讯？虫洞干扰，也就是说我现在没办法回玩儿星了是吗？]

系统：[是的没错，你只能暂时待在地球了，恢复通讯的时间尚不清楚。友情提醒，由于通讯中断，玩儿星币和地球货币的兑换也会暂停，这段时间请省着点花钱。还有十秒、十、九、八……]

翩跹：[等下！那我会不会永远都回不去家了？]

系统：[我们的星球科技发达，解决一个虫洞干扰问题应该不是什么难事，但从理论上来说还是存在你说的这种可能的。所以我只能祝你好——]

话还未说完，通讯就中断了。

翩跹眼前的系统界面也倏地消失无踪，那一瞬间，望着漫天的繁星，她忽然有种被抛弃了的深渊孤寂感。

同一时刻，话剧院内，原本正在和人排练话剧的上官霸琦忽然停了下来，紧皱眉头看向前方。

他面前的演员吓了一跳，小声地问："是我演得不好吗？"

"不。"上官停顿了几秒才说，他转身看向一旁的钱涟凝，第一次对她说话没有结巴，"涟凝，我突然有点儿急事，今天可以请假先走吗？"

"当然可以。"涟凝走上前，问他，"出什么事了吗？需不需要我帮你？"

"不用。你们继续排练吧。"上官一边说着一边跳下舞台，"对不起，今天不能和大家一起排练了，我先走了。"

大家都是第一次看到一向清冷的上官这么惊慌的样子，纷纷凑上来议论："是不是他家里出什么事了啊？涟凝姐，你和上官最熟，当初是你招他进来的，你知道些什么吗？"

涟凝摇头道："我也不清楚，他没提过。"

"那现在怎么办……"

涟凝仔细思考了一下，说："上官很注重隐私，应该不是那种喜欢别人插手他的事的人，等一会儿我给他打个电话确认一下吧。"

"好，也只能这样了。"

讨论完毕后大家散开，重新开始排练，但涟凝却有些心绪不宁，脑海中不禁回忆起了她第一次见到上官时的样子……

那是差不多一年前的事情了，那天晚上她从剧院出来，走到家附近的那条偏僻小路上，忽然看到有人坐在路边。那个人身上脏兮兮的，衣服也有些破损，让涟凝感到惊奇的是，这个男人背后扛着一个超级大的UFO！

她不由得放慢了脚步，悄悄地打量着他。最近她恰巧在构思一个和外星人有关的话剧剧本，看这个男人的打扮，莫非他是玩Cosplay？

就在她从男人面前走过时，一直低着头的男人忽然抬起了头，清冷的双眸淡淡地看着她，问："这位地球女士，如果我说我是外星人，你会相信吗？"

涟凝愣怔了一下，接着便笑了，说："信呀！"

面前的男人顿时愣住了，停顿了几秒才说："你……你相信？"

涟凝笑道："唔，因为你演得很到位呀！不仅是表情和语气，你还自己做了一个UFO，这么敬业的演戏态度，我当然要相信你啦！"

"哦……"男人又把脑袋垂了下去，似乎有些丧气。

涟凝没注意他的神态，而是激动地说："其实我是一个话剧演员，最近自己组建了一个小剧团，正愁找不到演员呢！你愿意加入我的剧团吗？我正在写一本和外星人有关的话剧，我觉得你来演很合适呀！"

男人盯着她发了好一会儿的呆，才点头道："……好。"

……

"涟凝姐，这一遍已经排练完啦！"

同事的声音将涟凝遥远的思绪拉了回来。

她站起身，说："那今天就到这里吧，大家都辛苦啦。"

和众人道别后，涟凝拿出手机拨通了上官的电话，但是一直没有人接听。她感到很奇怪，因为以前每次她给上官打电话，只要响一声他就会立刻接起来。

难道真的出什么事了吗？

涟凝想去找他，却在这个时候发现，她甚至连上官家住在哪里都不知道。

除了知道他叫上官霸琦，她似乎再也不了解他的其他事情了呢。

不知为何，这个念头让涟凝的心情微微酸涩了起来。

深夜时分，聂壕站在翩跹家门外，已经像扫地机器人似的在她家门外走了一圈又一圈了，可就是不知道该怎么敲响大门。

既然已经被这个蠢女人知道了自己过去的风流史，聂壕知道自己再对她隐瞒也没用了，如今最好的做法就是向她坦白一切。

他都已经想好自己该怎么说了：我以前是很花心，但是为了你我愿意改变。

可是，难道说出这些老套俗气的话翩跹就能接受自己了吗？万一她觉得自己在糊弄她怎么办？万一……她一气之下以后都不理自己了怎么办？

……哼，怕什么！聂壕啊聂壕，你一个大老爷们，怎么变得这么磨磨叽叽的！正当聂壕终于鼓起勇气要去按门铃的时候，不远处的路上开来了一辆摩托车，停在了翩跹家门口。

他顺着这辆几十万的摩托车朝上看去，透过头盔看见了上官霸琦的脸。

聂壕的心情顿时就不好了，皱眉问："你来这儿干什么？"

"翩跹在家吗？"上官将头盔摘下就要去按门铃，却被聂壕挡住了。聂壕问他："你还没回答我问题呢，这么晚了，你来找翩跹干什么啊？"

上官还没回答，别墅的大门忽然开了，翩跹一脸慌张地从里面冲出来，聂壕都已经做好迎接她扑过来的准备了，谁知这蠢女人竟然朝另一个男人扑了过去！

"上官！上官！你也收到消息了吗？怎么办，我现在好害怕，呜呜呜！"

上官安慰她说："别着急，我带你去见一个人，那个人应该有应对的策略。"说着他就重新跨上摩托车，对翩跹说，"来吧。"

翩跹立刻点点头，跨上了他的摩托车。

眼看着这两人就要飞奔而去，聂壕终于急了，怒道：“欧翩跹，你当我不存在啊！”

“啊！聂壕！”翩跹这才想起了他，正要回头对他说什么，就被上官拦住了：“咱们时间紧迫，以后再跟他解释吧。”

“好，好吧。”

话音还未落，上官就将摩托“嗖”的一声开了出去。

“喂，你们——”聂壕看着视野里那个越来越小的身影，咬牙切齿道，“哼！欧翩跹，别以为我有多喜欢你似的！走就走，没你我难道还不能过了！”

上官载着翩跹全速前进，很快就把车开到了市中心一家咖啡厅门口。时间很晚，很多商店已经关门了，但是，这家咖啡厅却罕见地亮着灯。

翩跹跟在上官身后，战战兢兢地随他一起走进咖啡厅，正想问他到底要带自己来见什么人，就看见了那个侧身坐在桌子旁的长发妖娆的女人。

此刻的咖啡厅并没有顾客，只有这个女人静静地坐在那里，她长得很美艳，有种清纯的翩跹没有的妩媚气质，身材也很凹凸有致。翩跹不禁想，如果这个优雅的女人走在大街上一定会吸引很多人的目光吧，好羡慕哦。

然后，她就看见这个女人站起身，踩着高跟鞋朝着上官一步步走来，嘴角含着迷人的微笑，缓缓朝他伸出了手，然后一巴掌糊到了他脑袋上。

“你有病啊！老娘都睡了你大半夜把我吵醒！”

翩跹：“……”

她清楚地听到了自己崇拜的玻璃心破碎的声音。

上官捂着脑袋，低头道歉：“对不起，冷姐，实在是事情紧急，我才……”

“有什么紧急的，不就是联系不上老家了吗？老娘都三年没跟老家联系了也还好好活着呢，你才断开联系几分钟啊，就一副要死要活的样子？”妩媚女人叉着腰，把上官训得抬不起头来。

翩跹不由得吓得在上官背后躲了躲。

这个小动作让这个叫“冷姐”的女人注意到了她，冷姐略一挑眉，眯着眼看着翩跹问上官：“这是谁啊？”

上官解释了一句：“她也是玩儿星人，跟我一样在玩《冒险吧宇宙》。”

冷姐露出一脸了然的表情，不屑道：“为了那个无聊的终极任务啊？唉，这破游戏怎么还没倒闭。”

说完，她就把翩跹拉出来，捏住翩跹的小脸左右摇晃了一下，啧啧道：“嗯，长得很可爱嘛，是你女朋友？”

“不是不是，只是朋友。”上官连忙解释，“我们两个都是第一次经历和家乡断开联系这种事，有些惊慌，所以才来找您。您毕竟都在地球上生活三年了，比我们更有经验，知道该如何应对。”

冷姐耸耸肩，说：“有什么好应对的，不用慌啦。这种事我遇见好几次了，都是遇到些小问题，最短几天，最长也就一两个月就能恢复通讯和传输了。”

“你这样说我就放心了……”

冷姐点点头，伸手揉了揉翩跹的长发，问道：“小丫头叫什么名字啊？”

翩跹度过了害怕的阶段，乖乖地说：“妲芷奈，地球名字是欧翩跹，姐姐你呢？”

“原来的名字我已经不用了。地球名是冷织蕴，我应该大你几岁，你和上官一样叫我冷姐就行了。”冷姐说道，“既然来了，就吃点东西再走吧？我给你们调杯咖啡什么的？”

翩跹和上官对视一眼，对冷姐说：“那就谢谢你了。”

冷姐去吧台后面调制咖啡，翩跹和上官在落地窗前的位置坐下，小声交流着信息。翩跹问：“冷姐姐也是玩儿星人哦，之前怎么没听你说过呢？”

上官解释：“因为冷姐已经不玩这个游戏了，我一般没什么事也不去打扰她，所以就没告诉你。”

“这样哦，那冷姐以前也和我们一样是《冒险吧宇宙》的玩家？她完成终极任务了？”翩跹激动地问。

上官摇头道：“没有。如果她完成了任务，早就离开这里了。我听说，她是在最后一刻放弃了任务，留在了这里。”

翩跹大惊：“留……留在地球？为什么呀？这里的文明很落后哎，冷姐姐难道打算一辈子都不走了吗？”

“具体是什么原因我也不清楚，我和冷姐也不是很熟，只是偶然认识了而已，所以这些我也不好问她。”上官解释道。

“对……对哦，深究别人的事情是不太好呢。”

这个时候，冷姐将调制好的咖啡端了上来，说：“喝吧。”

看着眼前充满艺术感的咖啡，翩跹开心地大叫：“哇，好美丽啊！冷姐姐你真厉害！”

冷姐笑着柔柔她的脑袋，说：“小丫头嘴还挺甜的。你们刚刚聊什么呢？”

翩跹忍不住好奇心，问道：“冷姐姐，我想知道是什么原因让你留在这里呢？”

冷姐笑着说：“我们第一次见面你就问这种问题，是不是有点太过了呢？”

翩跹羞红了脸，不好意思地道：“对不起，我总是这样和别人自来熟。”

冷姐揉着她的脑袋说：“逗你的啦，你这小丫头实在太可爱了。想知道的话，以后再告诉你吧，因为这个故事实在有点长，今天已经太晚了。”

“嗯，好的！”

“啊，还有，你们的咖啡自己付账哦！大半夜把我吵醒，我才不要请客呢。”

“当然当然。”两人连忙掏出各自的钱包，然而下一秒，翩跹忽然发出一声鬼哭狼嚎：“啊啊啊啊啊——”

上官吓了一跳，紧张地问：“怎么了？”

翩跹绝望地将钱包展示给上官看：“我只剩下两百块钱了！”

上官正想说没事我请你，冷姐就先张口了：“好了好了，那今天的咖啡我请客，小丫头别慌张。”

“不不不，这不是重点呀！”翩跹抓狂地抱着脑袋，“我很少在地球银行卡里存钱，要花钱的时候都是直接和系统兑换的，可是现在没法兑换，那我就变成穷光蛋了呀！按照地球人的说法，如果通讯一直不恢复，我就要去吃土了啊！”

上官：“……”

冷姐：“……”

五天后。

聂壕公司的会议室里，发言的经理放下了手中的稿子，转头看向坐在会议室中间的聂壕，这位经理是今天会议上最后一位发言的人了，如今大家都说完了各自的问题和建议，只等老板给出总结与决定。然而那个被众人盯着的男人却用手撑着额头，带着凝重的表情一言不发。

众人心中惶惶不安，纷纷猜想到底是哪个部门做错了事惹老板不高兴。

沈炽壮胆走到他旁边轻拍了一下他的肩膀，低声道：“聂哥，该你说话了。”

“啊？哦！”聂壕猛然回过神，看了一眼面前的下属，正要说话，会议室的大门忽然被公司前台推开了。

“对不起，老板，打扰你们了。”前台一脸紧张地说，“但是您之前叮嘱过我如果欧翩跹来上班的话就立刻告诉您。”

聂壕顿时从椅子里站起来，问：“她来公司了？”

前台一脸为难道：“来是来了，但她手里拿着辞职书，应该是去人事部了。”

“……你说什么！”

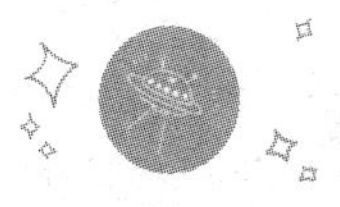

第六章
狗粮

Chuanguo Guangnian
Aishang Ni

聂壕想也不想就从会议室冲了出去，留下一众公司下属面面相觑，窃窃私语。

“那个欧翩跹，是谁啊？”

“你还不知道吗？老板的女朋友啊，在社交软件里秀了多少次恩爱了，每次都逼我吃狗粮。”

“啊啊啊，我没有加他们的好友啊！现在去围观还来得及吗？”

“不知道，如果分手了可能就没有恩爱可以看了吧。原来今天老板脸色那么难看是因为女朋友啊。”

另一边，几个公司董事围住了沈炽，问道：“沈炽啊，怎么回事，小聂和女朋友闹分手了？”

“我也不清楚。”沈炽也摸不着头脑，“我悄悄跟过去观察一下好了。”

而此刻，聂壕已经以最快速度赶到了人事部，果然一进门就看见翩跹正把辞职书递给人事妹子，他连忙冲过去把辞职书抢了过来，二话不说就给撕了。

翩跹愕然地看着他的动作，问：“你干什么呀？”

“我干什么？你还敢问我？”聂壕气不打一处来，“我还没问你呢！连续五天旷工，也不给我……不给公司打招呼，然后就想辞职？没这么容易的事！”

翩跹无精打采地垂下脑袋说：“要扣工资就扣吧。”

“你以为扣工资就完了吗？”

翩跹撇了撇嘴，问：“那你还要怎么样嘛！”

聂壕一本正经地胡说八道：“反正你不能说辞职就辞职，当初签合同你可是保证了要在我这里努力工作的，现在说走就走，空出来的职位谁来弥补？”

“我不管，我必须要辞职，你不要拦着我。”

“我偏要拦着你！没有我的允许你不准走！”

人事部的员工全都安静下来围观着这两人，众人投来的视线让翩跹有种丢人又委屈的感觉，聂壕又吼她，翩跹不由得红了眼睛，“哇”的一声就哭了出来。

“呜呜呜你这个坏蛋！亏我还追你那么久，现在要辞职你都不让，你简直太可恶了！我再也不要理你了呜呜呜！”

她这一哭，聂壕顿时就慌了。说实在话，他本来就没什么底气跟翩跹发脾气，刚刚也只是想故意装得凶一点先把她唬住，谁知她直接就哭了！

他的气势顿时消散无踪，一边手忙脚乱地给翩跹擦眼泪，一边说：“好了好了，是我不好，你别哭了好不好？你看你，就因为我房间里有别的女人的衣服，就要辞职吗？还整整五天不理我，连家都不回，知道我多担心你吗？我承认过去我是挺花心的，但那是以前啊！以前的事我已经没办法改变了，但以后我保证心里只有你一个，好不好？所以不许再说什么要辞职的话了，听到没有？”

翩跹慢慢地止住了眼泪，茫然道：“你在说什么呀？什么女人的衣服？”

聂壕瞪大眼睛，问：“你要辞职不是因为看到我屋子里别的女人的文胸吗？”

“不是呀。”翩跹摇摇头，“我要辞职是因为这里工资太低了，我要换个工资高的工作，不然我就要去吃土了。”

聂壕额角直抽抽，问：“嫌工资低？你……你缺钱花吗？”

翩跹难过地说：“是啊，呜呜呜，我联系不上老家了，所有的钱都取不出来了，现在身上只剩几十块了。”

聂壕问：“那你父母呢？也联系不上了？你们家是破产了吗？”

“不是啦……不过你这么理解也可以，反正我现在好穷就是了。”翩跹说，“等办完辞职手续我就去把别墅和车都卖掉，这样就能支撑一阵子了。”

“不行！卖了房子你住哪儿啊？”聂壕大惊，那他以后不就再也见不着她了？

翩跹说道：“上官人很好的，他答应让我在他的游艇里先住一阵子呢。”

“不行不行！你想也别想！”聂壕将她拉到身边，紧张地说，“喂！有你这样的吗？你可是在追我啊，跑去和别的男人同居算怎么回事？”

翩跹望着他想了两秒，忽然豁然开朗道：“对哦，那我不追你就好了。”

反正服务器都故障了，也不知道通讯多久才能恢复。现在还是想办法度过这段在异星球上飘零的日子吧，大不了以后回去重新练个号就是了。想通了的翩跹开心地对面色惨白的聂壕说：“那就这么愉快地决定了，聂壕，从今天开始我不再追你啦！哈哈，这样就可以省下很多钱啦。”

“你想得美！”聂壕怒道，“你说追就追，说不追就不追，你以为你在抓蝴蝶啊？我不管，没钱是吗？我出钱，你必须继续追我！”

翩跹一脸惊愕地问：“你脑子没病吧？”

“你脑子才有病呢！”聂壕捏了下她的鼻子，命令道，“工作不准辞掉，我公司的待遇多好啊，你以为你辞职了就能找到更好的工作吗？做梦！知道这社会有多险恶吗？只有我才是真心对你好的，你明不明白啊？”

“可工资真的很低啊，追你很费钱的，我都要没钱吃饭了……”

聂壕说：“之前和你签合同，给你定的岗位不是我的秘书吗？你去管仓库只是轮岗而已，现在轮岗结束了，你过来给我当秘书，工资会比以前多很多的。”

“真的吗？”

“当然是真的，我骗你干什么。”聂壕继续试图说服她，“还有，房子也不许卖掉啊，那么好的地段的房子现在卖了多亏啊，你这个没有远见的笨女人。”

“这样哦。”翩跹一脸崇拜地看着他，“聂壕，你好厉害哦！”

“废话。”聂壕勾起嘴角，擦了擦她眼角的泪珠，“现在还辞不辞职了？”

翩跹摇头说：“不辞啦！”

“这还差不多。”聂壕从钱包里拿出一张卡塞给她，“这是追我用的资金，你随便花吧。”

翩跹开心地跳起来抱住他的脖子，道：“你真是一个大好人！”

“怎么又给我发好人卡！”聂壕无奈地抱住她，语气是他自己都未察觉的温柔，“好了我还要忙呢，你先去上班吧，下午我让人来给你换岗位。”

“嗯嗯嗯！”翩跹开心地笑着朝外跑去，跑出去几步又突然折返回来，在聂壕还没反应过来的时候，跳起来在他侧脸上“啵”地亲了一口。

“嘻嘻嘻小妖精真可爱……”

翩跹笑着跑走了，剩下聂壕一个人站在原地，一张俊脸红成了番茄色。

一直偷偷藏在角落的沈炽探出头来，轻声道：“聂哥，该回去开会啦！”

“啊？哦，这就来了。”聂壕连忙清了清嗓子转身朝外走。

聂壕走后，人事部的妹子们集体捂住了心口，一脸痛并快乐着的表情。

“本以为他们是要分手，谁知……这猝不及防的狗粮，甜得快要齁死我了。”

“呜呜呜，那以后难道要天天看他们秀恩爱吗？”

“啊，这个对单身狗一点都不友好的世界！”

在浩瀚无垠的宇宙深处，一艘小型宇宙飞船正在其中穿行着。

飞船里只有一男一女两人，看上去均已是中年人的年纪，此刻他们一个驾驶着飞船，另一个正在用飞船上的通讯器试图和人通讯，但试了几次都没有回音，中年女人皱眉道：“奇怪了，怎么联系不上姮芷奈？”

中年男人道：“女儿那么爱玩游戏，可能在游戏里没注意到你的通话请求吧。”

没错，这两个人，正是欧翩跹的爸爸妈妈，此刻他们正在宇宙中进行自己的日常工作。

听丈夫这么说，翩跹妈妈不禁叹了口气，道：“你说咱女儿不找份工作也就算了，我知道她在游戏里能挣钱。可她也到了该找个男朋友的年龄了吧？”

翩跹爸爸说：“女儿没有喜欢的人，我们也没办法啊。”

“她天天玩游戏，当然认识不了喜欢的人了。”翩跹妈妈说，“老公，不然咱们看看同事中有没有什么合适的资源，给女儿介绍个对象，你看怎么样？”

翩跹爸爸想了想，说：“是个好主意。”

下午还没到，就有实习员工过来接替了翩跹在仓库的职位，聂壕还让保安帮翩跹把她的电脑、小烤炉和一大堆零食都搬到了他办公室门外。于是，她开开心心地提着小包包来到聂壕办公室门外，看着摆放在那里的实木桌，道：“哇，秘书果然就是不一样，这个桌子看着比仓库的桌子高大上多了呢！”

一旁的沈炽偷笑，心想：当然了，那是聂哥中午才让人买的，一张十几万呢。

翩跹推开聂壕办公室的门，“嗷”的一声就扑到他怀里去了，道：“小妖精！从今以后我就是你的私人秘书啦！”

聂壕抱住她问：“怎么样，给你的位置你还满意吗？”

"超级满意！"翩跹点头，"我已经准备好上班了，你快点给我布置工作吧！"

工作？想到这丫头平时天马行空的样子，聂壕就觉得有点不靠谱。他轻咳一声，说："这样，你才第一天做这份工作，先去外面坐着适应适应，不着急。"

翩跹却不乐意，她委屈地问："你是不是觉得我做不好地球上的工作啊？"

"不是……唉，好吧。"既然她一定要做，那就先给她一些简单的工作吧，于是聂壕从桌上抽出一沓资料，"你把这些统计到电脑里，不过有些数据可能有错，你问财务那边要份报表对照着检查，把错的地方都改正了。"

"好的！"翩跹立刻开开心心地拿着资料出去了。

两人之间只隔了一层落地玻璃，聂壕可以清楚地看到翩跹一蹦一跳地坐到椅子上，打开电脑开始忙碌，还从她的零食堆里剥了一根棒棒糖塞到嘴里。

聂壕看着她的背影轻轻笑了笑，这五天来因为她不在而产生的焦躁不安情绪在这一刻终于全数化解，他放松地做了个深呼吸，低头认真地投入到工作中。

却没想到还没到十分钟，电脑右下方公司内部专用的通讯软件就"嘀嘀"地响了起来。聂壕点开一看，是翩跹给他发来的消息，首先映入眼帘的是一个亲吻图片，然后是一个接收文件的请求，下面写着："小妖精，资料我统计完啦！快点收呀快点收呀！"

不会吧，这么快？聂壕狐疑地点了接收，打开文件仔细地查看起来，他本以为以这个蠢女人大大咧咧的性格，弄出来的东西肯定是七零八落，却没想到……

她总结得出乎意料得好！而且一点疏漏都没有！

聂壕带着惊愕的表情浏览完文件的全部内容，刚想回复她，翩跹已经忍不住主动进来找他了，她凑近他的脸兴奋地说："怎么样怎么样，我做得好吗？"

聂壕点了点头，惊奇地说："速度很快而且还没有错误，你很厉害啊。”

“那当然啦，谁让我的爸爸妈妈都那么聪明呢，我小小遗传了他们一下。”翩跹开心地说，“现在你相信我的能力了吧！以后可不许再说我是蠢女人哦。”

聂壕勾着嘴角将她耳边的碎发别到耳朵后面，说：“蠢女人。”

“讨厌，你这个坏妖精！”翩跹挥舞着小拳头去揍他，却被聂壕忽然顺势抱住了。

她的脑袋靠在他肩膀上，茫然地问：“怎么了呀？”

聂壕一边贪婪地闻着她身上淡淡的香气，一边低沉而无奈地说：“以后可不许突然就消失好几天不出现，听到没有？我会……”

“你会什么呀？”

“咳，没什么。”聂壕把后半句话憋了回去，“反正你必须答应我，不能随便失踪，听到没有？不然我就不让你追我了！”

翩跹赶忙吓得点头，说：“好好，我答应啦！其实我也不想失踪的嘛，是实在没钱了，这几天我都在努力找工作呀。我还问上官借了几百块呢……”

聂壕道：“你问他借钱干什么，我没钱吗？”

翩跹缩了缩脑袋，说：“当时他正好在旁边嘛，你不要生气啦，以后我不问他借就是了。”

“这还差不多。”聂壕瞪了她一眼，“好了你出去吧，有事我会叫你的。”

“嗯！”翩跹点点头，走到门口时又听到聂壕说：“晚上我带你吃饭，所以现在少吃点零食。隔着玻璃我都能听到你咯吱咯吱吃东西的声音了。”

“知道了啦。”翩跹蹦蹦跳跳地回到门外的座位上，但她实在忍不住不吃零食，只好回过头偷看他，趁他不注意时偷吃一颗话梅或者一块牛肉干。

这个方法很有效，聂壕一直没发觉她在偷吃，直到她回头发现聂壕不见了——

咦，他人呢？翩跹还没回过神，耳边就传来聂壕没好气的声音：

"叫你不要吃零食，你把我的话当耳旁风啊！"

"噫！"

眼前突然出现聂壕放大的脸让翩跹吓了一跳，她朝后靠在椅子上，可怜巴巴地说："可是地球的食物真的很好吃啊……"

聂壕把她咬在嘴边的半块锅巴拿出来塞进自己嘴里，冷着脸说："没收了！不然晚上你还吃不吃饭了啊！"

翩跹抱住他的大腿，鬼哭狼嚎道："不要啊！我知道错了，不要没收啊！"

"没门！天天吃这些能对身体好吗？在这件事上没得商量！"说完，他就拿着那些零食决绝地回到了办公室里。

翩跹只好委屈地抽噎着，继续低头看公司资料。

旁边的一众公司员工表情木然地在公司内部聊天群里噼里啪啦地打字：

"我！不要！再！吃！狗粮了！"

"还让不让人活了啊！十几万的桌子说买就买！银行卡说给她就给她！天天在社交软件里秀恩爱！人生已经如此艰辛了，现在还要天天刺激我！"

"严重怀疑现在的老板是被魂穿过的，他以前明明是花花公子的画风啊！怎么能擅自改变人设呢气死我了！"

"一定不能让我女朋友知道别人的男朋友是这样的，不然她肯定跟我分手。"

在众人热切而抓狂的讨论当中，下班时间很快就到了。

聂壕关上电脑，走出门发现翩跹仍旧在看资料，肩膀还一抽一抽的，不禁无奈地凑过去问："还在难过啊？"

翩跹红着鼻子，瞪了他一眼，用一个"哼"字告诉了他自己的答案。聂壕有点心疼地搂着她说："那些零食我只是没收了，又不是给你扔了。我只是不想你吃得太多而已，对身体不好啊。"

"我们外星……我们老家的人身体都是很强壮的，没有那么容易生病啦！"

"好了好了，我带你去吃大餐，你想吃什么都行，好不好？"聂壕说。

“那零食呢？”

“咳，这样吧，以后一天允许你吃一包，可以吧？”

“两包！”

“我说一包就一包！”

翩跹委屈地说：“难道做你的私人秘书，连吃多少零食都要归你管吗？”

“废话，你以为呢。”聂壕勾着英俊的微笑在她额头上印下一个轻吻，搂着她说，“走了，去吃饭了。”

两人在经常去的那家餐厅美美地饱餐了一顿。

翩跹打着饱嗝坐进聂壕的跑车里，聂壕开车，她就在旁边用手机计算器算自己的生活开支。

“呜呜，物业费、水电费、燃气费，还有生活费，为什么我以前没发现生活在地球上这么费钱呀！”翩跹可怜巴巴地拽着聂壕的袖子，“小妖精，可以提前给我预支这个月的工资吗？不然我家就要断电啦！”

“可以啊，一会儿我跟沈炽说一声。”聂壕说，“不过我不是把卡给你了吗？你花里面的钱就好了啊。”

“那不一样啦，那是用来追你的，不可以乱用。”翩跹咬着手指，“唔，预支了工资这个月我就能挺下去了，可是这样还是没有多少节余啊，这样长远下去还是不行的，不然我去找个兼职？”

聂壕自然是不同意的了，眼看着车子已经开到家门口了，看着两幢相邻的别墅，他忽然灵机一动，想也不想就说：“不然你搬过来跟我住在一起吧？”

这话说出口，翩跹呆住，聂壕自己也呆住了。

妈呀救命，他刚刚说了什么啊！虽然眼前这个女人对他确实有不同的意义，可是他活了快三十岁了，还从来没和女人同居过啊！

聂壕原来的生活一直是放纵自由的，他觉得自己不需要被什么人束缚。可现在面对这个叫欧翩跹的女人，他为自己做好的设想似乎全都要打乱重来了。聂壕有点想收回自己刚刚说的话，可是又舍不得。

就在这时，翩跹说：“和你住在一起……不太好吧，明明是我在追求你，现在却麻烦你那么多事，不好不好。不然我把我的别墅租出去，找个便宜点的地方住好了，这样还能有一笔租金的收入呢！”

“不行！”聂壕顿时就顾不得其他了，“这么好的房子你给别人住，万一弄坏了怎么办？还是跟我住吧，你可以省下水电费，还能近距离追求我，这多好的事儿啊，你都不知道把握机会！”

翩跹认真地想了想，说：“好像很有道理的样子……”

聂壕哼道：“那当然了，我想出来的办法怎么能没道理！那就这么说定了，今天晚上你就搬到我这里来。”

“那好吧！”翩跹开心地点点头，搂住他蹭了蹭他的脸，“小妖精你真好，嘿嘿嘿嘿嘿嘿，你跟我说实话，你是不是已经有点喜欢我了呀？”

聂壕俊脸一红，却努力板着脸说：“胡说八道，我这么优秀的男人能这么容易动心吗？你得更加努力地追求我，我就大发慈悲考虑一下要不要喜欢你。”

“知道啦，我会努力的！”翩跹开心地跳下车，“小妖精你来帮我搬行李好不好，我家里好多东西呢。”

“好。”

半小时后，翩跹提着行李欢喜地跟着聂壕来到了他家，兴奋地问：“我睡哪里呀？”

聂壕本来是打算让她睡客房的，可是一打开客房门就闻到一股浓重的灰尘味，连忙将翩跹拉了出来。他一个大老爷们经常想不到收拾家，虽然聘请了保姆但也只是给他做饭而已，如今客房都积灰好几个月了，怎么可能住人啊？

于是，他把翩跹塞进了自己的房间，说：“你睡这里。”

翩跹扑着大眼睛问：“那我们一起睡咯？”

“你……你想什么呢猥琐的女人！”聂壕红着脸道，“客房暂时不能睡，等我明天找保姆打扫干净再说。你今晚睡这里，我睡楼下的沙发。”

“不要，不要，我怎么能让追求对象睡沙发呢，还是我自己去睡沙发好了。”

聂壕瞪她一眼，道：“这里是我家，你听不听话，不听话我赶你出去啊！”

翩跹只好同意了，她看了一眼聂壕的衣帽间，小心而兴奋地问：“那我可以随便穿你的衣服玩吗？”

聂壕无奈地说：“随便。不过今天不早了，要试衣服明天再试，你洗漱一下赶紧睡吧。”

“你真好！”翩跹跳起来抱了他一下，乖乖地拿出洗漱用品走进卫生间。

聂壕靠在门口看着翩跹对着镜子刷牙，还一扭一跳地哼着不知名的小调，忍不住走过去从后面抱了她一下，轻声说：“晚安。”

“晚安啦小妖精。”

第二天早晨，她是被一阵细微的水声吵醒的。

翩跹在床上翻了个身，半睁开眼睛，就看见聂壕光裸着上半身，腰上缠着一条浴巾就从卫生间出来了。

她揉揉眼睛说：“哇，小妖精你的身材好棒哦。”

听到她的声音聂壕顿了一下，赶忙红着脸走进衣帽间穿上衣服，解释道：“我习惯了每天早上洗个澡然后出去晨跑，可不是故意诱惑你啊。”

真是的，他都已经关上门很小声地洗澡了，没想到还是把这蠢女人给吵醒了。

翩跹却兴奋地说：“我可不可以和你一起去啊？”

“你要晨跑？”聂壕说，“这会儿外面有点冷，不然你还是多睡一会儿吧？”

“不要嘛不要嘛，我要跟你一起跑！”翩跹从床上跳下来抓住他的手。

聂壕只好同意了：“那你稍微收拾一下自己，我在楼下等你。”

“嗯！”

五分钟后，穿好运动服的翩跹跟聂壕一起出了门，开始跑步前聂壕认真地叮嘱她：“我要绕着这里跑三圈，一会儿跑不动了我可不会等你的。你要是不想跑现在回去睡觉还来得及。”

“三圈而已，我能跑得动的！”翩跹自信满满。

聂壕拿她没辙，只好带着翩跹在安逸的小路上慢慢跑起来。

清早的路上基本没什么人，两人一前一后跑着，翩跹一开始很有精神，时不时会伸手戳一下前面聂壕的腰，等他回头瞪她的时候就装出无辜的表情看天。但没过多久，他就发现蠢女人跑不动了，她慢悠悠跟在他身后，时不时就打个哈欠，和他的距离也越拉越大。

聂壕没办法，只好停下脚步对她说：“你过来！”

翩跹擦掉打哈欠流下的泪水，跑到他身边。

“怎么了呀小妖精？”

哼！还敢大言不惭地问他怎么了？

聂壕二话不说将她拦腰抱起，一边跑一边训她：“照你这个速度跑下去，我早上都不用上班了！让你别跟我出来你非不听，你怎么就那么不让我省心呢？”

翩跹又打了个哈欠，靠在他怀里喃喃道：“对不起，我明天会坚持跑完的……”

“还明天？明天我再让你跟我出来我跟你姓！”聂壕没好气地训道，低头再一看，怀里的姑娘已经睡熟了。

他将她抱紧了一点，加快脚步好让她早点回去补眠。

虽然在平时的生活中翩跹总是有点傻乎乎的，可是一旦面对工作，她的态度就自然而然地认真起来。不过几天的工夫，她就完全熟悉了秘书的工作流程。

快中午的时候，翩跹像往常一样冲进办公室，拍着聂壕的桌子说：“小妖精小妖精，中午你想吃什么呀？”

聂壕正忙着看合同，因此低着头说：“就和昨天一样吧。”

“那就叫隔壁酒店的牛排大餐哦！”

“嗯。”

“那我帮你把这些文件拿出去了哦。”

“嗯。”

“那明天中午我们请上官霸琦一起吃饭哦！”

“嗯……什么？”

聂壕猛地抬起头，说：“给我站住！”

翩跹气馁地抓着门把手，鼓着脸回头道：“怎么啦？”

“还问我怎么了？”聂壕放下合同，“给我过来！”

翩跹只好走回去，聂壕把她抱在腿上，皱眉问：“为什么要请那个家伙吃饭啊？”

“我上次借他的钱还没还呀，所以我想请他吃个饭还他钱嘛。”

聂壕不爽道：“要还钱转账给他不就成了吗？他借给你多少钱，我还他十倍！”

“那不好啊，人家在我最困难的时候借钱给我，我当然要感谢他啦，请客吃饭才比较说得过去嘛。”

聂壕黑着脸说：“反正不行就是不行！”

翩跹抓着他的肩膀摇晃，道：“拜托了聂壕，你就陪我一起去好不好？在这个地球上，我的老乡很少很少的，所以我很珍惜上官这个朋友。”

聂壕听得更酸溜溜了，什么“珍惜”上官，她还从来没对自己用过这个词呢！可是看她可怜巴巴地望着自己，又忍不住心软。他叹气道：“我的游艇到了，本来明天我是打算带你去游艇上玩儿的，你却突然说要请他吃饭，改天不行吗？”

谁知翩跹却拍着手说：“那不是更好吗？我们请上官去游艇上一起玩呀！”

“好你个头！我跟你约会你还想带个灯泡，你做梦吧！”聂壕气呼呼地松开怀抱，把翩跹推开，“走开！我不想跟你说话！”

“小妖精你不要这样嘛……”

“说了让你走开！”聂壕瞪着她说。

翩跹还是第一次看到他这么生气的样子，往常聂壕虽然也经常训她，可是她心底明白他并不是真的和自己生气。但是今天情况好像有点不一样……

他为什么生气呢？就因为自己想要请上官吃饭吗？聂壕自己不是也经常请他的朋友们吃饭吗，为什么到了她这里就不行呢？

她习惯性地想要询问系统，却想起服务器还在故障中，而那本重要的《地球人恋爱攻略》也因为故障的原因暂时无法阅读。

她暂时没有对策，只好先安静地退出办公室，然后趴在桌子上焦急地想办法。

要问上官吗？不行，这件事本就是因他而起的，问他总感觉怪怪的；那要问沈炽吗？还是不要了，万一沈炽告诉聂壕，聂壕因此更生气了呢？

那她还能问谁呢，来这个星球才两个月，她并不认识很多地球人呀。就在这时，翩跹灵机一动，脑海中忽然冒出了一个身影！对哦，她还可以去问冷姐姐呀！冷姐姐在地球生活了这么久，一定有办法让聂壕不生气！

翩跹顿时不焦躁了，趁着中午公司午休的时间，出门直奔冷姐姐的咖啡厅。

与此同时，隔壁酒店的牛排餐也送进了聂壕的办公室，他瞥了眼服务生端上来的牛排，皱眉问："还有一份呢？"

服务生回答道："聂……聂总，您的秘书今天只订了一份餐。"

聂壕朝外看去，翩跹的桌子是空的，那女人竟然不陪自己吃饭一个人跑了！

哼！肯定是去找那个上官了，可恶！还说什么他们是朋友，根本就是骗人！

聂壕黑着脸把热乎乎的牛排推到一旁，服务生连忙问："是您对我们的菜肴不满意吗？我们可以重新做……"

"不用，我没胃口，和你无关，你出去吧。"聂壕沉声道。

酒店的服务生连忙如获大赦地撤退了。

办公室里只剩下他一个人，聂壕想要继续投入到工作中，却怎么都没办法集中精神。这个叫欧翩跹的女人对他的影响越来越大，他明明不喜欢这种被人掌控的感觉，可是她不在了，他却又觉得酸涩。

这种纠结的感觉，到底应该如何命名呢？

“一杯卡布奇诺，一杯摩卡，谢谢。”

咖啡厅里，冷织蕴记下客人的点单，微笑道：“好的，请二位稍等片刻。”

说完，她风姿绰约地踩着高跟鞋朝制作台走去，谁知刚走出两步，门口就传来欧翩跹的鬼叫：“冷姐姐！救命啊！”

冷织蕴差点把脚给崴了，她捏着翩跹的小脸把翩跹拉到制作台后面，低声道：“干什么啊！臭丫头，要是吓跑了我的客人看我不收拾你！”

翩跹捂着小脸，眼泪汪汪道：“对不起啦冷姐姐，可我真的有事需要你的帮助，你现在有空吗？”

冷织蕴无奈地道：“我先去做两杯咖啡，你在旁边的座位上等我一下。”

“嗯，谢谢冷姐姐！”翩跹连忙乖乖地坐到座位上去了。

片刻过后，忙完了的冷织蕴过来了。

“说吧，找我什么事？”

翩跹有些着急地说：“我把我的追求对象惹生气了，好像是因为我说要请上官吃饭，他就不高兴了。冷姐姐你有什么办法可以让我哄他开心吗？”

“就是你那个终极任务的目标人物，聂壕是吧？”冷织蕴道。

翩跹点头说：“是他是他！现在没有系统帮我了，所以不知道该怎么哄他才好，你在地球住了这么久，一定有很多好办法吧！”

冷织蕴用颇为复杂的眼神盯着翩跹，思考了很久才说：“哄男人高兴的办法，我的确有很多，但是，在告诉你之前，我有一个问题要问你。”

“嗯嗯，你问你问，我一定诚实地回答你。”

冷织蕴问：“你有没有仔细想过，你为什么要追求这个叫聂壕的男人？”

翩跹觉得这个问题太简单了，立刻回答道：“因为这是游戏的任务呀，只要完成了我就能拿到大礼包了。”

听到“大礼包”三个字，冷织蕴脸上闪过几分无奈的嘲讽，但她还是耐着性子继续问：“那除了这个原因呢？你追求他，就没有一丝丝别的原因吗？比如……你心里也喜欢他，所以才会追求他？”

翩跹呆住了。在进行这场谈话之前，她真的从来没考虑过自己对聂壕有没有喜欢的感情。一方面是因为她以前从来没谈过恋爱，不清楚喜欢是什么样的；另一方面则是因为她潜意识不想去想这个问题。

毕竟，到最后她总是会离开这个星球回家的呀。

看着翩跹茫然又略显悲伤的表情，冷织蕴差不多懂了，她长叹一声道：“你一点都不喜欢他，却为了一个游戏任务追求他，那你有没有想过，等你完成任务离开的那天聂壕会有多难受？他可是从头到尾都不知道自己仅仅是你游戏里的一个目标人物。他现在因为上官霸琦而跟你置气，说明他已经喜欢上你了。而你舍得这样伤害一个喜欢你的男人吗？”

翩跹被冷姐姐这番话说得手脚冰凉，是啊，她以前怎么就从来没想过这个问题呢，等自己走了，聂壕该怎么办？他可就永远也见不到自己了啊。

到那时，她还能抱着高兴的心情无忧无虑在宇宙中旅游吗？

“你好好想一想，我就不打扰你了。”冷织蕴轻柔地摸了摸翩跹的脑袋。

看着翩跹惶然无措的样子，她不由得心软了，在临走之前又低声补充道：“曾经我也接了一个和你很相似的终极任务，一开始我的想法和你一样，但后来我喜欢上了那个男人，才知道自己当初的想法多可笑。”

说完这些，她沉重地站起来，却忽然被翩跹捏住了手腕。

冷织蕴回过头，就看见翩跹双目烁亮地对她说：“姐姐，你还没告诉我怎么哄聂壕高兴。”

冷织蕴怔了证，眼底不禁划过一抹温柔的流光。

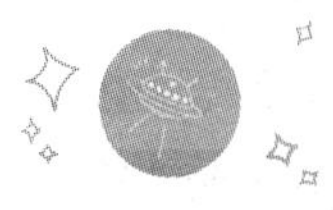

第七章
交往

Chuangguo Guangnian Aishang Ni

一整个下午翩跹都没回公司。聂壕很生气，这个蠢女人竟然又跟自己玩消失！她难道又想让自己浑浑噩噩地担心她好几天才开心？

那个上官霸琦就那么重要吗，非要请他吃饭不可吗！他聂壕在她心底到底算什么啊，口口声声说的“喜欢你”肯定也是假的吧！

聂壕气得差点捏断手里的钢笔。

不管了，她爱走就走吧，这一回他可是绝对不会向她妥协的！

聂壕刚想完，就看见翩跹冲进了办公间。翩跹气喘吁吁地走过来，对他讨好地笑了笑，说：“对不起哦小妖精，我下午有点事耽误了，回来得有点晚。”

还有几分钟就下班了，这蠢女人竟然敢大言不惭地说什么“有点”晚？

聂壕板着脸，决定从现在开始一个字都不跟她说。

于是他整理好桌上的东西，穿好外套朝外走去。

翩跹连忙跟上他，说：“你这就下班了哦？那我们在哪里吃饭呀，回家还是在外面？”

聂壕权当没听见，漠然地朝外走。

翩跹做了个深呼吸，决定开始施行冷姐姐教她的第一个哄人的办法——撒娇！

她追上去捏住他的手，一边左右摇摆着，一边用娇滴滴的嗓音说：“小妖精，你不要生气了嘛，全都是我不好嘛，你回头跟我说句话嘛。”

聂壕被她的嗓音激得打了个冷战，忍不住加快了步伐，笑话！这么简单的把戏就能让他动摇吗？以前那些女人问他要房要车时使过的手段比这高端多了！

咦？怎么好像没效果？翩跹只好试试第二招了——甜言蜜语！

翩跹再度追上去缠住他的手腕，说：“小妖精，你是我见过最帅最厉害的男人了！我每天晚上都想着你入睡，早上再想着你醒来，一天看不见你我就感觉自己不能呼吸了。不要跟我生气了好不好？对我笑一下，我就能开心一整天哦。”

……这是打哪儿学来的情话啊？幼儿园吗？

聂壕一脸恶寒地瞪了她一眼，甩开翩跹的手，拿出钥匙就要打开跑车。

呜呜呜，怎么第二招也没用啦！这是逼她使出练了一下午的撒手锏吗？

翩跹只好一鼓作气跑到聂壕面前，挡住他的车门说：“我——”

“好了！”一直沉默的聂壕终于开口了，他带着对自己的强烈唾弃说道，“不就是要请上官霸琦吃饭吗？我请就是了，你可以不用花招百出哄我了。以前追我的时候也不见你这么认真，现在为了请他吃个饭，你倒是学了不少——”

话还没说完，他就发现眼前的蠢女人眼圈里聚满了亮晶晶的泪水。聂壕顿时没了气势，一边帮她擦眼泪一边说：“我不都答应你了吗？你还哭什么啊？”

“呜呜呜！”翩跹猛地扎进他的怀里，哭着说，“聂壕，你怎么对我这么好！你一定很喜欢我吧！怎么办，你让我怎么办啊！”

聂壕条件反射般地反驳：“胡说，谁喜欢你了，我只是——”

但他没办法把话说完了，因为翩跹忽然踮起脚，搂住他的脖子吻住了他。

她的嘴唇湿润又柔软，带着一股淡淡的咖啡香气，就像好吃的软糖一样，让人尝了一口就再不舍得放开。聂壕短暂地呆滞了一下，接着立刻反客为主，搂着她靠在跑车上缠绵地亲吻起来。

亲吻完的翩跹嘴唇红红的，像好吃的草莓，她仔细观察聂壕的表情，发现他脸上已经没有生气的痕迹，顿时得意地说："嘿嘿，冷姐姐说的没错，果然一亲你你就老实了，不枉费我训练了一下午呀。"

冷姐姐是谁？还有什么叫一亲他他就老实？说得他聂壕好像是多没见过世面的男人一样！

不对，这些都不是重点！聂壕气呼呼地问："你训练了一下午？练接吻？你跟谁练的你！"

翩跹无辜地眨着眼睛说："冷姐姐找了很多爱情电影给我，让我学地球人接吻的技巧，我看着电影练的呀。"

聂壕没那么生气了，接着追问："那冷姐姐是谁？"

"她也是我的老乡哦，她开了一家咖啡厅，下次我带你去尝尝好不好？"

"不用。"聂壕瞥了一眼她红艳艳的嘴唇，心想，他刚刚已经尝过了。

"嘿嘿，那你现在不生气了哦。"翩跹抓着他的手放在自己胸口，认真地说，"聂壕，之前是我不好，明明要追你却总在你面前提到别的男人，因为我以前没有谈过恋爱，所以不太会把握分寸，你不要怪我了好不好？借上官的钱我已经转账还给他了。我仔细想过了，我是真的喜欢你，为了你我会努力学习怎么恋爱的！"

她的心跳通过聂壕的手掌，坚定而温柔地一路传递到他的心底。

聂壕盯着她看了片刻，忽然扯出一抹写满"栽了就栽了吧"的笑容，将翩跹搂在怀里，嫌弃道："你怎么那么多废话。"然后便主动俯身吻住了她。

这回聂壕使出了浑身解数去吻她，可怜的翩跹没多久就像被抽去了骨头一样瘫倒在他怀里。

"暂停暂停……我需要呼吸！"翩跹勉强把他推开，大口大口喘着气。

聂壕让她靠在自己怀里，下巴枕着她的脑袋，说："喂，你总是说什么地球地球的，你这蠢女人到底知不知道在地球上两个人接吻了代表什么？"

"什么啊？"由于大脑缺氧，翩跹现在有点蒙。

"代表我们已经是恋人了。"聂壕勾着嘴角。

"哦……"翩跹靠在他胸口有气无力地说。

聂壕气得捏起她的小脸使劲揉搓说："你就这反应啊！之前追我追得那么紧，现在一点兴奋的感觉都没有吗？"

翩跹终于渐渐从缺氧中缓过来了，她的大眼睛变得亮晶晶的，开心地搂住聂壕说："真的吗真的吗？你答应我的追求啦！哈哈哈哈，太好啦！"

聂壕高傲地瞥了她一眼，打开车门把她塞进去，说："你要好好表现听到没？如果表现不好我可以随时踹了你的。"

"知道啦！"翩跹高兴地搂住他又在他脸上亲了一口，"我还要亲亲！"

聂壕故作严肃地说："好了好了回家再说。"

废话，他能不严肃吗？聂壕可一直在忍着放飞自我的冲动！要是再这么和她亲下去，他真怕自己控制不住。虽然他以前对上床很随意，可是身旁这个又可爱又傻的女人，让他不想这么随意……

他凑上去亲了亲她的额头，说："回家我们在花园里吃烧烤，好不好？"

"嗯！"翩跹靠在聂壕肩膀上，拿起手机拍了个自拍，欣喜地把照片发到了社交软件上：

"小妖精终于答应我的追求啦！哈哈哈哈，我也是有男朋友的人了，从今往后不用再吃单身狗粮啦！"

很快底下就有人回复了，而且还非常一致：

沈炽："你们不是早就在一起了吗？"

陈鹰："你们不是早就在一起了吗？"

孙相挚："你们不是早就在一起了吗？"

冉南国："单身狗粮是什么？"

赵大义：“楼上你破坏队形了。”

翩跹拿着手机笑得开心又得意，两人回到家后，在花园里吃了烧烤。明天是周末，于是他们商量好了明早去聂壕的游艇上玩一整天。

第二天早晨，两人收拾好行装开车来到了海边，聂壕自豪地将翩跹搂在怀里，指着面前那艘漂亮的白色游艇问：“怎么样，够不够气派？比上官霸琦的游艇好看多了吧！”

“是哦，这艘更大耶！”翩跹高兴地拍手，“我们快上去吧，我要钓鱼！”

聂壕笑着拉着她朝前走，说：“就这点出息啊，带你玩游艇你就想着钓鱼？”

“是呀是呀！这里大海里的鱼我都没见过呀，烤熟了味道一定很好！”

聂壕无奈地用一片鳕鱼片塞住了她的嘴，道：“你就知道吃！”

两人驾驶着游艇出海，在设定好了行程后，聂壕离开驾驶舱，来到甲板上和翩跹一起躺在地毯上晒太阳吃零食。翩跹和他头靠着头，指着天上时不时飞过的海鸥说：“哇！那只好肥呀！”

聂壕指着另一只说：“那只更肥。”

刚说完，那只更肥的海鸥就嗷嗷叫着落在了游艇的围栏上。

翩跹坐起来，对海鸥挥挥手道：“你好呀你好呀！”

这只海鸥似乎一点也不怕人，它挺着圆润丰满的肚子，灵巧地从围栏上跳下来，扬着脑袋高傲地朝翩跹走过来。

“好可爱呀！”翩跹捧着心口说，“要是我老家也有这么可爱的动物就好啦！”

话还没说完，那只海鸥就忽然冲到翩跹面前的零食堆旁，叼起一块鳕鱼片，对翩跹投去一个鄙视的小眼神儿，然后快速飞走了。

“啊——”翩跹顿时发出凄惨的大叫，“我的鳕鱼片！它竟然对我使美人计！”

围观了整个事情经过的聂壕笑得肚子都疼了，他揉了揉翩跹的脑袋，说：“好了好了，看在它很可爱的份儿上，你就让给它吧。”

翩跹可怜巴巴地说：“呜呜，可是那是最后一片鳕鱼片了呀。”

聂壕正想说下船了我再给你买，眼前一道白影闪过，刚刚那只海鸥竟然去而复返了！它站在栏杆上，嘴里咬着鳕鱼片，得意扬扬地翘着尾巴看着翩跹。

翩跹气得鼓起小脸，站起来朝海鸥走过去：“把吃的还给我！”

海鸥不听，转了个圈儿用圆滚滚的屁股对着她。

这就让翩跹很生气了，她顿时忘了围栏外面就是无边的大海，猛地朝海鸥扑过去想把鳕鱼片抢回来。机敏的海鸥立刻飞了起来，吃的自然是没抢到，扑到围栏边的翩跹一个没站稳，就朝外面栽了出去——

“啊啊啊！”

“扑通！”

落水的声响让刚刚还在笑的聂壕冻在了原地，他愣怔了半秒，猛地爬起来朝围栏外面看去，然而眼前只剩下一片蔚蓝色的海洋，哪里还能看见翩跹的影子？

“翩跹？欧翩跹？”他朝着海面大喊了几声，没能得到一点回应，聂壕的脑子里顿时一片空白，想也不想就跨过围栏也“扑通”一声跳进了海里。

落水的那一瞬间，聂壕觉得浑身像被石块砸了一样，大量咸涩的海水涌入他的鼻腔和嘴巴，可他却顾不得这些，只是不断对着海面大喊翩跹的名字，可是四周只有一望无际的蓝色。聂壕目光呆滞地漂浮在海面上，初夏的海水温度并不低，可此刻他却觉得自己像被人用冰水从头淋到了脚。

他很快回过神来，憋了一大口气猛地扎进海面下方，用人类有限的视力在幽暗的海里寻找他喜欢的姑娘。一次，两次，三次，气息不够了就浮上来换气，然后再次沉下去，后来聂壕已然记不清自己扎下去了几次，就在他觉得脑子有点不清醒的时候，一个身影忽然从不远处的海平面冒了出来，对着他大喊：“聂壕！你怎么下来了？”

聂壕浑身一震，接着使尽全力朝那个身影游过去，只见翩跹手里抓着一条鱼，正对他笑得灿烂，道：“你看，有条鱼钻到我的衣服里啦，我们晚上——”

话还没说完，她就被面前的男人紧紧搂在了怀里。

聂壕像是使尽了毕生所有的力气，将她箍在怀中，在她耳边用轻微又沉重的嗓音说：“找到你了，我找到了。我还以为……”

“以为什么？”翩跹渐渐明白了，“啊！你是不是以为我不会游泳？我会的！”

杂乱无章跳动的心脏终于稍微平静了一些，铺天盖地的恐慌情绪撤走，但另一种名为愤怒的情绪立刻补了上来，他捏着翩跹的肩膀气得大吼：“你既然会游泳为什么刚刚一直待在水下不上来！你知不知道我以为你淹死了！”

翩跹连忙解释：“我……我是会游泳，可是刚刚掉下去的时候正好游过来一群鱼，我被它们打乱了视线就看不见海面了，等它们游走后我才浮上来的。”

“那你为什么要去跟海鸥抢吃的！明明知道这是在海上那么危险，你还要抢！想吃我回去买给你不就好了吗！”聂壕的火气越烧越旺了。

“我没想那么多……而且我身体很强壮的，这么点海水淹不死我的……”

“你还敢跟我狡辩！没把我吓死，你就想把我气死是不是！”

翩跹看着湿漉漉的聂壕，看着他眼底不加掩饰的怒火，还有隐藏在怒火背后的惊恐和自责，她的鼻子就渐渐酸了起来。

她慢慢伸手抱住了面前的男人，靠在他耳边哽咽：“对不起，我知道错了。”

纵使聂壕有再大的火气，此刻也燃烧不起来了。他叹了口气，说：“算了，先回到船上再——”

然而两人抬头一看，却发现游艇已经慢悠悠地开走了。

聂壕：“……”

翩跹：“……”

翩跹揉着眼睛说：“呜呜呜，都是我不好，害你没有把船停下就跳下来了！”

那么大的船，聂壕倒不怕它丢，他现在愁的是他们两个该怎么上岸啊！

聂壕从口袋里拿出手机，好在还能用，他正打算打电话求助，不远处就忽然传来一声鸣笛声。两人抬头一看，另一艘游艇正朝着他们所在的方向开过来，而上官霸琦正在上面看着水里的两人，道：“这么巧，在这里遇见你们！你们是在练习游泳吗？”

聂壕气不打一处来，说道：“有这么游泳的吗？快点把我们拉上去啊！”

二十分钟后，吹干了头发、换了衣服的翩跹和聂壕两人一起，坐在上官游艇的船舱内，而聂壕的游艇也被寻了回来。

上官拿着茶壶问两人：“还要再喝点热水吗？”

翩跹接过上官倒的热水递给旁边的聂壕，说：“小妖精，你再喝一点。”

聂壕傲娇地对她说：“你喂我。”

“哦。”翩跹乖乖地点头，对着杯子吹了吹，才递到他面前，“小心烫哦。”

上官面无表情地看着他们秀恩爱，问道：“既然你们休息得差不多了，那我就要问问题了。我实在很好奇你们两个是怎么从游艇上掉下去的？”

翩跹面色沉重道：“事情的起因全都是因为一只海鸥……”

旁边的聂壕翻了个白眼，道：“因为你是个吃货！”

上官困惑地问了句：“不好意思，我没听懂，能再具体地解释一下吗？”

翩跹把事情的经过给上官复述了一遍，上官惊叹地看向聂壕，道：“所以你为了救翩跹，没有把游艇停下也没有拿救生圈，就直接跳下去了？啊，爱情的力量真伟大。”

这是在讽刺他吗？聂壕没好气地瞪了这家伙一眼，说：“今天谢谢你救了我们。我和翩跹就不打扰你了，走吧翩跹，我们下船。”

可是翩跹却说："别呀，既然这么巧遇到了，我们就和上官一起玩吧，我们可以钓鱼然后烤来吃呀！"

"吃烤鱼可以去我的船上啊，干吗要留在他这里？"

"因为上官救了我们呀，拜托了，今天就带上官一起玩吧！"

聂壕对翩跹的撒娇越来越没有抵抗力了，更何况上官的确救了他们，他就这么走掉实在有些没风度，于是他只好答应了："好吧，好吧，好吧。"

上官点点头说："稍等，我去拿钓竿。"

翩跹问："上官，你这里有四根钓竿吗？"

上官不解地说："可我们只有三个人啊？"

"因为我想叫上涟凝一起呀！她不是你的同事吗？难得今天天气这么好，我们也邀请她来游艇上玩好不好？"

上官愣怔了片刻，那张冷漠的脸忽然就涨成了茄子色。

聂壕得意地看着他，悠悠地把他刚刚送给自己的话原样奉还，说："啊，爱情的力量真伟大。你说是不是啊上官先生？"

上官霸琦："……"

接到翩跹的电话时，钱涟凝正坐在家里创作自己的新剧本。

她按下接听键，听到那头传来一个活泼的女声："涟凝大美女！我是欧翩跹，就是上官的老乡，上次我来看过你们的话剧的，你还记得我吗？"

涟凝笑着说："记得呀。你好呢翩跹，找我有什么事吗？"

"嘿嘿嘿嘿，有呀！今天周末天气这么好，你要不要来上官家里玩呀！"

涟凝笑道："嗯，好啊！不过我不知道上官家在哪里……"

"没关系没关系，我把坐标发给你呀！"

半小时后，涟凝坐出租来到了海边，望着一望无际的大海，涟凝完全困惑了，翩跹说这里是上官的家，可是这附近连幢房子都没有啊！就在这时，她听到远远传来一个清丽的女声："涟凝！在这里！我们在这里哦！"

涟凝顺着这声音抬头看过去，只见不远处一艘白色游艇正缓缓地靠岸，而围栏旁边，翩跹正在对自己挥舞着小手，她旁边还站着一个高大英俊的男人，似乎是怕她从游艇上掉下去似的，一直紧紧地抓着她的手。

而这两人旁边，上官霸琦正紧张地望着她。

涟凝愣在当场，难道说上官的家就是这艘游艇吗？他竟然有一艘游艇？！

游艇一靠岸，翩跹就迫不及待地奔下去，开心地抓住涟凝的手说："嘿嘿，又见到你啦大美女！走吧，我们上船去钓鱼！"

涟凝小心地问："你说去上官家里玩，那这里……"

"嗯嗯，游艇就是他的家！"翩跹解释道，"上官说住这里比较自由，还可以时不时出海看看。我都后悔自己买了别墅了，如果早点和他认识，我也买游艇啦。"

涟凝捂住心口，原来她的同事还有她同事的老乡，是两个土豪？

翩跹拉着涟凝朝游艇走的同时，船舱内，上官则像是热锅上的蚂蚁一样四处乱晃。他换上了自己最昂贵的西装，正颤抖地想给自己系领带。

聂壕忍不住吐槽："你是要系领带还是要把自己勒死？"

上官原先的清冷此刻全不见了，他抓狂道："我还没有准备好邀请她来家里玩啊！今天家里这么乱，万一她看到了讨厌我了怎么办！"

聂壕哼道："你到底是不是男人！是的话就大胆一点追她啊！每次对她说句话都结巴，这样下去这辈子你都追不到她，你信不信！"

上官这才镇定了些，不好意思地说："你看出来我对涟凝……"

"傻瓜都看出来了好吗？只有翩跹那个蠢女人看不出来而已。"聂壕拍了拍他肩膀道，"好了，别紧张，努力向她表现你最好的一面就行了。"

上官点点头，往外偷看了一眼，发现翩跹已经拉着涟凝上船了，他连忙端起旁边的餐盘，上面放着他刚刚专门跑去附近甜品店买的精致甜品。

等涟凝走进船舱时，就看见上官端着一盘甜品，穿着灰色西装，紧张地说："你……你好，欢迎来我家做客。"

涟凝其实也很紧张，道："谢谢你邀请我。我没想到你住在这里，很特别。"

上官的脸唰地就红了，说："我……我给你准备了一点甜品，我记得上次你请剧团的人吃过这家店的东西，你说你很爱吃。"

是很爱吃没错，可是那家店的甜品很贵啊！而且……

"那家店离这里挺远的，你是专门跑去买的吗？"

上官回答她："没……没……没什么的，我骑摩……摩托车，很快就到了。"

旁边的翩跹捂着嘴笑："涟凝你别听他吹牛，他骑得太快了回来还在沙滩上摔了一跤，他摔倒了都不忘举着手里的甜品，生怕它们摔坏了。"

聂壕把翩跹的嘴巴捂住："笨女人。走了，我带你去钓鱼。"

翩跹挣扎道："我们带涟凝一起——"

"你想当电灯泡，我可不想！"

"可我不是电灯泡，我是人啊……"

两人就这么吵吵嚷嚷出了船舱，涟凝看着仍举着餐盘的上官，连忙接过餐盘放在一旁，说："谢谢你为了我这么费心。摔到哪里了？严不严重啊？"

上官赶忙摇头说："不严重，在沙滩上摔的，手……手臂上蹭破了一点皮而已。"

"让我看看吧，你这里有家用医疗包吗？"

在上官的帮助下，涟凝很快找到了医疗包。

上官已经脱掉了西装外套，卷起了袖子，涟凝一回头，就看见他手臂上那一条长长的擦伤，还在微微渗着血，她不禁皱眉道："你怎么不稍微处理一下呢？"

上官说："真的不……不要紧，我……我们老家的人恢复力比较强，这个我休息一晚就能好了。"

"那也不能完全不管呀！"涟凝先用酒精给伤口消了毒，然后抹了药膏，包上一层纱布。

上官看她神情有些不悦，连忙道歉："对……对不起，以后我会注意的，让你……你担心了。"

他一脸紧张的表情让涟凝心软不已，他明明是为了给自己买甜品才受伤的，却又害怕自己生气。再加上以前在剧团里他总是细心地照顾自己……

涟凝不傻，稍稍想一想就明白这是为什么了，并且她自己也……

可是……

望着这豪华的游艇，她的心情就不由得低落下去。

她强撑着笑颜说："你不用道歉的，我只是担心你而已。好了，我们也出去看看吧，我听翩跹说要钓鱼？"

上官点头道："他们……他们已经把钓竿拿出去了。"

于是剩下的两人也来到了甲板上，翩跹早已迫不及待地把鱼钩甩到了海面上，靠在聂壕的肩膀上焦急地说："怎么还不上钩啊？"

聂壕无奈地吐槽："你把鱼饵放下去还不到一分钟好不好！"

"我不管，我就是要鱼！"翩跹把细白的长腿伸到围栏外面摇晃，"我要鱼嘛！小妖精你快给我变一只出来！"

聂壕无奈地把她的鱼线从海里提上来，然后一圈一圈缠到自己手腕上，对翩跹挑眉道："喏，钓到了。"

翩跹笑着发出一声尖叫，扑到他怀里说："哈哈，那我就把你烤熟吃掉！"

两人对视，情不自禁正要接吻，眼角余光瞄到旁边杵着两个人影，顿时有点尴尬地分开了。

翩跹脸红红地对涟凝介绍道："他是聂壕，我的男朋友哦！上次我们一起去看你们的话剧的，涟凝你还记得吗？"

聂壕拆开手上的鱼线，也对她颔首道："你好。"

涟凝点点头，真诚地说："有些印象，你们很相配呢。"

"嘿嘿嘿。"翩跹高兴地说，"涟凝你过来坐呀，鱼竿已经给你们准备好啦。"

“谢谢。”涟凝坐在翩跹旁边，上官跟过来坐在她身侧。

四个人一起举着钓竿面对着大海，翩跹说：“我们可有四个人呢，今天一定要钓很多鱼才够吃。”

话音刚落，她手里的钓竿就往下沉了沉，其他三人立刻齐声道：“上钩了！”

“啊啊，我现在该怎么办？”

聂壕帮她抓紧钓竿，说：“往上收线，一点一点来，别着急。”

“好！”

翩跹紧张地在聂壕的帮助下一点一点将鱼线提出水面，果然，一条肥嘟嘟的鱼被她钓了上来，正咬在鱼钩上不情不愿地扭动着。翩跹开心地说：“哈哈哈，晚饭有着落——”

谁知她话还没说完，一道白影忽然从天而降，熟练地扯开鱼钩，咬住那条肥鱼朝天空飞去，还对翩跹摆了摆它的圆屁股。

聂壕：“……”

翩跹盯着天空愣怔了两秒，终于不争气地哭了：“呜呜呜，又是那只肥海鸥！气死我啦！”

聂壕提着塑料袋走进船舱时，看到翩跹依旧缩在沙发上生无可恋的样子，不禁俯身亲了亲她的侧脸，轻声问她：“还在生那只海鸥的气呢？”

翩跹委屈地说：“嗯！这是我遇到过最不友好的地球生物啦！”

聂壕憋着笑，将塑料袋举到她面前道：“那你看看这个，现在还生不生气了？”

翩跹扭头去看，发现袋子里装着好多条肥肥的鱼，眼睛顿时就亮了，说：“哇！小妖精，这是你钓到的吗？”

“这附近水很浅，哪有这么大的鱼。我刚刚去外面水产市场买的，晚上我们吃这些，现在不生气了吧？快起来了。”

翩跹嘟起自己花瓣般的嘴唇：“我需要小妖精亲亲才起得来。”

聂壕欣然地低头去吻她，两人黏糊了好一会儿才放开对方，翩跹提着那个塑料袋说：“我要去告诉上官和涟凝不用钓鱼啦！”

“等等。”聂壕连忙把她拦住，认真道，“有件事我得跟你解释清楚。”

“什么呀？”

聂壕指了指船舱外，道：“你那个老乡喜欢他的同事，人家现在正在外面培养感情呢，咱们就别出去打扰了。”

“喜欢？难道是我对你的那种喜欢吗？”

“不然呢？笨蛋。”

“哦，原来上官喜欢涟凝啊。”翩跹顿了几秒之后猛地张大嘴，“什么——”

聂壕无奈地笑道：“就知道你这个笨女人没发现。”

翩跹捧着脸：“我真的没发现啊！小妖精你是怎么察觉的？”

“这还需要察觉？他每次一跟那个钱涟凝说话就脸红脖子粗，还结巴，这么明显的喜欢，我看全世界只有你这个笨女人察觉不到。”

“我还以为他是生病了呢。”翩跹不敢相信自己竟然这么迟钝，不过……

“小妖精，喜欢一个人的表现就是脸红和结巴吗？那你跟我说话的时候为什么从来不结巴呢？”

“每个男人表现爱意的方式都不一样，怎么能一概而论。”

“也对哦。”翩跹很快想通了，笑着说，“你是傲娇型的，嘿嘿嘿嘿嘿！”

“你才傲娇！”聂壕捏了下她的脸，“走吧，我们把烧烤用的工具准备一下。”

“等一下！”翩跹突然抓住他的手，“小妖精，我忽然发现我们认识这么久，你好像还从来没对我说过你喜欢我呢！”

聂壕故意逗她说：“这种事为什么一定要说出来？我就不说。”

“但我可是天天都对你说喜欢你啊！”翩跹拉着他的手撒娇，“你说一次嘛，人家很想听很想听呀。”

聂壕心里想着我才不说呢，已经被这个笨女人玩得团团转了，要是说了喜欢她那她不是更得意了？可是一被翩跹在怀里蹭来蹭去，他就把持不住了，柔声道：“好了好了，我喜欢你，最喜欢你了。”

翩跹露出灿烂的笑容，说：“嘿嘿嘿，还说你不傲娇，你明明最傲娇啦！”

聂壕气得去挠她的痒痒肉，道：“再这么说看我怎么收拾你！”

“哇哈哈哈哈，放开啊！救命啊！哈哈哈哈！”

两人在船舱里闹腾了一会儿，最后都没劲了，靠在沙发上休息。翩跹望着外面的天色，忽然灵机一动说：“小妖精，我们帮上官追求涟凝吧！”

聂壕立刻说：“不要，就你这个笨女人，去帮忙也是帮倒忙。”

“我们帮帮他吧，上官一面对涟凝就紧张，肯定追不到她的呀。”翩跹说。

聂壕问：“那你想怎么帮他？具体策略讲来听听？”

翩跹努力回想着在攻略里学到的内容，说：“我们用手机放情歌给他们当钓鱼的背景音乐？”

“……下一个。”

“那让上官准备一段感人的表白，对她说出来？旁边再配上漂亮的蜡烛！”

“……你是要给他的爱情点蜡吗？下一个！”

“那就只能使出我的撒手锏了！”翩跹握紧拳头说，“让他大胆地勾住涟凝的下巴，说‘美女，你成功吸引了我的注意’！”

聂壕一巴掌把她糊到了自己怀里，道：“还说你不笨，这种办法能有效就怪了！现在谁还吃这一套啊！”

翩跹抬头看他的下巴，无辜道：“你吃呀，当初我就是这么追到你的呀。”

聂壕一时之间竟然无言以对，半天才憋出一句：“那是情况特殊，我告诉你，我可不是好追的男人，是你天天缠着我打动了我，我才勉强同意和你在一起的。”

翩跹的笑容里写满了“你这个傲娇的小妖精”几个字。

聂壕气得又要去挠她，翩跹尖叫一声躲开，就在这时，涟凝走进了船舱。

“不好意思，打扰你们了。”涟凝带着歉意说，“时间不早了，我就先走了，谢谢你们今天的款待。”

“啊？”翩跹张大了嘴，“可是还没吃晚饭呀涟凝，聂壕买了鱼，我们正打算烤鱼吃呢！你吃了晚饭再走吧？”

涟凝摇摇头，黯然道：“不，我就先回去了。真的谢谢你们邀请我玩。”说完她便朝外走去。

翩跹连忙拉着聂壕跟上去，看见上官呆站在旁边，一副想拦住涟凝又不敢的样子。翩跹想去追涟凝，却被聂壕拉住了，他说：“等一下，先把事情问清楚。喂上官，怎么回事啊，你和她吵架了？”

“没有。”

“那为什么她晚饭不吃就要走？你仔细地想一想是不是说错什么话了？”

上官说：“我们一直在钓鱼，基本没有说几句话。”

聂壕简直服气了，问：“你们坐在一起这么久都没说话？你会不会太㞞了啊！”

“我一见到她话都说不好了，所以……就想着干脆不说了以免她生气。”

聂壕指了指岸上那个越走越远的身影，道：“你是不是男人，是的话就现在追上去跟她表白！否则我跟你保证，从今以后你一点机会都没有了！”

翩跹也对他加油道：“快去追呀，上官！千万不要丢我们老家的脸呀！”

上官看了看两人，又看了看涟凝的背影，终于鼓起勇气，快速跑下了船。

翩跹拉着聂壕小声说：“我们偷偷去围观呀！”

“涟凝！”上官快步追上涟凝，“请等一下！先别走好吗？”

面前的姑娘果然停下了脚步，回过头带着纠结的表情看着他。

上官做了个深呼吸，道：“其实我——”

“我知道你想说什么。”涟凝却打断了他，“如果不是我太自恋的话，我猜……我猜你应该对我是那个意思吧？”

“是的，我一直很——”

“不，先让我说吧。”涟凝道，“我想我不能接受你的心意，真的对不起。”

上官的脸顿时变得惨白，问：“……是你不喜欢我吗？”

涟凝并没回答这个问题，只是指着他的游艇说：“你的家真的很漂亮，但我恐怕努力一辈子都买不起。我家里的条件很一般，而谈恋爱是需要门当户对的，所以我们不合适，你应该找一个跟你家庭差不多的姑娘。”

上官着急地说：“虽然我不在乎门当户对这种事，但既然你这么说了，我要跟你解释清楚！我家条件没有很好！你不要被游艇误导了，我老家的人来到这里，人人都买得起游艇的！”

涟凝：“……”

上官：“真的！我没骗你！说起来其实翩跹家里条件比我好多了，她才是地球上说的白富美，我只是个普通人而已！”

涟凝：“……”

藏在角落的翩跹终于忍不住了，跳出来说：“是啊是啊，他只是个普通人哦！涟凝你仔细考虑一下啦，那句话怎么说，过了这村没这店了——唔！”

聂壕把她塞回角落，无奈地对两人道：“你们继续，继续，我们不打扰了。”

看着他们歪歪扭扭离去的背影，涟凝原本沉重的心情竟然在不知不觉中就放松了，她轻笑一声说：“你们老家的人，都很可爱呢。”

上官紧张地说：“那你可不可以再考虑一下，我不是说让你立刻就答应我，但可不可以给我一个机会？”

涟凝微微红了脸，在他认真凝视的眼神中，终于轻轻点了点头。

“耶！她点头了！我看到她点头了！咱们给上官放烟花庆祝吧！哈哈哈！”站在游艇围栏边的翩跹兴奋地边跳边喊。

“哪来的烟花，你给我下来，再乱蹦小心又掉下去！”

“涟凝快回来，我烤鱼给你吃呀！”被聂壕抱住的翩跹努力朝她挥舞小手。

涟凝忍不住笑了，扭头对上官说：“那……回去吧。”

“好！”上官用力点头，激动地捏紧了拳头。

“还有，你今天对我说话终于不再结巴了呢。”

涟凝话音刚落，上官就一脚踩到了一个贝壳，朝前来了个平地摔。

“上……上官！”

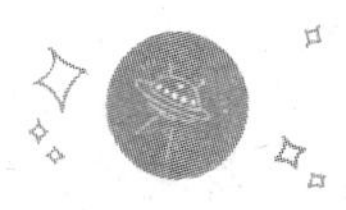

第八章
感冒

Chuangwo Guangnian
Aishang Ni

晴朗的夜晚，天空中繁星密布，微凉的海风吹拂到翩跹的脸上，碎发被掀起贴到了她的嘴唇上。聂壕替她把头发拨开，递上一条烤好的鱼问：“还吃吗？”

翩跹用力点头，放下那条被自己啃到只剩骨架的鱼，继续啃新的，还不忘递到聂壕面前说：“你也吃呀。”

聂壕凑上去咬了一口，说：“我差不多饱了，你吃吧。”

“我要喝果汁！”翩跹拉着他的袖子摇晃。

“我去拿，你坐着别乱动啊，再掉下去我可不救你。”

“你别担心啦。”翩跹又问旁边的两人，“你们怎么不吃啦？还有好多鱼呢。”

涟凝笑道：“谢谢呢，我饱了。”

上官也跟着点头道：“我也一样。”

翩跹啃完手里的鱼，也打了个饱嗝，这时她的手机屏幕忽然亮了，是冷姐姐发来的消息：“小丫头，早上发你消息你怎么不回复？该不会跑去和聂壕滚床单了吧？”

翩跹连忙翻看之前的消息，这才发现冷织蕴早晨祝福她和聂壕幸福来着，连忙回复：“不好意思姐姐，我早上没注意。滚床单是什么意思呀？”

冷姐姐回复道：“这都不知道啊，滚床单是相爱的恋人才会做的事，会增加双方的感情和甜蜜度哟。”

翩跹：“这么好呀？那具体该怎么滚呢？你教教我吧！”

冷织蕴：“哼哼！听本姐姐对你慢慢道来……”

翩跹接受冷姐姐教导的同时，聂壕正在船舱里找果汁，奈何四个人一下午把果汁都喝完了，他只好下船去附近的便利店买，等他提着果汁回来的时候已经是十分钟后了。

上官和涟凝安静地看星星，翩跹则在另一头对着手机露出兴奋的神情。

他走过去问道：“看什么呢，那么高兴？”

翩跹亮晶晶地望着他问：“小妖精，你想不想我们之间的感情更好呢？”

“想啊，所以呢？”

“所以我们来滚、床、单吧！”翩跹跳起来大喊一声，旁边的果汁瓶子被她撞倒，聂壕吓了一跳，不慎踩到了圆滚滚的瓶子，接着便猛地朝船外栽了出去！

“扑通！”深蓝色的海面被他砸出了巨大的水花。

“……啊啊啊，聂壕！我来救你了！”

听到声响的上官困惑地说：“他们怎么又掉下去了？真的不是在游泳吗？”

涟凝无奈地说：“你这个天然呆，快点救人啊！”

半小时后。

“阿嚏！”聂壕裹着毯子坐在船舱里，一脸的不开心。身为一个大男人，竟然只因为掉进海里两次就感冒，这实在是太丢人了！

“快快，姜汤熬好了，你喝一口。”翩跹将小碗递到他嘴边。

聂壕喝下辛辣的姜汤，翩跹问：“难受吗？头晕不晕？”

“没事，我哪有那么脆——阿嚏！”

翩跹急了，摸摸他的额头，对上官说：“他好像有点发烧，我要送他去医院。”

上官问：“我送你们吧？”

“不用，你陪着涟凝，我开车送他就行。”翩跹说着就站起来，却被聂壕拉住说：“笨女人，我就感冒而已，睡一觉起来就好了，不用去医院那么麻烦。”

“不行！必须去医院！你可是脆弱的地球人，万一出事了怎么办，我就再也没有喜欢的小妖精了！”翩跹叉着腰说，“这件事上你必须听我的话！”

聂壕很少看见蠢女人如此强势，嘴角不禁染上温柔的笑意，道：“那我就勉为其难去一次吧。”

翩跹这才满意了，她对聂壕伸出双手道：“到我的怀里来！我抱你下船！”

聂壕翻了个白眼，拉着她的手说：“快走了。”

翩跹以最快速度带他上了车，直奔最近的医院而去。看了医生，打了针，开了药，两人这才朝家里折返回去。但感冒毕竟不是立刻就能好的，回到家后，聂壕还是发低烧了。

翩跹将他裹在厚厚的被子里，担忧地看着他红红的鼻子和眼角。聂壕在她的眼里一直是高大强壮的，可现在他裹在被子里的样子是那么脆弱，让她好担心。

她的眼泪忍不住流出来，说：“呜呜呜，小妖精，万一你就这么死了怎么办？”

聂壕一脸黑线地给她擦眼泪，道：“小感冒而已，都说了没事了！还有你能不能说点吉利的话啊蠢女人！好了你快出去吧，我不想把感冒过给你。”

翩跹不解地问：“什么叫‘过给我’？”

聂壕也没多想，解释道：“我们靠得太近了，我的感冒就传染到你身上——”

他话还没说完，面前的姑娘就猛地钻进了他的被窝，不断蹭着他的脸，大喊道：“过给我吧过给我吧！感冒快来我这里！快点离开我的小妖精！”

聂壕怔了两秒，一股温暖又酸涩的情愫缓缓从他心底流淌而过，看着面前的女人犯蠢的可爱表情，他忍不住用力将她抱在了怀里。

“嗷……你抱得太紧了小妖精。”

聂壕把脑袋枕在她的颈窝，说：“笨女人，这个时候就应该安静地一句话不说，懂不懂？”

“哦……”

两人安静了一会儿，翩跹才小声开口：“小妖精……”

“嗯？”

“感冒离开你了吗？”

聂壕闷声笑出来，亲了亲她的额头，说：“没有，感冒说它还是留在我这里比较好。好了，你出去吧，我要睡了。”

翩跹却说：“不要不要不要，我要陪着你，万一你晚上有事还可以叫我。”

聂壕呼出一口因为低烧而滚烫的气息，为难道：“你还是……”

“你说什么都没用！我是不会走的！”翩跹把脑袋贴在他的胸膛，示威一般地瞪着他。

聂壕的心柔软得快化成一汪水，抱住她轻声道：“好吧好吧，睡吧，晚安。”

翩跹这才满意了，嘿嘿笑着说了句“晚安”，靠在他胸口闭上了眼睛。

她很快就睡熟了，然而抱着她的男人却一直没有睡。尽管低烧让他昏沉不已，但聂壕却一直强撑着精神，他抱着她下床，轻手轻脚将她放进隔壁客房盖好被子，又吻了吻她的额头，才依依不舍地回到自己的房间。

重新躺回床上，聂壕咳嗽了几声，他拿出手机打开相册，里面有他今天在游艇上和翩跹拍的合照，照片里，满天星辰的晴朗夜空之下，翩跹正靠在他肩膀上吃烤鱼，而他则微微侧着脸亲着她的发顶。

聂壕望着照片里翩跹开心的表情，心里翻涌着无数的情愫想要表达，可最后千言万语只化作了一句话。他将照片发出去，在下面写道：“蠢女人，我大概是真的爱上你了。”

发完之后，他刚想放下手机休息，一条条回复却促使他的屏幕不断地亮起来。

聂壕点开一看：

陈鹰："噫！"

沈炽："噫！"

孙相挚："噫！"

冉南国："噫！这回我没有破坏队形吧？"

赵大义："破坏了。"

聂壕笑了出来，这群不靠谱的哥们，看他下次见面怎么教训他们！他收起手机，抱着带着翩跹气息的被子，渐渐进入梦乡。

同一时刻，距离地球十二亿光年的一颗行星上，一个黑发男人正站在比他高出三倍的虫族女王面前。

这个极其高大的男人面容刚毅而沉稳，下巴上带着淡淡的胡楂，他光裸着上半身，露出极其发达精壮的肌肉，因为常年风吹日晒加上与人打斗的缘故，男人的肌肉上遍布一条条的陈年伤痕；他的肩膀上扛着一把巨大的刀，几乎要和他身高的一半等长，刀锋泛出暗红色的光芒；男人下身则穿着一条黑色长裤，裤脚束在黑色的靴子里，靴子面儿上还沾着几滴血液。

那是属于他面前这个虫族女王的血液。

此刻，虫族女王愤怒不已，正对着他大声咆哮。虫族女王张开锋利的前肢猛地朝男人刺过来，然而男人却动也不动，待女王的攻击接近的那一刻，微微动了动扛着刀的右手。

一道暗红色光芒过后，女王的前肢全数掉落在地，血液四处喷溅，男人擦了擦喷到眼角的血液，猛地一跃而起对着女王连砍三刀，将女王直接砍成了四截！

他边砍边用浑厚的嗓音喊道："谁！要跟你！谈恋爱啊！"

女王的尸体成块掉落在地，原本藏匿在女王周围的虫族们见到此状，顿时慌乱得不知如何是好，男人将长刀重新扛在肩上，向它们说："还不快滚！"

虫族们感觉到这男人身上散发出极度危险的气息，连忙四下逃窜，一分钟不到的工夫，这片小山丘就只剩下了男人一个活物。

一架小型飞船从不远处开了过来，停留在男人身后，飞船上跳下来一个戴眼镜的男人，他看到眼前情景顿时无奈扶额，对着男人喊道：“大哥，你怎么又把任务目标杀了啊！这都第几次了！”

肌肉男转头看向眼镜男，说：“谁让这个游戏设置的终极任务那么傻缺。”

“可我们怎么跟委托人交代啊！算了，先回飞船再说吧。”眼镜男无奈道。

男人扛着长刀，优哉游哉地朝回走。眼镜男忽然想起什么，说：“对了斑烈峻，你妈刚给你发通讯了，你不在我替你接的，她说想给你介绍对象，你要不要见一下？”

名为斑烈峻的男人不屑道：“不见。”

“可是我听你妈妈说，那个女孩子条件挺好的啊，和你也算是门当户对，你也老大不小了，该找个女朋友了——哎哎哎！”

男人把刀背顶在眼镜男的脖子上，道：“再废话，我把你也砍成四截。”

眼镜男投降地举起双手道：“好好，我不说了还不行吗？”

男人收回了刀，大跨步走进了飞船里。

小型飞船里还有两个人，其中瘦高的男人正对着三维影像屏幕操作，另一个圆脸男人则在保养武器。见到斑烈峻回来，瘦高男责备地说：“这次的任务我们准备了两个礼拜，委托人承诺的报酬也很丰厚，我还以为你会认真对待这次任务，谁知你又把任务目标杀了，斑烈峻，你是不是玩我呢！”

斑烈峻坐在椅子上，从圆脸男手里接过布巾，一边擦拭长刀一边说：“那个虫族女王丑出天际，不然，咱俩换一换，你跟它谈个恋爱试试？”

瘦高男蹙眉道：“如果不是我武力值不如你，我早去了。任务目标死了，委托人那边会收到任务失败的讯息，他要是不依不饶，咱们可是要付违约金的！”

话音刚落，众人面前的三维影像屏幕就闪现出了请求通讯的标识，通讯人正是这次的委托人。

瘦高男无奈地对斑烈峻道："你自己处理，我不帮你善后。"说完就走开了。

斑烈峻无所谓地哼了一声，用脑电波对飞船传递信息。

"接通通讯。"

屏幕上的通讯标识变成了一个瘦弱男人愤怒的脸，他对着斑烈峻喊道："你们怎么回事？为什么我这里显示虫族女王死了！不是说好三天内帮我完成终极任务吗？现在怎么办，《冒险吧宇宙》这个游戏我可是玩了两年多才练到99级啊！"

斑烈峻嗤笑道："太弱的人就别玩这个游戏了，我两个月就能升到99级。"

"你——"

站在他身后的眼镜男一看委托人要发飙，连忙上前缓和气氛："他不太会说话，先生您放心，我们会想办法帮您解决这件事的。"

"怎么解决？终极任务的机会只有一次，失败了就只能重练！"

眼镜男道："这样，请您再给我们两个月的时间，我们用身份替代器帮您重新练一个号，两个月后您就能如约拿到满级大礼包。耽误了您的时间，我们真的感到很抱歉，我们会降低佣金，只收您两万七千块玩儿星币，您看可以吗？"

委托人不满道："才便宜三千块而已！可是要耽误我两个月呢！不行，我不同意，我只出五千块，不然我就去投诉你们这间店！"

"可是，五千块也太少了，我们准备武器、能源的成本都不止这个数啊。"

"我管你们！就五千块，你们做不做，不做我现在就去投诉！"

"哎哎哎先生，别——"

眼镜男的话还没说完，就被斑烈峻推开了，他冷冷地看向屏幕里的男人，从嘴里吐出冰寒的话语："那你就去投诉试试。"

委托人被他阴鸷的眼神给吓住了，道："你……你想干什么，你威胁我吗？"

“是你先威胁我们的。”斑烈峻道，“没能按时完成任务是我不对，但趁机狮子大开口就是你过分了吧。你也不想想你这个任务有多奇葩，当时除了我们店也没有别的店愿意接，还是你求着我们接的。我们给出的价格也很合理，现在还给你降价了，道歉也道了，你还有哪点觉得不满足？”

委托人有点心虚，道：“可我还要等两个月……”

“我会尽快的，可能用不到两个月。”斑烈峻说道，“再等这么一小段时间，你就能不费吹灰之力地拿到超级大礼包了，那可是三十万玩儿星币和三十年宇宙旅行，我想这么点儿等待的时间，还是值得的吧？”

委托人终于被他说服了：“那好吧，我就再给你们两个月。”

斑烈峻中断了通讯，无奈地叹了口气，靠在椅子上抱怨道：“当初我就说了这个任务我不接我不接，你们就是不听。”

瘦高男开口道：“现在这么多游戏代理店，竞争越来越激烈，我不接我们就没饭吃了好吗？”

斑烈峻道：“什么没饭吃，今年还没过一半，我已经给大家赚了一百多万了。”

“是是是，你是我们的摇钱树。”眼镜男连忙说，“要吃点什么东西吗？”

斑烈峻摇头道：“不用，我去洗个澡，那虫族女王的血液味道真难闻。”

待斑烈峻走进飞船浴室之后，眼镜男坐下来统计这个月他们团队的收入。没错，这几个人与翩跹、上官一样，也是《冒险吧宇宙》的玩家。

不过和他们不同的是，这几个人玩游戏时，用的从来都不是自己的身份。只要戴上圆脸男研究出的“身份替代器”，他们就可以冒充其他玩家去完成游戏任务，从而获得那些真正玩家，也就是他们称之为“委托人”付的酬劳。

按地球上的话来说，他们其实就是一个游戏代练小队。

瘦高男督宙负责总体掌控大局，圆脸男恰奇司是团队里的技术员，眼镜男梯夺负责管理财务与调和队里的关系，斑烈峻则主要负责当打手。

除了《冒险吧宇宙》，他们也接其他游戏的委托。至于价格，则根据委托人抽取到任务的难度不同而变化，通常是在五千到五万之间。虽然这是笔不小的花费，可一旦成功，收到的回报可是非常丰厚的，所以他们的生意一直不错。

但这几年，代练小队渐渐多了起来，他们的生意也被抢去不少，所以瘦高男才会冒险接下这个“和虫族女王谈恋爱”的艰难任务。却没想到，这个斑烈峻却一刀把女王砍死了。

瘦高男督宙不禁想，和斑烈峻认识也好几年了，可是这家伙却一直只顾着玩游戏，从来没谈过恋爱，他是不是因此憋得变态了，才对虫族女王下狠手啊？

督宙觉得他有必要关心一下自己的好友兼同事，等他洗完澡出来便说：“你妈妈刚刚发通讯找你，你知道吗？”

“知道。”斑烈峻懒洋洋地靠在椅子上，“你该不会也想逼我去相亲吧？”

“谈个恋爱其实挺好的。”督宙语重心长道，“等时机合适再结婚生个孩子，人生就圆满了。你不是一直挺羡慕我有老婆孩子吗？”

斑烈峻无奈地说道：“那我也没必要非去相亲啊，就不能自由恋爱吗？”

“……问题是你天天玩游戏，根本没机会自由恋爱啊。”

斑烈峻说：“反正我不相亲，我……”

督宙看他话里有话的样子，正想问个清楚，屏幕上就出现了斑烈峻妈妈的脸。

斑烈峻眼看是躲不过去了，只能接通通讯道：“妈，我不相亲我不相亲我不相亲，重要的事情说三遍。”

斑烈峻妈妈却一脸兴奋道：“你先别急着拒绝，听妈妈给你说说这姑娘的条件呀！她父母和爸爸妈妈一样，都是宇宙搜索家，是不是很门当户对啊！而且小姑娘的三维影像图我也看过了，很可爱很漂亮的！你先看一眼照片吧，好不好？”

“不看，你没别的事我挂了啊，我困了想睡会儿。”

“唉，你这孩子，每次都是这样，以前好歹还愿意看一眼影像图，可是半年前突然就连影像图都不愿意看了，你是不是要愁死妈妈啊？”斑烈峻妈妈叹息。

眼镜男梯夺连忙打圆场道：“阿姨别担心，大哥条件这么好，肯定能找到好姑娘。”

“可他现在连相亲都不愿意啊！”斑烈峻妈妈无奈地说，“算了算了，你不愿意就算了。我再给你寻寻更好的。唉，可我真觉得这个叫妲芷奈的姑娘挺好的，可惜了，没机会做我家的儿媳妇……”

斑烈峻原本合上的眼睛猛地睁开，扭头问：“你说她叫什么？”

斑烈峻妈妈立刻精神起来，道：“叫妲芷奈！怎么了儿子？莫非你……”她话还没说完，斑烈峻已经站起来了，说：“把她的影像图传给我！”

“好好好！”斑烈峻妈妈将影像图传递过来，屏幕上的正是欧翩跹灿烂的笑脸。

这副清纯美丽的面庞和斑烈峻记忆里的画面渐渐重合起来。

一望无际的荒芜星球，难以寻找的卡芙朵草，还有她脏兮兮却灿烂的微笑……

斑烈峻转头看向瘦高男，道：“任务我暂时不做了。”

督宙：“啊？”

“我要去相亲。”

“……啊？！”

第二天早晨，翩跹醒来时发现自己睡在客房，顿时气呼呼地爬起来，跑去隔壁找她的小妖精算账。

因为吃了药，又经过一晚的休息，聂壕的精神已经好多了，正在卫生间洗脸，他喜欢的蠢女人突然冲进来用拳头打他，道：“你这个坏蛋，明明说好让我陪你一起睡的！”

聂壕早就想好了说辞，一本正经地道：“你昨天一直在床上动来动去，我实在睡不着，只好把你抱去隔壁了。”

“真的吗？”翩跹有些茫然，“可是我睡觉好像不会乱动啊！”

“大概是这几天天气太热了吧。”聂壕说。

翩跹果然被他给哄住了，但下一秒，她就注意到了聂壕光裸着的上身，顿时又生气了，说：“你怎么可以穿这么少，明明还在感冒呀！你去给我穿衣服！”

“好好好，我的大小姐。”聂壕在她额头上亲了一口，走进衣帽间换上白衬衫和西裤。

翩跹却说：“这样穿太少了，再穿件大衣吧！”说着就把一件黑色长风衣从柜子里拿出来。

聂壕眼珠子都要瞪出来了，说：“这是冬天穿的啊。”

“我不管，感冒了就要多穿一点！”翩跹拿着衣服对他跺脚。

“好好好……”聂壕只好套上大衣，“现在可以了吧？”

“再把围巾戴上！”翩跹又从抽屉里拿出一条厚围巾。

聂壕认真地说：“宝贝，我这样走出去，路上的人会以为我脑子有问题的。”

翩跹的大眼睛里聚集起水光，委屈道：“我只是想让你的感冒快点好嘛！你不愿意这么穿，那赶快把感冒传给我也可以呀！”

“我的感冒说了，它觉得你太可爱了，所以不舍得去你那里。”聂壕吻了吻她的眼角，“好了好了，我穿就是了，不难过了啊。”

翩跹朝他投去一个“这还差不多”的眼神，把围巾挂在他脖子上，牵着他的手说：“走啦走啦，下楼吃早饭去。”

吃完饭后，两人一起去上班，走进公司大厅时碰到了同样来上班的沈炽，对方奇怪地问：“大热天的，聂哥你怎么穿这么多？”

聂壕无奈地说：“我感冒了，蠢女人非让我穿得厚一点，我能有什么办法。”

“这样啊。”沈炽道，“说起来你真是越来越不够哥们了啊，游艇到手了，也不说请我们这些兄弟上去玩玩。”

聂壕瞪了他一眼，没好气地说：“还请你们玩？昨天晚上是谁在我发的照片底下发了一波‘嘻嘻嘻’的？还保持队形？我看你们几个是皮痒欠揍了。”

沈炽笑嘻嘻道：“那我们不是祝贺你终于找到了爱的人嘛。”

“有这样‘噫噫噫’祝贺的吗？”

两人正闹腾着，翩跹好奇地凑过来问：“你们在说什么呀，什么照片？”

聂壕这才想起，这蠢女人今早一直忙着照顾自己都没顾得上看手机，再想想他昨晚在情动之下发的那句话，老脸顿时就红了，说：“没……没什么，不重要。”

“什么不重要，很重要才对。”沈炽连忙说，“快看社交软件，聂哥昨晚给你发了一段话呢。”

“真的吗？”翩跹连忙拿出手机，很快就翻到了聂壕发的那张图，她盯着那段话看了片刻，忍不住冲上来抱住了他。

“呜呜呜，小妖精，我也爱你！”

聂壕安静地抱了翩跹一会儿，轻声道：“宝贝啊，你看我对你这么好，你答应我一件事行不行？”

“嗯嗯，你说！”

“我能把围巾摘了吗？我感觉我要热出痱子了。”

“不行！想也别想！”

可怜的聂壕就这么穿着大衣戴着围巾忙碌了一早上，开例会的时候公司下属忍不住在群里说道：

“好好的花花公子，干什么突然想不开要走专情妻管严路线。”

“感冒和中暑可以同时出现吗？我感觉咱老板很快就要‘两样俱全’了。”

“楼上两个男的，你们这是赤裸裸的嫉妒！老板这样才是绝世好男人！”

“就是，吃狗粮我也乐意，我现在每天不吃他们的狗粮都浑身不舒服！”

“你们这些女的啊，都太天真了，老板什么样的本性你们还不清楚吗？之前换过多少女人，难道忽然就能改了？他现在只是新鲜劲儿没过去而已，等他玩腻了那个傻乎乎的秘书甩了她，你们就知道这是个人情冷漠的世界了。”

“还有，老板他妈可是出了名的高冷不好亲近，就算老板愿意娶那个小秘书，老板的妈妈能同意吗？”

“可是小秘书也是白富美啊，门当户对，我觉得挺好的。”

“这和白富美不白富美没有关系，主要还是看婆婆满不满意这个小秘书啊。”

聂壕看台下的下属们全都低头在手机上敲击键盘，拍桌子怒道：“我说，你们还记得这是在开例会吗？”

众人连忙抬起头，纷纷假装自己投入到了开会的氛围当中。

聂壕翻着白眼开完了例会，回到办公室，看见翩跹正坐在他的座位上捣鼓着什么，他凑过去亲了她一下说：“你干什么呢？”

“我把你的电脑桌面变成我们的合照啦。”翩跹指着屏幕说，“好不好看？”

屏幕上正是聂壕昨晚发的那张照片，他点头说：“好看！”

翩跹对他眨了眨眼，说：“那现在你可以回答我昨天晚上的问题了吧？”

“嗯，什么问题？”聂壕茫然道。

翩跹害羞地说：“就是那个关于滚床单的问题呀，你愿不愿意跟我滚呀？”

聂壕这才猛地想起，啊对啊，昨天晚上还有这么重要的问题没解决呢！

此时此刻，望着翩跹期待又害羞的可爱表情，聂壕不知为何竟然也红了脸，他轻咳一声温柔道：“当然……当然愿意啊，但是等我病好了吧，好不好？”

“嗯！”翩跹开心地点点头，“我会做好准备，让我们滚得很开心的！”

她要做什么准备啊？聂壕脑子里冒出一大堆乱七八糟的想法，他连忙摇了摇头让自己清醒，道：“好了好了，到时候再说。午饭想吃什么？”

“干锅鸡、红烧肉、醋熘土豆丝、糖醋排骨、松鼠鱼！”翩跹一口气都不喘地说完。

聂壕无奈道：“说得如此顺溜，你这是今天早上就想好了吧？”

“不是呀，昨天下午就想好了，嘿嘿嘿。”

聂壕亲了她一下，道：“我去订餐，你稍等一会儿。”

“嗯！”

两人订了餐，在办公室里像往常一样吃完了甜腻腻的午餐。

傍晚时分，C市机场。

一个戴着墨镜的中年女人从VIP出口出来，她穿着咖色西装，脚踩黑色细高跟鞋，正红色的唇妆让这个女人透露出一股不好接近的孤冷气质。

她后面跟着一个扎马尾辫的女子，手里提着公文包，正跟在中年女人身后一边走，一边跟她低声汇报着公司情况，看样子应该是她的秘书。

两人走到机场门口，早已等候在那里的豪华轿车里下来一位司机，恭敬地替中年女人打开车门，她坐到车后座上之后，便打开手机的社交软件，查看一下有没有人给她发送什么重要消息。却没想到重要消息没看到，倒是有一群商圈的朋友跟她说“恭喜恭喜”。

中年女人蹙起眉头，心想这群人没头没尾恭喜她什么呢？无聊。她想到自己已经好久没跟那个蠢儿子联系过了，便打开了他的社交软件页面，想看看他最近都做了些什么。

然后，她就看见了照片下面那句深情款款绝不会从她儿子嘴里说出来的表白。

中年女人盯着那张照片看了一会儿，敲了敲前排秘书的车座，把手机举到她面前问：“我有点怀疑自己视力出问题了，你帮我看看照片里这个是我儿子吗？”

“是啊。”秘书反应过来，惊愕大喊，“妈呀，少爷他这是和人表白了吗！”

中年女人又盯着照片看了两秒，冷哼一声，对司机说：“先不回家，改道去我儿子公司看看。”

下午，离下班只剩半小时了，沈炽正坐在座位上玩手机游戏，眼看就要通关时，却忽然察觉到背后传来一阵冰冷的气息，他不禁一抖，颤悠悠地回过头去，果不其然看到一个孤傲冰冷的中年女人站在自己面前。

即使自家父母和这个干练强悍的女人是好友，但这依旧阻止不了沈炽见到她时浑身打战。

他勉强笑着说："阿姨好，您什么时候回国的，也不通知我们一声。"

中年女人摘下墨镜，露出一双和聂壕有着几分相似的眼，冷冷道："我那蠢儿子在哪儿？"

"刚刚来了两个大客户，他在会议室和人家谈合作呢。您要我叫他出来吗？"

"不必，你去会议室门口守着，等他出来的时候找个借口把他骗出公司。"聂母道，"还有，那个叫欧翩跹的女人在哪儿？"

沈炽立刻就明白了，敢情聂妈妈这是来棒打鸳鸯的！这可怎么行，聂哥好不容易遇到喜欢的姑娘……

他连忙道："阿姨，其实翩跹——"

然而聂母一个冷飕飕的眼神扫过来，他就不由自主地噤声了。

"别让我问第三次，欧翩跹在哪儿？"

对不起了聂哥！沈炽在心底喊道，伸出手指了指聂壕的办公室。

聂母冷哼一声，踩着高跟鞋快速朝前走去，她所经过的地方全都鸦雀无声，那些平时叽叽喳喳的下属甚至连大气儿都不敢出。

来到蠢儿子的办公室门口，聂母对秘书道："你在这里守着，别让其他人进来。"

"好的老板。"

众同事都吓得魂不附体，心想聂妈妈这是要把那个蠢萌小秘书怎么样啊！

相比于办公室门外的紧张气氛，坐在办公室里的翩跹此刻却非常怡然自得。聂壕把办公室留给她玩，于是她把平时不能多吃的零食铺了一整桌，一边吃一边对着电脑看电视剧。看到正高兴的时候，办公室的门突然打开了，翩跹举着冰激凌说："小妖精你快来，这一集好好笑啊哈哈哈——哈？"

门口的怎么不是她家小妖精，而是一个陌生的漂亮大姐姐？

翩跹舔了一口冰激凌，好奇地问："你好呢，你找聂壕吗？他正在见客户呢。"

漂亮姐姐并不回答她的问题，兀自走进屋来拉过椅子坐下，用做了精美指甲的手指敲了敲桌面，冷冷问："你是聂壕的什么人？"

翩跹嘟嘴说："唔，我是他的同居女友兼秘书哦！你呢？漂亮姐姐，你是谁？来找小妖精……啊，来找聂壕谈生意的吗？要我给他打电话吗？"

"漂亮姐姐"这个称呼让女人的眉头微微跳了一下，她冷漠道："不必，既然他在忙，那我找你也可以。我的确是他的客户，眼下我遇到个难题解决不了，你既然是他的秘书，能不能帮我想想办法？"

"唔，可以是可以，但我怕我处理不了……"

"你身为聂壕的秘书，连客户的难题都解决不了，会不会有点儿失职？"

翩跹连忙道："好好，那我帮你看看！你说吧漂亮姐姐，是什么问题！"

女人用简短的语句说完了自己遇到的困难，翩跹一边听一边吃冰激凌，这种不靠谱的态度让聂妈妈蹙起了眉头，哼，果然不是什么正经的女孩子，桌子上还放了一大堆零食，她以为这里是超市吗！

听完后，翩跹啃掉最后一口冰激凌，说："原来如此。漂亮姐姐你等一下哦，我帮你看看……"

聂妈妈心想我刚刚提的问题我手底下的团队花了三天才想出解决策略，这个只知道吃的丫头哪能想出什么主意，不过是虚张声势罢了。谁想翩跹安静了几分钟后，忽然眼睛一亮道："漂亮姐姐，你看这样行不行……"

接着，她便把聂母手下的团队想出的办法说了出来，不仅如此，还在该办法的基础上做了改进，精简了不少流程。

聂妈妈微微怔住了。

翩跹对她露出友好的微笑，问：“漂亮姐姐你看这样处理可以吗？哇！”

她的大叫把聂母吓了一跳，皱眉道：“你突然乱喊什么！”

“对不起吓到你啦，我就是看到你的指甲好漂亮！”翩跹推开桌上的零食，趴在桌上拉过聂母的手仔细观察，“你在哪里做的呀，可以介绍给我吗？”

聂母被她的大眼睛给闪得有点心慌，心想她才不会被这丫头拙劣的恭维给收买了，嘴上却说：“那是私人店，不对外营业的。”

“哦，那就没办法了……”翩跹露出可惜的表情，但是很快又高兴起来，“你要吃零食吗？现在小妖精不在，我可以偷偷吃很多，哈哈哈！”

聂母皱着眉头问她：“你嘴里说的小妖精，就是……”

“就是聂壕呀，那是我们之间的爱称！”翩跹幸福地说，“我喊他小妖精，他叫我蠢女人，嘿嘿嘿！”

……从某种角度来说，确实挺蠢的。

“咦，奇怪了，都过了这么久小妖精怎么还没回来。”翩跹有点担心，毕竟他还感冒着呢，她正想给聂壕发消息问问，却被面前的女人拦住了。

“我刚刚过去找他的时候，他很忙，你还是别打扰他，影响了生意就不好了。”

“也是……”翩跹问，“那漂亮姐姐你还有什么事吗？都可以问我哦！”

“有。”聂妈妈面无表情，“晚上有空吗？我想请你吃顿饭。”

翩跹的吃货属性顿时就爆发了，点头道：“好呀！可以叫上小妖精一起吗？”

“不行。”聂妈妈站起身来，对她说，“走了。”

翩跹连忙追上去道：“姐姐，就叫上小妖精吧，他工作超辛苦的——哇！”

聂妈妈再度被吓了一跳，无奈道：“你怎么又乱喊！”

“对不起对不起对不起，我只是凑近了看才发现，你长得和聂壕有点像耶！”

是他像我好吗！哪有说妈妈像儿子的！

“啊！我知道了，莫非你是聂壕的姐姐？可我没听说他有兄弟姐妹呀，莫……莫非你是私生女？”翩跹联想到刚刚看的国外狗血电视剧，脑洞顿时大开。

聂妈妈终于被她的蠢萌逼得爆发了，怒道：“我是他妈！”

翩跹傻乎乎地张大嘴看着她，几秒种后大喊道：“不可能！你怎么这么年轻！”

少拿这些好听的恭维话糊弄她了，以为她会信吗？

聂妈妈瞪了她一眼，说：“快走！你还吃不吃饭了！”

“吃吃吃！”翩跹连忙讨好地挽住聂妈妈的手臂，两人从办公室里走出来，她兴奋地问，“漂亮姐姐你要请我吃什么呀？”

“别再叫我姐姐了！”

“那我叫你什么呀，地球人是怎么称呼男朋友的妈妈的，我不知道耶。”

跟在两人后面的秘书带着怀疑人生的表情，听到她的上司说：“阿姨就可以了。”

“哦，漂亮阿姨，我们晚饭吃什么呀？牛排可以吗？我跟你说我知道一家店的牛排可好吃啦！我和小妖精经常去呢，今天去还打七折哦！”

“……随便。”

“耶！那就这么愉快地决定啦哈哈哈！”

下班时间其实已经到了，然而偌大的办公间里一个员工都没走，大家全都下巴砸地看着那个蠢呼呼的翩跹挽着聂老板的高冷妈妈，一脸开心地朝外走。

这画风不对啊！说好的棒打鸳鸯的撕心裂肺呢？我手机都准备好录像了，你就给我看这个？聂妈妈你这么多年高冷不可亲近的气质去哪里了啊喂！不要这么轻易就被那个蠢秘书攻下了啊！

两人走到电梯口的时候，聂壕也正好气喘吁吁地赶了过来，沈炽还是不忍心他和翩跹被拆散，把事情告诉了他。聂壕都做好了和他妈抗争的准备，然而……

Excuse me？为什么他的女朋友会兴奋地拉着他妈的手摇来摇去，他妈还一点都不反感啊！明明他都好多年没被高冷的妈妈牵过手了啊！这不公平！

与此同时，聂妈妈也看到了赶过来的儿子，她像往常一样对他投去鄙视的目光，道：“没你的事，走开。”

聂壕心痛地捂住了心口。

在看着母亲和女朋友走进电梯的最后一刻，聂壕心想，我一定是遇到了假妈，嗯，肯定是这样。

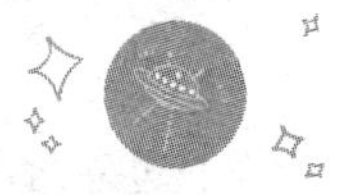

第九章
托付

Chuangwo Guangnian
Aishang Ni

环境高雅的西餐厅内，聂妈妈优雅地将餐盘里的牛排切一小块，缓缓放进嘴里咀嚼，一抬头就看见坐在她对面的姑娘用叉子叉起一大块牛肉塞进嘴里，小脸被塞得鼓鼓的，脸上露出幸福的神情含糊道：“好好……吃！”

聂妈妈脸黑了，怒道：“从吃开胃菜的时候你就这样，坐没坐相，吃没吃相！你这样以后嫁进我们家，岂不是让其他人——”

话还没说完，就看见面前的蠢丫头露出可怜巴巴的表情说：“对不起嘛漂亮阿姨，可是真的好好吃……这样美好的食物就应该大口大口吃才对呀！”

聂妈妈闭了闭眼，无奈地重新拿起刀叉，继续吃牛排。

翩跹很快吃完了自己那份，撑着下巴看着聂妈妈吃牛排，发现她吃了一大半就放下了刀叉，眼中立刻露出向往的神情来。

“漂亮阿姨，可不可以把你没吃完的——”

“不行！”聂妈妈想也不想就打断她的话，“想吃的话，再给你叫一份。”

翩跹委屈地说：“可是小妖精就会把他吃不完的给我吃呀！”

聂妈妈已经不敢去想她那个蠢儿子和这个蠢丫头在这家高雅的餐

厅吃饭时是何等惨烈的状况了，她轻轻抬手叫来了服务生，正想给翩跹再叫一份牛排，余光就瞄到了她缩在椅子里抱着膝盖一副被全世界抛弃了的表情。

“唉……”聂妈妈无奈地叹了口气，把自己的盘子推到她面前，“吃吧。”

刚刚还生无可恋的翩跹立刻高兴起来，从椅子上跳起来抱住聂妈妈左右摇晃了两三下，大叫道：“哈哈，就知道漂亮阿姨对我最好啦！”

“干什么！没大没小的！”聂妈妈瞪了她一眼。

翩跹笑着坐回去，牛排吃完之后，服务生端上来两份冰激凌芝士蛋糕。聂妈妈看了一眼，就把盘子推给翩跹，说道：“太甜了，我不吃这个。”

“呜呜，谢谢漂亮阿姨！你真好！”翩跹感动地说，几口就吃掉了两份甜品。

聂妈妈表情漠然地问：“还要吗？再给你点几份？”

翩跹打了个饱嗝，摇头道：“唔，不用我饱啦。”

聂妈妈点点头，叫来服务生结账，然后对翩跹说：“那走吧。”

翩跹好奇地凑上去说：“阿姨我们现在去哪里呀？回家找小妖精吗？我们打包一份牛排给他带回去吧！”

“他那么大的人了会自己吃饭。”聂妈妈道，“现在不回家，带你去一个地方。”

“什么地方呀？”翩跹问。

聂妈妈道：“你不是想去做指甲吗？”

翩跹猛地扑上去抱住聂妈妈，号叫道：“呜呜呜，你就像我妈妈对我一样好！”

“你能不能不要总是大惊小怪的！”聂妈妈一脸嫌弃地看着她，心想这实在是太糟糕了，要是以后她的孙子孙女也全都和这丫头一个样儿怎么办？

不过当翩跹凑上来缠着她的手臂时，她并没有挣脱。

在去往美甲店的路上，翩跹坐在车里给聂壕打电话：“小妖精！

感冒好些了吗？晚上的药吃了吗？”

那边传来聂壕有气无力的声音：“好些了，吃过了，别担心。”

“可是你的声音听起来好奇怪哦……”翩跹奇怪道。

“没事，你还和我妈在一起吗？”

“对呀对呀，阿姨对我好好哦，她现在要带我去做美甲！”翩跹开心地说，“我们还吃了好吃的牛排，我刚刚发牛排的照片给你，你怎么没回复我呀？”

电话那头的聂壕露出受伤的表情，在心底咆哮因为我在吃醋好吗！我妈都多少年没带我吃过饭了啊！

他现在真的很怀疑自己是不是充话费赠送的！

不过聂壕又怎么舍得打扰蠢女人的好心情，便说：“这不是刚刚有点忙嘛。那你们开心玩，早点回来。”

“嗯！”翩跹开心地说，“小妖精来亲一个，么么哒！”

“蠢女人……你傻不傻啊。”聂壕无奈地低笑，“么么哒，好了，挂了。”

挂掉电话的翩跹凑到聂妈妈身边道：“漂亮阿姨，我们来自拍一张合照好不好？我想要放到我的社交软件上去！”

聂妈妈嫌弃地看了她一眼，道：“就一张。”

“嗯！”翩跹把手机调成自拍模式，和聂妈妈脑袋靠着脑袋，对着镜头道，“阿姨你不要那么严肃，笑一笑呀！”

“你要拍就快点！哪那么多要求！”

“好啦好啦。”翩跹对着镜头比出剪刀手，灿烂地笑着按下了拍照按钮。

刚拍完，司机便把车子停下了，回头道：“老板，地方到了。”

“嗯。”聂妈妈点头，对翩跹说，“下车了。”

“耶！做指甲去了！”翩跹开心地拉着聂妈妈，两人朝面前一幢装修得很奢华的别墅走去。

门口站着一位门迎姑娘，看到聂妈妈就礼貌道：“白总好。”

“晚上好。”聂妈妈淡淡地说，“我带朋友过来做项目。”

“好的。”门迎领着两人朝里走，边走边问，“这位女士您想做什么项目呢？需要我帮您推荐吗？”

翩跹兴奋地拉着聂妈妈的手说：“我就做这样的指甲就好啦！”

门迎看到那位一向以高冷著称的白总竟然没有对这小姑娘露出反感的表情，不禁很是惊讶，她领着两人走进别墅大厅，里面是个美容会所，布置得很奢华。

“哇，这些指甲都好漂亮哦！”翩跹趴到桌边指着样板上的指甲说，“我都不知道该做哪一种了，怎么办！”

“你规矩点，坐好！”聂妈妈把她拉下来，“给你办个会员，喜欢哪种你一个一个轮着做就行了。”

“呜呜呜，漂亮阿姨你真好，我们一起做吧！你也换一个新的样式好不好！”

“……随便吧。”

于是，翩跹给两人挑了新的花样，半小时后，翩跹开心地看着每个指甲上画着的蛋糕和水果，说：“阿姨，我们给指甲拍个合照呀！”

聂妈妈一脸无奈地把手伸过去给她。

翩跹开心地拍了照片，开始编辑照片上传，写道：“今天见到了小妖精的妈妈，是个超级大美人哦！我们一起吃了饭，还做了好看的指甲！虽然漂亮阿姨不爱笑，可是我看得出她是个超级温柔的人！”

“走了，送你回家。”聂妈妈起身道。

“嗯嗯嗯！”翩跹点点头跟上她，“阿姨，下次我请你吃饭做指甲呀！”

“我很忙的，再看吧。”聂妈妈道。

聂妈妈让司机把车开到聂壕的家门外，拿出一个包装精美的盒子交给翩跹道：“给我那个蠢儿子的东西，你替我拿给他，我就不进去看他了。”

“可是……”

“快进去吧，不早了。”

翩跹看聂妈妈态度温和又坚决，只好说：“那下次我们三个一起出去玩哦！”

“再说吧。”聂妈妈淡淡地说，“翩跹。”

“嗯，阿姨还有什么事？”

聂妈妈看着她，漂亮的眼睛中有华光流转，说：“以前我一直担心他打算这么浪荡人生一辈子，好在你出现了。所以这个蠢儿子，就交给你了。”

翩跹用力给了聂妈妈一个拥抱，大声道：“我会照顾好他的！阿姨你放心！”

聂妈妈勾出一抹极浅极浅的微笑，目送翩跹下了车。

与此同时，穿着厚厚睡衣的聂壕坐在书房的椅子里伸了个懒腰，看了半个小时的资料，他有点累了，便拿过一旁的手机点开社交软件随意看看。这一看就看到了自家的蠢女人新发的照片。

第一张是和他高冷妈的头靠头合照，第二张是两人做的指甲图。

他那些狐朋狗友已经在底下一个接一个地留言了。

陈鹰：“我是不是看错了，这是……高冷的白阿姨吗……”

沈炽：“你没看错，今天翩跹几句话就把阿姨哄服了，两人留下聂哥手拉手去吃饭了。”

孙相挚：“手拉手！妈呀，这个世界好不真实！”

沈炽：“等他们走后聂哥一个人惶然地自言自语：我到底是不是充话费送的。”

陈鹰：“哈哈哈哈哈！”

孙相挚：“哈哈哈哈哈！”

聂壕气得鼻子都要歪了，在下面愤怒地留言道：“刚刚笑我的，全部绝交！”

“小妖精！我回来了！”翩跹一进来就给了聂壕一个拥抱，“想我了没？”

聂壕顿时没有那么生气了，回抱住她，勾着嘴角：“没有啊。”

“你说什么？”翩跹用质问的小眼神瞪着他。

聂壕噗地笑了，吻了吻她的下巴，说：“好了好了，怎么可能不想你。”

翩跹这才高兴了，拿出聂妈妈给她的盒子。

“你看！这是什么！”

“嗯？你又买什么送我了？”

“不是我啦，是你妈妈哦！她让我把这个送给你！”翩跹解释，“本来我想让她跟我一起来看你的，可是她执意要走……”

聂壕耸耸肩，道：“嗯，我妈就是那高冷的脾气，我早就习惯了。不过……”

“不过什么？”

聂壕捏着翩跹的脸，不无醋意地说：“她对你很好啊！我这辈子都没见她对谁这么好过！还拍了大头合照，我都没跟她拍过，气死我了啊！”

翩跹认真地说：“因为你妈妈说了，以后就把你交给我了呀！你放心吧小妖精，我会把你照顾好的！”

聂壕微微睁大眼睛，酸涩的情绪一点点从内心泛滥到鼻腔里，原来他那个高冷老妈也不是完全不关心自己啊。

他揉了揉眼睛，说：“咳咳，什么你照顾我，就你这个蠢蠢的样子，是我照顾你还差不多吧？”

“嘿嘿，我们互相照顾嘛。”翩跹坐在他怀里，“小妖精，我们快点拆礼物吧！看看阿姨送了你什么！”

“嗯。”聂壕拆开包装，发现里面装着一个相框，里面放着他和父母的合照。

那是他小的时候拍的照片，穿着小西装的自己坐在爸爸妈妈的怀里，对着镜头扬着下巴特傲娇地笑着。

翩跹在旁边感叹道：“哇哇哇，原来你小时候就是这个傲娇的模样啦！”

“这是霸道总裁风！什么傲娇！”聂壕佯怒地瞪她一眼，发现相框背面还夹着一张字条，上面是母亲亲笔写的字：“现在，该是你为自己建立家庭，成为负责任的男人的时候了。”

聂壕看着照片里母亲冷漠的面容和父亲的笑脸，在心底说：放心吧，我会的。

他转过头，看向还在欣赏照片的蠢女人，忍不住给了她一个深深的吻。

被突袭的翩跹完全没有做好准备，很快就被吻得云里雾里不知所措，等聂壕放开她的时候，她顶着水汪汪的两只眼睛迷茫地望着他，一副惹人欺负的模样。

聂壕轻轻道：“咳咳，我的感冒说它马上要离开我了，我们可以滚床单了。”

翩跹过了几秒才反应过来，说：“哦哦哦！滚床单！好呀好呀！那小妖精我们赶紧去准备一下！”

片刻后，两人都洗好了澡，翩跹换了一身浅粉色的长睡裙，整个人看上去水灵灵的，害羞地说：“这就开始滚吗？我有点紧张耶。”

这种时候，当然是男人来主动了！聂壕连忙走上前去，拉着她在床边坐下，递给她一杯红酒道：“喝一点就不会太紧张了。”

翩跹连忙接过酒喝了一大口，原本就红扑扑的小脸顿时更红了，她做了个深呼吸，对聂壕大声道：“我准备好了！那就我先来吧！”

聂壕一怔，还没来得及思考完毕，翩跹已经躺到了床上，像春卷一样从床头滚到床尾，再从床尾滚回床头，一边滚还一边喊：“滚滚滚，感情滚出来！滚滚滚，爱情永保鲜！”

聂壕看着床上不断打滚的蠢女人，感觉自己已经要不认识“滚”这个字了。

翩跹来回滚了十几圈，终于停了下来，气喘吁吁地对聂壕道：“小妖精，还愣着干什么，你也一起来滚呀！要两个人一起滚才有效果呢！”

聂壕盯着她看了两秒钟，猛地大笑起来：“哈哈哈哈哈哈！”

翩跹不解地问：“你……你笑什么呀？”

“哈哈哈哈哈哈哈哈哈！是谁教你滚床单是这么滚的啊，你这个蠢女人！”

翩跹愕然地问：“不是这么滚，那是怎么滚的啊？这可是冷姐姐传授给我的经验呀，她那么厉害，不可能出错的！”

“哈哈哈哈哈，你老乡跟你说的啊？你们老家来的人为什么都这么逗啊……”

翩跹被他笑得不好意思了，道：“讨厌！不准再笑了！不然我生气了哦！”

“好好好，咳咳，我尽量哈哈……”聂壕在她脸颊上用力亲了一口，“真是个可爱的蠢女人。”

翩跹鼓起了小脸，道：“那滚床单到底怎么滚，你教我呀，我学得很快的。”

聂壕看着她在月光下璀璨的双眼，温柔道：“暂时不教你了。”

“啊，为什么呀，你嫌我蠢吗？”

“不是。”聂壕将她的手贴在自己心口道，“我想等我们结婚那天再教你，好不好？”

“那说好了，到时候一定要教我哦，不可以骗我哦。”

“这种事我怎么可能骗你，你以为我忍得了那么久啊？”聂壕亲了下她的脸，“好了好了，睡吧。”

“嗯，我要跟你一起睡！”翩跹搂着他的脖子撒娇道。

“好好好。”聂壕拉过被子将两人盖住，很快一起进入了梦乡。

第二天午休时分，聂壕带着翩跹离开公司出去吃饭，两人手拉手走在阳光灿烂的大街上，俊男美女的组合不禁吸引了路上很多人的目光。路边摆了不少地摊，翩跹的视线被地摊上一个可爱的猫耳朵发箍给吸引住了。

“哇！好可爱呀！”她将发箍拿起来戴在头上给聂壕看，“小妖精你看，这个是不是超可爱！”

“我女朋友当然怎么看都可爱。”说着，聂壕就拿出钱包，掏出钞票递给小贩。

小贩接了钱，正要给他找钱，翩跹忽然说：“我们要两个哦！”

聂壕眼皮不禁跳了跳，试探地问：“你买两个做什么？”

果不其然，翩跹朝他露出大大的笑容说：“另一个给你戴呀！”

噫！聂壕轻咳一声，搂着她说：“乖啊宝贝，买两个没问题，但是都你戴，我就不戴了好不好？我一个大老爷们戴个猫耳朵多奇怪啊是不是？”

“我不管！我就要你也戴嘛！两个人都戴才是情侣发箍呀！”

聂壕嘴角抽筋，道：“咱们可以穿情侣衫、戴情侣手表，没必要一定戴情侣发箍嘛你说是不是？更何况这发箍这么幼……可爱，我戴上会被人笑话的。”

翩跹跺脚委屈道：“我不管我不管我就要我们一起戴嘛！你是不是不爱我了，呜呜呜……”

“哎！哎哎！你怎么回事啊，怎么哭了啊？”聂壕手忙脚乱地给她擦眼泪。

旁边的小贩也跟着起哄道：“帅哥，你就满足一下你女朋友的愿望呗，戴一下也没什么吧。”

“就是嘛哇呜呜呜呜——”翩跹一边哭一边附和。

“啊啊啊啊！”聂壕抓狂地抓了抓头发，将那个可爱的粉色猫耳戴在了头上，捏着翩跹的小脸悲愤地咆哮，“我戴了戴了，不哭了好不好！”

翩跹停下号啕大哭，抽噎着对他露出微笑，道：“真可爱，嘿嘿嘿嘿嘿。”

这还不算完，翩跹又拿出手机。

“小妖精，我们来拍个合照呀！”

聂壕对着镜头，戴着那只猫耳朵发箍，露出生无可恋的表情。

“嘿嘿嘿，你真好！”放下手机后，翩跹搂着他主动亲了一口。

聂壕这才感觉自己受伤的心受到了一点安慰，就在这时，一辆跑车忽然停在两人面前，车窗拉下，里面露出他好哥们陈鹰的脸，他看着聂壕脑袋上的猫耳朵，爆发出毫无人性的大笑：“哈哈哈哈聂哥你真帅！我给你今天的打扮点一百个赞！”

聂壕捡起一根树枝朝他砸过去，道：“再笑一声试试！这是我们爱情的见证，你懂个屁！”

然而，陈鹰已经一脚油门“嗖”地把车开走了。

“这个臭小子，有本事别跑啊！看我下次聚会怎么收拾他！”聂壕气呼呼地说。一转头，他却发现翩跹正抬头望着天边，露出一副堪称惊恐的神情。

聂壕走过去问："怎么了宝贝，我不是已经戴猫耳朵了吗？还不开心啊？"

话刚说完，天边就突然亮了一下，然后传来一阵巨大的轰鸣声。

这是要下雨了吗？这么突然，明明刚刚还是晴空万里来着。聂壕连忙拉着翩跹要找地方躲雨，她却站在原地不肯走，依旧愣愣地看着天空。

"笨女人，快走，马上要下雨了！"

"七彩的闪电。"

"……啊？"

"刚刚的闪电，是七彩的。"翩跹转过头对聂壕说。

"哪有七彩的闪电，你又胡说八道——"聂壕的话随着他抬头看向天空，也止住了。

因为他也看到了一片七彩的闪电，原本还碧蓝的天幕此刻全都变成了灰暗的颜色，乌云滚滚，还有越来越加重的趋势。紧接着，又是"轰隆隆"一阵巨响。

聂壕正想拉着翩跹快跑，却听到她说："我见过这样的闪电，这是'就知道打架星'进攻时独有的特效。"

"都这时候了就不要天马行空了，快——"

但聂壕的话还没说完，一道七彩的闪电就忽然朝他们所在的地方劈了过来，他想把翩跹推开，却被她抢先一步朝后猛推了出去！

他被她推得一个趔趄摔倒在地，刚想爬起来，眼前就闪过一道刺目强光，他心爱的女人，被那道七彩的闪电从头到脚包裹了起来。

"……翩跹！"

"可恶，怎么没把她打死！"

此时此刻，一架悬浮在地球大气层里的战舰当中，一个有着四条手臂、灰色皮肤的外星人正站在操作台前恨恨地说。

在他旁边站着另一个和他长得几乎一模一样的同类，对方看了一眼监测屏幕，也恨恨道："她身上有防御武器！可恶的'就知道玩儿星’人，一群人我们打不死，就她一个我们还打不死吗？加大火力，再次进攻！”

“是！”

第二发七彩闪电再度朝着地面上那个身影袭击而去，然而等闪电结束后，画面当中那个姑娘依旧完好无损地站着，还抬头看向战舰所在的方向。

两个灰色外星人的八只手气得直拍操作盘，嘴里冒出一句他们星球上平日里最常说的口头禅：“可恶的‘就知道玩儿星’人！”

没错，这两个长得就像反派的家伙，正是来自一颗名叫“就知道打架星”星球的人。顾名思义，这颗星球有着和“就知道玩儿星”截然相反的兴趣爱好，他们天天就想着怎么提高自己的军事能力，然后和其他星球打架。

这两个星球相距的距离并不近，原本没什么交集。可是有一天，宇宙星球协会忽然灵机一动，搞了一个“全宇宙军事能力排行榜”，打架星的居民们感到非常激动，他们觉得自己的星球那么努力发展军事能力，肯定是第一名，谁知排行榜出来之后，他们居然是第二十几名。

排名前五的几个超高级文明星球他们的确无法超越，也就算了，可为什么那个一直以来只顾着玩儿的星球也排在他们前面啊！还是全宇宙第十名！打架星的负责人找到了协会领导，抗议这个排行榜弄虚作假，协会领导轻飘飘甩给他们一份“就知道玩儿星”的军事能力分析表，说：“有没有弄虚作假你们自己看吧。”

打架星的负责人把分析表瞅了一眼，就知道上面的数据都是真的。于是他就更不服气了，凭什么一个只知道玩乐的星球会有比他们还强的军事能力！那他们没日没夜地研究发展，不都成了笑话了吗！

协会领导还在这个时候给他火上浇油，悠悠道：“如果不是这星球上85%的居民都只顾着玩，他们早就是排行榜第一名了。这就是天生的差距，不得不服啊。”

服，服你妹啊！

打架星的负责人怒了，回到老家就把事情告诉了所有子民，战意满满的大伙儿纷纷说要去教训一下这个不知好歹的星球，只有打败它才能证明自己的实力！

于是不久之后，他们集结了一支有史以来最强大的军队朝着玩儿星进发了，他们原本的设想是给玩儿星来个毁灭性打击，然而玩儿星的人抬头看了眼满天的外来侵略者，就随便给了他们的舰队一个毁灭性打击，然后就低头继续去玩网游了。

这是挑衅，这绝对是挑衅！打架星的人差点气炸！他们再一次集结了队伍攻击，很快就再一次落败，于是再一次集结，再一次落败……在经历了二十多次失败之后，打架星耗尽了靠着侵略其他星球积攒下来的能源和武器。

玩儿星的人这个时候还来给他们的伤口上撒盐，说："我们发现我们两个星球的名字还挺像！侵略别人什么的太不好了，不如你们也和我们一起玩网游啊。"

打架星的人这回真的气炸了，他们决定下次进攻一定要一举将这颗讨人厌的高傲星球轰成宇宙里的尘埃！但是，自己星球上的资源已经不够用了，该怎么办呢？于是，他们便派出了许多搜索舰队，朝着全宇宙进发搜索资源。而这两个打架星人的战舰所在的舰队就是其中之一。

他们在环游宇宙不久之后，就在银河系里发现了一个富有资源的行星"地球"，于是他们切断了地球和宇宙外界的所有联系，打算把它的资源都偷偷抢光。

但就在万事俱备只差发动攻击时，这艘战舰上的两个打架星人猛然在监测屏幕上发现了玩儿星人的痕迹！

在打架星人的心中，打败玩儿星人比什么都重要，于是这艘战舰忍不住提前暴露了自身，打算把屏幕里这个女玩儿星人打败带回去给大家炫耀，谁想到次次攻击都没效果！可恶，他们明明已经用自己星球的最高火力在进攻了啊！

"我就不信了，再试一次！这回，用上'那个'！"

"可是队长说'那个'是最新研究的成果，还不太稳定，万一出事反而会伤到战舰自身的！"

“管不了那么多了！”打架星人四只手齐齐握成拳头，“那可是一个玩儿星人啊！如果能把她活捉回来，队长一定会给我们升职加薪的！”

“……好吧！”

另一边，整条街的人都跑光了，只剩聂壕一脸愕然地看着站在他面前明明已经被闪电劈了两次却毫发无损的翩跹。

“你……你……”他发现自己连句完整的话都说不出来。

翩跹身上包裹着一层淡粉色的光晕，那是上次和游戏系统断开联系之前，它免费赠送给自己的防御武器“万能外套”产生的效果。此时此刻，她周围的地面早就被闪电劈成了焦黑色，但被万能外套包裹着的翩跹什么都感觉不到。

她为难地挠了挠头，斟酌着跟他解释：“其实我……一直想跟你说来着，但是又怕说了你就会害怕地跑掉从此再也不理我……不过现在你应该已经看出来了吧？我……我不是地球人。”

聂壕的大脑在迷茫了很久之后突然重新开始运转，过往这个蠢女人对他说过的话从他脑海里一条条滚动而过……

“你好啊，地球人！我很喜欢你哦！”

“我说的是地球人的话呀？”

“我们那里见到友人，就靠过去把脑袋在对方胸口蹭三下。这是我们表示友好的方式哦。”

……天啊！原来一直以来她不是在天马行空，而是在说真的啊！

“你……你的脸色好差，是不是被我吓到了？”翩跹心里隐隐作痛，她已经差不多预料到了自己和聂壕的结局，但还是忍着酸涩感说，“我虽然不是地球人，但我们星球的人和地球人长得很像的，有98%的相似度呢！除了我们科技更发达能轻易干掉一百个地球以外，我们……我们也没有太大的不同了呀！”

聂壕还是一脸抓狂地不作声。

翩跹的眼眶渐渐湿润了，轻声问：“你要跟我分手了吗？”

面前的男人面色严肃地盯着她看了一会儿，看得翩跹越来越低落，然后他突然跨步朝她快速走过来，吓得翩跹缩着脑袋闭上眼睛以为他要打自己。

然而那双修长好看的手却捧起了她的脸，低下头朝她吻了过去，然后——

“滋滋滋！”

“砰！”

“我靠！”

“啊啊啊啊——”翩跹抓狂地看着被“万能外套”电飞出去的聂壕，赶忙跑过来扶起他，“对不起啊呜呜，刚刚我太伤心，忘记关掉外套的防御功能了，它会根据攻击者的攻击强弱自动反击的。”

聂壕用他被电成胡萝卜状的手指捂着被电成香肠状的嘴唇，悲愤地说：“你这是家暴！我——”

话还没说完，翩跹就主动踮着脚吻住了他的香肠嘴。

这回他没有再被电。聂壕搂住她加深了这个吻，两个人吻得难舍难分之时，头顶上方的战舰终于散发出了进攻前的闪电预兆，只不过这回是十四彩的。

“啊！”翩跹立刻将聂壕朝外一推，他顿时又被毫无防备地推到了地上。

“你个蠢女人，你干什么——”

“对不起对不起，只是我这个外套只足够保护我一个人，你快点跑开吧！这回他们的攻击好像比前几次都强大呢，你离得远一点就不会伤到你了！”

“开什么玩笑，这种时候离开自己的女人，我还算男人吗？”

可翩跹却说：“我认真的！你快走，我们和他们经常打架，我很有经验的！”

聂壕还想反驳，就在这时一架粉色UFO忽然拉风地悬浮在了他们面前，上官的脑袋从大门里露出来，二话不说就把聂壕拽起来扔到UFO里，转身撤离。

“你放我出去！我女朋友还在那儿呢！你应该也是外星人吧！还是个男外星人！遇到这种状况你竟然只想着跑吗？应该过去保护老乡才对吧！”

上官皱眉大喊：“她身上的外套足以抵挡一万次同样的攻击！而且，明明是你在那里碍事啊！我得把你送远一点，才好回去和他们打架啊！”

“你不要小看我——”

就在上官载着聂壕飞速撤退时，一辆摩托车朝着翩跹开了过来，冷织蕴脱下安全帽，对翩跹拍拍胸脯道：“不好意思啊，姐姐来迟了！现在开始，这里姐姐来接手，保证三秒钟就解决掉这些讨厌的打架星人！”

翩跹连忙说：“姐姐小心，这回的闪电是十四彩的，我从没见过这种闪电！”

“就算一百零八彩在我眼里也都是渣渣！”

说完，冷织蕴就举起挂在车把上一个看上去很像是地球上火箭炮的武器，扛在肩头，对准天空中的战舰，大喊着“去死吧你”，然后发射了攻击。

“火箭炮”里的炮弹包裹着银色光晕，和十四彩闪电在半空中对撞，轻易就撕裂了那些闪电，然后继续朝前进发，最后将那个战舰轰出了一个大窟窿。

战舰朝地面坠落下来，发出巨大的轰隆声。

在一片火光和烟尘当中，冷织蕴得意地对翩跹笑道：“怎么样，姐姐帅不帅！”

“好帅！”翩跹却突然想起一个很重要的问题，“姐姐，有件事情你搞错了啊！”

“什么？”

“滚床单不是你说的那样滚的啊！”

第十章
情敌

Chuangno Guangnian
Aishang Ni

“什么？”冷织蕴大叫一声，“不可能！我在地球生活了这么多年，早就把地球的风俗习惯研究得很透彻了，我不可能说错！”

翩跹说：“可是之前我想和聂壕滚床单，被他狠狠地嘲笑了耶，他说滚床单不是你教我那么滚的呀。他是地地道道的地球人，应该不会说错吧？”

“哼！说不定是你家聂壕搞错了呢！我不可能搞错！不然当时我和那个人滚的时候，他也没说我滚得不对啊！”

“这样吗……不然我把小妖精叫过来，再仔细问问他？”

就在两人争论不休时，两个打架星人从被击落的战舰里爬了出来，想要偷偷摸摸逃走，谁知立刻被冷织蕴用安全帽“哐当”一声砸中了脑袋。

“往哪儿跑！”她走到两个打架星人面前，一脚踩住一个，叉着腰女王样儿道，“又是你们这群可恶的家伙！跟你们好说歹说，让你们放弃侵略和我们一起玩网游，你们就是不听！现在还偷偷摸摸溜到地球来，说，你们到底想干吗？”

翩跹也严肃地瞪着他们：“就是就是，快说！不然我揍你哦！”

打架星人趴在地面上，哀号道：“我们知道错了，真的知道了，求求你们高抬贵手放我们走吧！我们再也不敢了！”

“别相信他们！”不远处传来了上官霸琦的声音，他独自开着UFO回来了，“打架星人很狡猾的，他们从不单兵作战，既然来了一艘战舰，那这周围最起码还有二十艘，一定要逼问出来他们来地球到底想干什么！”

“哼哼，这个我自然知道。”冷织蕴将肩上的火箭炮对准他们，“从实招来！否则我就不客气了！这一击轰下去，你们两个就连渣渣都不剩了！”

两个打架星人对视了一眼，故意胡说八道，东拉西扯，就在冷织蕴忍不住要一炮轰了他们的时候，旁边的战舰残骸忽然发出一道七彩光芒射向天空。

上官眉头紧皱，道：“不好！这莫非是——”

“哈哈，这是我们的求救信号！”原本趴在地上的打架星人忽然挣脱了束缚，站起来得意扬扬地指着面前的三人组说，“我们的战舰被击落一分钟后就会自动向附近的其他战舰发送信号！他们马上就会赶来，到时候你们三个就死定了！”

他们话刚说完，天空中忽然传来一阵巨响，随着一阵七彩闪电划过天空，三十多架战舰突然出现，齐齐将三人组包围在了中间。

然而就在这时，天空中忽然划过一道暗红色的光芒，它飞速在三十几架战舰当中快速来回穿梭，所经过之处只发出了轻微的“咻咻”声。

等这道暗红色光芒消失后，那些战舰突然全都从中间断裂成两半，快速朝地面掉落下来，它们断裂的地方无比齐整光滑，就仿佛被人用刀切过一样。

有人来帮忙了？是老乡吗？冷织蕴快速判断着形势，这么多残骸砸下来，也会给地面造成损失啊！她正想和其他两人冲过去，尽量减少对地面的破坏时，不远处的地面上忽然发出一道金黄色光芒，将那些战舰残骸都包裹进去，然后全部聚集起来，压缩成超级小的一团圆球，最后收进了一个男人的手里。

三个人不禁顺着那道光芒朝前看去，只见不远处站着一个光裸着上半身的男人，他看上去健壮极了，浑身的肌肉都蕴含着巨大的爆发力，和他那英俊刚毅的脸庞十分相称，是个看上去就觉得很有安全感的人。

男人一只手抓着那个被金黄色光芒包裹着的圆球，另一只手随意地搭在长刀刀柄上。冷织蕴微微眯了眯眼睛，发现那把刀的刀锋散发着暗红色的光芒，难道刚刚将打架星人的战舰一眨眼都击落的，就是眼前这个男人吗？

正当她思索的同时，一架宇宙飞船缓缓地降落在了刚毅男人身后，飞船门开后，一个戴眼镜的男人从里面走下来，刚毅男人立刻将手里的金黄色圆球丢给他，道："捉到了，你拿回玩儿星人交给军方那边处理吧。"

"好的大哥，那你……"

"我在这儿还有事，你们先回去吧。"男人回头说道。

眼镜男看了看不远处的欧翩跹，脸上顿时露出恍然大悟的表情，拍了拍男人肩膀，留下一句"加油"就回到了飞船上。

刚毅的男人将长刀插到背后的刀鞘里，用手掌擦了擦胸口沾上的灰尘，做了个深呼吸，接着一步步朝不远处的欧翩跹走去。

而被他紧紧盯在眼中的翩跹却一无所察，她正拽着上官问："你把我的小妖精放到哪里去了？"

"他不太老实，我把他稍微绑了一下然后放在附近的餐厅里了。"上官回她。

"那就好那就好。"翩跹松了口气，一回头就发现面前突然多了个高大的男人，吓得她顿时朝后跳了一步，"哇！"

刚毅男人朝她伸出手道："既然在地球，那就用地球的方式跟你打招呼吧。你好。"

"呃……你……你好？"翩跹察觉到对方也是玩儿星人，茫然地伸手和他握住，"我刚刚没有太看清楚，不过……是不是你打败了那些打架星人救了我们呀？"

"是我。"刚毅的男人指了指背后的长刀，"我用它将战舰都切碎，然后用压缩器将战舰残骸缩小收集起来，现在已经拜托我的队友把残骸带回咱们的星球了。之前地球和外界的通讯一直被阻断也是因为这些家伙在捣鬼，我的队友已经解决了他们设下的障碍，通讯应该很快就能恢复。”

咦，这把刀看着怎么好像有点眼熟？翩跹愣了一下，才高兴地说：“哇，那真是太谢谢你啦老乡！话说你之前也在地球上吗？为什么我没见过你呢？”

男人摇头道：“不，我之前不在。我来这里是有事。”

“什么事情啊？”

“相亲。”

此话一出，站在翩跹身后的冷织蕴和上官都好奇地凑了过来，竖起耳朵听着。

“哇，这是好事耶！加油加油，祝你成功呀。”

“谢谢，我叫斑烈峻。”

“我叫欧翩跹，哦，不对，这是我的地球名字，我的本名是妲芷奈哦！”

“嗯。换算成地球的计量标准，我今年二十九岁，身高一米八七，不抽烟不喝酒，和大多数玩儿星人一样，我的日常爱好是玩网游。另外，我的账户里目前已经存了500万玩儿星币，这些钱结婚后我都会交给老婆。”

“很……很……很好啊。”翩跹有点茫然，“不过你跟我说这些干什么呀？”

斑烈峻认真地盯着她，说：“因为你就是我的相亲对象。”

冷织蕴一个没站稳，一头撞在了上官的脑袋上。

翩跹吓得抖掉了他的手：“你说什么呀？我根本不认识你啊！”

“你很快就认识了。”斑烈峻说，“之前宇宙和地球的通讯被切断，所以你没有收到你父母发来的消息，现在通讯恢复了，估计再过两秒你就能——”

他话还没说完，翩跹脑海里忽然传来“嘀”的一声，紧接着，她妈妈的声音直接通过脑电波传到了她的大脑当中：“乖女儿啊！我和你爸都觉得以你的年纪也该找对象了，所以妈妈帮你物色了一个相亲对象，他是妈妈同事家的儿子，人长得帅，还特别能赚钱，人家妈妈说了，她儿子看了你的三维影像图，就对你一见钟情了！他现在应该正在来找你的路上呢，你们两个见了面好好聊一聊，要是觉得合适，可千万别错过啊！哦，对了，这是他的三维影像图，这孩子叫斑烈峻，你一定要把握机会哦！”

听完了母亲的一长串留言，翩跹漂亮的小脸呈现出痴呆状。

斑烈峻问：“看你的表情，应该已经收到你母亲的留言了吧。”

翩跹缓缓点了点头。

“嗯，想必是我太优秀了，你激动得反应不过来，我能理解。”斑烈峻说着就牵起了她的手，“那先请你吃个饭，然后我们讨论一下结婚以后生几个孩子。”

翩跹像个石雕一样被斑烈峻拖着往前走。

冷织蕴拍了一下上官的脑袋，怒道：“还愣着干什么！帮忙把人抢回来啊！”

同一时刻，距离翩跹等人不到五百米的一家餐厅内，由于刚刚发生的外星战舰攻击地球事件，此刻这里已经跑得差不多一个人影儿都没有了。

唯有被五花大绑的聂壕像条毛毛虫一样在地上剧烈地扭动身体，他费尽浑身气力，终于解开了四肢的束缚，立刻爬起来朝外跑去，他的翩跹还留在战场里，现在也不知道怎么样了啊！

他用尽全力朝着烟尘最重的地方跑着，大声嘶吼：“翩跹！”

她去了哪里？该不会已经……不，不会的，她是那么厉害的外星人，被闪电击中都没事，肯定不会有事的！

可万一她是骗你的呢？万一她只是想让你活下去呢？聂壕，你为什么就这么蠢，就这么㞞，为什么就这么离开她呢！

聂壕痛苦地抓着自己的头发，像只无处发泄情绪的困兽，在这一望无际的烟尘当中痛苦地嘶吼着。就在这时，他耳边却忽然传来了一个再熟悉不过的声音：“哎呀，你放手啊，放开我啊！”

痛苦不堪的男人像是重新找到了生命的明灯，猛地睁大眼睛，顺着这声音发出的方向跑去，渐渐地，烟尘变淡了，而翩跹的身影也隐约出现在他的面前。

聂壕正想朝着那个身影扑过去，将她用力抱在怀里永远都不松开，却忽然发现翩跹身旁还站着一个人。

那是一个陌生男人，身材十分健壮高大，一身的伤痕更让他看上去危险至极，他一只手攥着翩跹的手腕，似乎想把她带走。

一定是刚刚那些攻击他们的家伙想把翩跹抓走！聂壕怎么可能让他们得手！他捡起地上一根长木棍，就朝着那个男人挥舞过去，喊道："放开我的女人！"

斑烈峻迅速接住挥舞过来的木棍，本来想顺势让这个地球男人摔个狗啃泥，谁知对方的反应神经竟然异常灵活，一个回身就踹到了他的身上。

斑烈峻认真打量了一下这个地球男人道："身手不错，你是谁？为什么打我？"

翩跹终于趁机挣脱掉了他的手，怒道："他是我男朋友啦！你这个人怎么这样啊，我都说了不跟你吃饭，你还是拉着我不放，你听不懂人话吗？"

"男朋友？"斑烈峻疑惑道，"你的审美是不是有问题，喜欢这种长着香肠嘴的男人？"

翩跹气道："那是我不小心用'万能外套'电到他而已！他可是很帅的！哼！讨人厌的家伙，不跟你说话了，小妖精我们走了！"

说着，她便拉着聂壕的手想走，却被聂壕拦住问："你们刚刚说什么呢，我一个字儿都没听懂，这家伙是谁？为什么拉着你不放？"

翩跹一愣，这才想起自己刚刚在用母语和斑烈峻交谈，正想跟他解释，就被斑烈峻抢先一步用地球语说道："哦，我在和她讨论你长得特别丑。"

"你！"聂壕气得七窍生烟，他长这么大还是第一次有人说他丑，"你这家伙是不是想打架！我奉陪！老子今天不把你揍趴下老子的名字就倒着写！"

斑烈峻也活动了一下肩膀，说："打就打，除了玩网游我最爱的就是打架。先提前说清楚，是不是我打赢了，妲芷奈就是我的了？”

“妲芷奈？”

翩跹解释：“那是我在玩儿星……我在老家的本名啦。啊不对，这不是重点，重点是你们不要打架呀！有话好好说啊！”

聂壕指着斑烈峻：“老子对他没话好说，这家伙长得就欠揍！”

斑烈峻双臂抱胸道：“呵呵，你也一样。”

两人眼看着就要冲向对方拼个你死我活，翩跹连忙扑过去抱住了聂壕，而另一边，上官和冷织蕴也趁机拉住了斑烈峻。

“小妖精你别着急呀，他不是坏人！”翩跹试图解释，“刚刚其实是他打跑了那些战舰，救了我们大家的，他叫——”

然而没等她把话说完，眼前的男人就倏地抓紧了她，先是将她上上下下仔细检查了一遍，在确认她没有受伤后，便把她紧紧地嵌入怀抱，翩跹能感觉到聂壕浑身上下都在颤抖，而他的拥抱，也比以往任何一次都要紧促。

“先不说这些，让我好好抱抱你。”他低沉暗哑的声音在她耳边响起，像一只困兽终于找到伴侣时的呜咽，“都是我不好，都是我不好，我不该那么离开你的。以后无论发生什么我都不会丢下你一个人不管的，我跟你发誓。”

“你没有丢下我呀，是我怕你有危险才让上官送你走的。”翩跹软软地靠在他肩膀上，“你一点都不用担心我，我们玩儿星人是很厉害的哦。”

她不说这个还好，一说聂壕顿时就爆了，他捏着她的小脸说：“你还敢说！你是外星人这件事为什么不告诉我，啊？你是不是打算瞒我一辈子啊？”

“我想跟你说的啦，可是，这种事情就算告诉你你也不一定会相信呀！”

聂壕说：“说不定我就信了呢！我现在很生气，你想好怎么道歉没有？”

翩跹轻轻点头，道：“想好了。”

“那快说，我倒要看看你能编出什么花言巧语来——唔！”

他话还没说完，面前的蠢女人就猛地用嘴唇堵住了他喋喋不休的话语，聂壕的香肠嘴假装挣扎了一下，接着就立即反客为主，用力吻住了她。

两人吻了好一会儿才分开，翩跹凑到他耳边说："小妖精你的嘴唇变肿了之后更软了耶。"

聂壕怒道："你还敢说！竟然家暴我！"

"我哪有！那是'万能外套'的效果啦，我就是靠着这件武器才没有让讨厌的打架星人伤到我哦！"

聂壕好奇地盯着她的衣服看，问："现在还穿在身上吗？隐形的？话说你的老家到底是个什么样的地方啊？全都给我讲清楚知不知道，不许再瞒着我了！"

翩跹小心翼翼地问："这么说，你不介意我是外星人吗？"

聂壕说："这个问题我不是早就回答过你了吗？"

"啊？有吗？什么时候，我怎么不记得了？"

"就那天晚上，我们两个去看话剧回来啊，你问过我一样的问题了。"聂壕说。

翩跹说："那你的回答是什么呀，我记不住了呀，你再告诉我一次嘛！"

"不告诉你！笨女人，这么重要的回答你都能忘了，那你就忘着——唔！"

"亲我也没用！我告诉你我现在很生气，你竟然瞒着我那么——唔唔唔！"

"喂，别再亲了，你以为我很喜欢你亲我啊——唔……"

两个人再次分开时，聂壕看着面前小女人脸上期待而忐忑的神情，心不禁软得一塌糊涂，说："好了，再回答你一次。无论你是不是外星人，我都一样爱你。"

翩跹"哇"的一声大哭出来，猛地扑到了聂壕怀里道："小妖精我也爱你！"

在一旁看戏的吃瓜群众冷织蕴拍了拍斑烈峻的肩膀，道："你没机会啦。"

斑烈峻却哼了一声道："那可未必。"

冷织蕴说："喂喂喂，男小三也是小三，你可不要插足别人的恋情哦。"

"男小三？"斑烈峻皱眉，"你搞错了吧，你觉得他们真的是在谈恋爱吗？"

"……不然呢？这都我爱你你爱我了，还不是谈恋爱？"

斑烈峻露出一抹志在必得的浅笑，道："可是这段恋情是为什么开始的？这种建立在某个条件上的恋爱，在我看来，根本不算真正的恋爱。"

冷织蕴愣了愣，不妙！翩跹当初接的那个终极任务是什么来着？

夏天的夜晚，微风拂过的海岸边，聂壕的游艇正停在那里。游艇上灯火辉煌，放着轻松愉快的音乐，而甲板上，几个人正围坐在一个小烤炉旁边吃着烧烤。

上官和冷织蕴吃着吃着，就为了谁吃掉下一块烤熟的土豆而争执起来，悬浮在半空中的UFO里探出翩跹的小脑袋，好奇地问："怎么了，没事吧？你们吵架了吗？"

冷织蕴连忙说："没事没事。你们继续谈情说爱，不要被我们影响啦。"

"哦。"翩跹钻回了UFO里，她的聂壕正靠坐在窗边软软的长椅上，萝卜手和香肠嘴已经恢复了正常，身上的白衬衫解开了两颗扣子，露出性感的喉结和锁骨，再往下还可以隐约看到一点胸肌。

见翩跹回来，他问："下面怎么了？"

"嗷呜！"翩跹扑到他怀里，"小妖精你为什么这么帅！"

聂壕得意地微笑，心想当然要把自己打扮得帅一点了，不然他的翩跹还不得被那个肌肉男给抢走了。他问："蠢女人，你还没回答我呢，下面怎么那么吵？"

翩跹幸福地靠在他怀里说："他们为了吃的打起来啦，不要紧的不要紧的。"

"嗯。"聂壕点点头，"那就继续我们刚才的话题吧……我们说到哪儿了？”

翩跹仔细想了想，说：“说到我老家气候和地球蛮像的呢！对了对了，玩儿星有四个月亮哦，每当夜晚的时候，我们那里的夜空超级好看的。”

聂壕好奇地问：“所以你真的本来就长这样，没有易容啊变身什么的？”

“是呀是呀！我们和你们在外貌上有98%的相似度呢！我觉得这简直是缘分呀！说不定很多年之前，我们两个星球上的人是从同一个星球分出去的呢。”

“98%？那剩下的2%是不同在哪里？”

翩跹苦苦思索，正想说在她看来好像真没有什么不同，聂壕就一脸恍然大悟地说：“我知道不同在哪里了，你比较蠢。”

翩跹鼓起小脸说：“大坏蛋！再这么说人家就拿小拳拳捶你胸口了哦！”

聂壕伸手将她搂进怀里说：“唉，你啊，就知道撩我。”

翩跹嘿嘿一笑：“听完我对老家的介绍，你还喜欢那里吗？”

“喜欢啊，你生长的地方一定是很美好的。所以，你都介绍完了是吗？”

“啊，差不多吧。”翩跹咬咬嘴唇，心想她其实还有最重要的一件事没有跟聂壕坦白，那就是她当初为什么会来到地球。

然而，还未等到她开口，聂壕就先说话了：“嗯，那现在，我也有一些话想对你说。”

翩跹感觉他的语气有点严肃，不禁认真道：“嗯，你说？”

聂壕长呼了口气，道：“就从我父母说起吧，我爸妈虽然都是生意人，但他们两个性格上有很大的差别。我爸是那种温柔好脾气的男人，对我妈和我从来没说过一句重话；我妈就不一样了，她的高冷你也见识过了，很少能有人让她另眼相待，就算她对别人有所关心，也依旧带着高冷的气息。尽管如此，我知道他们是真心相爱的，只是两个人表达爱意的方式有所不同，在这样的环境里长大，我就一直期盼自己也能找到这样一份完美的感情，和妻子相濡以沫，互相支持。”

说到这里，聂壕苦笑道："但可能是我太急切了，所以一旦遇到一个我青睐的姑娘，我就忍不住给她花钱买买买，想让她过得幸福。然而这样的结果并不是我跟她白头偕老，而是她把我看成提款机。我那些兄弟当时都笑话我，觉得我成了冤大头。所以后来，我虽然还是继续找姑娘玩，却再也不敢期望她们是真心喜欢我了。"

说这话的时候，聂壕的表情有些沧桑，然而当他转头看向翩跹时，那双眼睛里忽然映满了漫天的繁星，他用叹息般的腔调说："直到我遇见你。

"你一定是这个宇宙赐给我最好的礼物。"

翩跹眨了眨眼，那句坦白的话语明明都已经酝酿好了，可看着这个男人对她视若珍宝的表情，她如何说得出口？酸涩的泪水不受控制地从眼眶中溢出。

聂壕以为她被自己的表白感动到了，安慰道："好了不哭了，饿不饿啊，我们下去吃点东西？"

翩跹在他的衬衫上擦掉眼泪，安静了许久才点点头。

两人从UFO里出来，游艇甲板上的三个外星人已经吃饱了，斑烈峻光着上身坐在椅子上，聂壕便拉着翩跹走到烤炉的另一侧坐下，一边给她烤吃的一边教育她："我给你说，你别看这家伙肌肉好像很壮实的样子，其实这种人很暴力的！所以我们不理他，知不知道？"

翩跹张嘴吃掉他递来的烤肉，点头说："嗯嗯！"

斑烈峻用鼻子哼了一声，转过身靠在围栏上，看着漆黑的海面不吭声。

冷织蕴站起来走到斑烈峻身边，对他说："人家两个情投意合，你就不要作妖啦，回老家再找个相亲对象不就行了？"

"不行。"斑烈峻双眼直视前方，"除了她，别人我都不要。"

冷织蕴眼珠一转，猜测道："莫非你……之前认识翩跹？"

斑烈峻微微垂下头，叹了口气才说："是啊。其实，之前——"

"等等！你先别讲！让我搬个小板凳，再拿点瓜子花生过来！"

斑烈峻："……"

第十一章
回忆

Chuanguo Guangnian
Aishang Ni

烈日炎炎，荒漠无垠，飞沙走石，毫无生机。

这是斑烈峻踏上这个名为卡芙朵的星球后的第一反应。

他不禁说了句脏话，回过头看向站在飞船门口的瘦高男，大声吼道："这一片沙漠，连根毛都没有，让我上哪儿找一棵草啊？"

瘦高男督宙无奈道："就是因为不好找，人家才会来找代练啊。你不要抱怨了，这次的酬劳很丰厚呢，赶紧找，找完咱们就可以回老家休息几天了。"

斑烈峻无奈地说："那我走了啊。"

圆脸男从飞船里探出脑袋说："稍等，你的伪装器出了点问题，我正在修呢。"

斑烈峻道："这个破星球上人都没有，还戴伪装器干什么？"

瘦高男督宙坚持道："你必须戴。万一撞上别的同游戏玩家，对方看你的个人资料，发现真人和3D影像图对不上就知道你是代练了，被举报可要罚很多钱的！"

斑烈峻只好走到一旁蹲下，拔出后背的长刀挡在脑袋上方充当遮阳伞。

督宙看了他一眼，心想用钱作为借口来哄劝斑烈峻的这个方法简直百试不爽，不过也真奇怪，听说他爸妈都是收入很高的宇宙搜索家，家里应该不缺钱啊，为什么仍旧对赚钱这么执着？

然而督宙并不知道，这个身材高大健壮勇猛的男人，有一个小小的愿望——

靠自己的能力赚够500万玩儿星币，然后，找个心爱的姑娘结婚生子。

没错，斑烈峻爸妈是很有钱，然而他不喜欢别人说他是靠着父母衣食无忧的没用儿子，所以一直在努力靠自己的能力赚钱。大学毕业后，他发现体格健壮的自己可以轻易完成许多网游里的高难度任务，自此便开始了玩网游赚钱的道路。不过这样赚钱速度比较慢，后来督宙找到了他，说服他加入了他们的代练团队。

自此他的收入就噌噌噌地往上涨了，尽管每次的任务都不容易，斑烈峻却从来不叫苦喊累。因为他就喜欢这样的生活。他现在就希望等自己攒够钱后，找一个同样喜欢玩网游的姑娘，把钱都让她管着，然后两个人一起在宇宙里漫游。

想到这里，斑烈峻不禁点开自己的存款页面看了眼，上面的数字显示：3790000。

太好了，没差多少了，等这回的任务完成，他就又能拿到九千块了！斑烈峻从地上站起来舒展了一下肌肉，说道："喂，恰奇司你还没好吗？"

"好了好了！"圆脸男从飞船里跑了出来，将一个三角形纽扣贴在了斑烈峻的耳后，他的外形顿时转变成了一个瘦小的长发男人。

督宙叮嘱："要找的草叫卡芙朵草，任务目标是将它毫发无损地带回玩儿星。"

"知道了。"斑烈峻不耐烦地摆摆手，"你们走吧，三天后回来接我。"

飞船飞走后，斑烈峻展开游戏系统界面，看了眼上面的任务剩余时间，显示还有五个异星球日。

凭他的本事，怎么可能用这么久才找到那棵草！斑烈峻自信地一笑，将长刀扛在肩头，大步朝漫无边际的沙漠里走去。

虽然现在他的外形是一个瘦弱的男人，然而身体的机能和体力依旧保持着原来的水平，伪装器只是让他在视觉上变化了而已。一般情况下，只要没有人靠他太近，就不会发现他的伪装。

斑烈峻在沙漠里边走边嘟囔：“督宙那家伙每次都多此一举，伪装什么——”

话还没说完，脚下的黄沙当中就忽然冒出一只手，“嗖”的一下抓住了他的脚踝，斑烈峻动作机敏地跳闪到一旁，听到底下传来一个细弱的女声：“救命呀，咳咳！我被沙子卡住了，咳咳，可不可以拉我出来呀？”

说的是玩儿星语，是老乡？思考片刻后，他将埋在沙子里的人拽了出来。

“哇——”被拉出来的姑娘顿时舒了口气，一边拍着身上的沙子一边对他感激道，“谢谢你呀，你实在是太好啦！”

斑烈峻问：“你是埋到流沙里面去了吗？”

“不是不是。”姑娘顶着灰扑扑的脸对他说，“我追着一只长得超可爱的小动物跑到这附近，看到它钻到洞里我就跟着跳下去啦，可是洞口好窄把我卡住了，还好你出现了。”

“……”

这人是智障吗？追着动物跑然后跟着人家跳坑？

斑烈峻嘴角抽了抽，决定不再理会她，转身朝另一个方向走去。

谁想那个姑娘却跟了上来，在他背后说：“好人你不要走呀，你可不可以再给我点水喝？路上我看到一棵快枯死的草，我就把自己的水都给它浇啦。”

……果然是个智障吧！斑烈峻可没有那么好心，问：“你应该也是来这里玩网游的吧？”

“是呀，我在玩《冒险吧宇宙》，你也一样吧，我看到你的坐标光点啦。”

“既然如此，要喝水你自己花钱和系统买啊。”

姑娘不好意思地说：“我现在做的任务只允许一天买五次水，我今天的次数都用光了。”

斑烈峻说："你不要告诉我，你是买了五次水全都用来浇那棵草了？"

姑娘瞪大她水汪汪的大眼睛，惊讶道："你是怎么猜到的？你好聪明啊！"

"是你自己太蠢吧！"斑烈峻终于忍不住将心里话脱口而出了，他无奈地从系统买了一袋水递给她，"拿好，不要再跟着我了。"

姑娘眼泪汪汪地捧着那袋水，激动地说："谢谢你，我还不知道你的名字呢！"

身为一个代练，斑烈峻早就隐藏了系统界面个人资料中的名字，更何况他一点也不想把自己的信息跟这个傻乎乎的丫头交流，便说："不告诉你。"

"'不告诉你'，哇哦，这个名字好特别哦！我记住啦！我叫姮芷奈！"

斑烈峻翻着白眼继续朝前走，由于任务并未给出那棵卡芙朵草的具体位置，只给出了一丁点毫无用处的线索，所以现在他基本上就是在瞎找。时间一久，斑烈峻就有些无聊了，他喜欢的是打打杀杀的任务，这种任务一点都不适合他。

找着找着太阳就落下了，沙漠上的夜晚很凉，斑烈峻取出迷你电暖气放在身旁，躺在沙漠上望着漫天繁星，眼前忽然冒出了一个脑袋说："'不告诉你'！我们又见面啦，好巧啊！"

斑烈峻无奈道："不是说了让你别再跟着我吗！"

姑娘挠着头说："我没有跟着你耶，只是走到这里想休息，恰巧看到你在，就跟你打个招呼。不好意思哦，吓到你了，那我离你远一点好了。"说着，她便拿出一个可伸缩的悬浮休息仓，钻到里面，"那晚安啦。"

看她那蠢呼呼的样子，应该也不会对自己夜里偷袭什么的，斑烈峻觉得他不需要担心。然而他还是预料错了，姑娘确实没有偷袭他，但她一直在打扰自己啊！

每隔个两三分钟，她就要打开休息仓的门，探出脑袋跟他说话："睡不着啊，'不告诉你'先生，咱们来聊天好不好。"

“……”

“这里的星星好亮，不过没有月亮，我有点想念老家的四个月亮了呢。”

“……”

“哎呀！你看！那边是不是跑过去一只肥肥的小动物！我去和它打个招呼！”

“……”

“咳咳咳……它蹬了我一脸的沙子，啊，我已经五天没洗脸了，好难受哦。”

“……”

“你怎么都不说话呢，是我说的话题太无聊了吗？那你想聊什么，我们说说你喜欢的东西好不好？”姑娘凑过来，顶着灰扑扑的脸期待地看着他。

斑烈峻甩给她一个冷漠的眼神，道：“我喜欢的东西？”

“嗯嗯！”

“我现在最喜欢的就是你闭嘴。”

姑娘委屈地垂下双眸，小声说了一句“我知道了”，然后垂头丧气地钻回了休息仓。

自此之后，她果然没再说一个字。

啊，终于可以睡个好觉了。斑烈峻惬意地伸展了个懒腰，闭上眼睛，然而这突如其来的寂静却没有带给他困倦，反而让他心底滋长出一种愧疚的情绪。

他缓缓坐起身，努力构思好道歉的话语，走到休息仓旁边问：“你睡了吗？”

片刻后，门下拉露出一条小缝隙，姑娘的大眼睛露出来，委屈道：“怎么了？我……我没有发出声音呀。”

斑烈峻的愧疚感顿时更重了，他咳了一声说：“那个，对不起，我这人不会说话，不是故意凶你。你想说什么就说吧，我不应该阻止你的。”

姑娘轻声问：“我真的可以说话吗？”

斑烈峻努力地、生涩地对她微笑道："嗯，真的对不起，刚刚是我不好。"

休息仓的门全部打开，姑娘那张灰扑扑的脸露了出来，对他露出一个明媚的微笑，道："一点小事而已，没关系啦！那从现在起我们就是朋友了哦！"

这个星球没有月亮，然而斑烈峻望着她的笑颜，却仿佛看到了皎洁的明月。

从第二天起，两人就开始结伴一起在星球上行走了。

斑烈峻并没有问过妲芷奈的游戏任务是什么，看她一直抱着游山玩水的态度在沙漠里跑跑跳跳，他觉得她的任务肯定比较简单。妲芷奈也没有问他，她的兴趣几乎全都集中在了沙漠里那些奇异的动植物身上。

两人就这么在一望无垠的荒漠里行走着，虽然天气恶劣，但一路上都有妲芷奈的身影做伴，这让斑烈峻觉得，好像这个任务也不是非常无聊了。

傍晚时分，斑烈峻正考虑着找个地方歇脚，就听到妲芷奈兴奋地大喊："哇！你看！那里有一只肥肥的小动物！"

斑烈峻朝她指的方向看了眼，不远处的一块石头上面，蹲坐着一只浅紫色的毛球球，两只漆黑色的眼睛滴溜溜直转，他说："哦，是挺肥的。"

"嘿嘿嘿，我去跟它打个招呼！"

妲芷奈很快来到了那只紫色毛球球面前，问："你好呀，你饿不饿？想不想吃东西啊？"

毛球球朝她小声地呜咽着，好像是在说自己很饿。

妲芷奈的心都要化了，从接收器里取出自己的胶囊给它，问："这个，你吃吗？是我们用来补充能量的哦……不吃吗？那你想吃什么呢？"

毛球球用脑袋指了指远处的一棵草。

"啊，原来你要吃那个呀，我去帮你拿来！"妲芷奈立刻跑过去将草摘了回来，递给它，“吃吧吃吧！”

毛球球张开小嘴，啊呜一口就把那棵草吃掉了，然后继续睁着大眼睛看她。

“还饿吗？我再去找，你等等我哦！”

许久之后，妲芷奈总算回来了，身后多了一个一蹦一跳的小家伙，正是刚刚她喂过的那只毛球球。

斑烈峻无奈道：“你怎么把它也带过来了。”

“不是我带的，它自己要跟着我呀。”妲芷奈幸福地说，“一定是我对它这么好，打动了它，你看它多可爱啊，摸起来好舒服。”

斑烈峻虽然不想带着这个麻烦上路，不过看在这个蠢呼呼的丫头这么喜欢的份上，算了，随便她吧。天彻底黑了，两个人聚集在斑烈峻的迷你电暖气旁边，有一搭没一搭地聊着，直到夜深了才睡去。

斑烈峻本以为，凭借他的本事，自己肯定能很快找到那棵卡芙朵草，然而接下来的两天里，他一直没有收获。督宙他们本来是约好三天后来接他的，可如今他一无所获，只好跟他们推迟了时间。眼看着任务时限只剩下两天，斑烈峻不禁愤愤地把长刀插到了沙面里。

“你怎么了？”正在给毛球球喂食的妲芷奈发现他情绪不对，关切地问。

斑烈峻思考了一会儿，说：“我们得分开了。”

“啊，为什么呀？”

“我的任务时限不多了，我必须尽快找到那样东西，否则任务就要失败了。”斑烈峻看向她，“所以，我得一个人走了，这样速度快一些。”

妲芷奈问他：“你可不可以告诉我你的任务是什么呀？要找什么东西？”

斑烈峻也没多想，便说：“卡芙朵草。”

他没发现妲芷奈微微惊讶了一下，道：“原来是这样，那好吧，你加油哦！”

斑烈峻点了点头，转身就独自朝前走了，一点留恋都没有。

他想，这大概就是自己和这个姑娘的分别了，网游里本来就是这样，陌生的人通过游戏结识，又很快变成陌路人，他不该留恋。

他的身影很快隐没在了黄沙纷飞的远处，妲芷奈微微叹了口气，抱着怀里的毛球球，可惜地说："到最后他还是不愿告诉我他的名字呢，总感觉他好孤独。"

毛球球在她怀里蹭了蹭，发出讨好的呜咽声。

"不过没想到这么巧，他也在找卡芙朵草呀。"妲芷奈说，"真希望他能找到，话说起来这草也太难找了，我要不要放弃这个任务回去接一个新的呢？"

毛球球的大眼睛闪了闪，忽然从她怀里跳出来，朝另一个方向跑了几步，回头对她嗷呜嗷呜地叫着。

"嗯，怎么啦，你要带我去哪里呀？"

"嗷呜呜，嗷呜！"

"啊啊啊，好了我来了，你不要跑那么快呀！"

彻底放弃这个任务，是在来到这个星球第五天的傍晚。

斑烈峻躺在沙子上，无奈地看着系统界面的任务时限一点点减少，长长地叹了口气，想不到他连续做任务176次不失败的纪录，竟然要坏在这个小任务上了。

他跟督宙简短地通讯了一下，让他们来接自己。

然而他先等来的却不是飞船，而是一个熟悉的声音："'不告诉你'先生！"

这声音莫名让他心弦一颤，他坐起身，却看见面前站着一个陌生的姑娘。

她的瓜子脸白白净净，大眼睛比天上的星星还要明亮，斑烈峻愣了一下才说："……妲芷奈？"

"嗯嗯嗯！是我！"姑娘开心地说，"我找到一片小水洼，终于把脸洗干净啦，哈哈哈，你是不是认不出我啦！"

"确实没认出来。你很……"

很漂亮。

但赞美姑娘的话语，他根本不知道怎么说，只好把它换成了另一句话：“这么巧，又遇到了。”

“嘿嘿嘿，这回可不是巧合哦。”妲芷从背包里取出一个玻璃罐子，“你看，这是什么！”

斑烈峻惊愕地盯着里面那株植物，道：“卡芙朵草……”

“对！毛球球带我找到的！原来它嗅觉超级灵敏，很会找东西呢！”说着，她便把玻璃罐子塞到了他怀里，“快回去交任务吧！你的任务时限就要到了吧！”

斑烈峻抱着这突如其来的惊喜，心中五味陈杂，他玩网游这么久，她是第一个这么热情帮助他的人。

“多谢。我该怎么感谢你？你想要什么？”

妲芷奈认真地想了想，说：“我就是希望你以后玩游戏的时候能更开心一点吧！我知道现在大家都不喜欢在游戏里结交朋友，但可以的话，请你把我当作朋友，好不好？”

斑烈峻看着她灿烂的笑颜，慢慢点了点头道：“好。”

“嘿嘿嘿嘿，那现在可以告诉我你的名字了吧！我们都已经是朋友了哦！”

斑烈峻正想开口，头顶上方忽然投下一道光，是接他的飞船开来了，这让他猛然想起自己只是个代练，身上还戴着伪装器，按督宙的规定，他是不可以告诉别人自己的真实身份的。

妲芷奈看着他为难的表情，连忙说道：“没关系的，你不想说就算啦。”

斑烈峻想说些什么，系统却忽然提示他，距离任务失败只剩下半分钟。

他看了眼面前的姑娘，只好带着纠结的表情被传送进了飞船。

督宙立刻开启虫洞通道，飞船载着他们的小队一眨眼就回到了玩儿星上。

斑烈峻交了任务，拿到了委托金，却一点也不开心。

督宙问他：“你怎么了？”

斑烈峻也只是摇头，跟自己生闷气。

“好了大哥，别生气了，虽然这回是辛苦了些，但起码我们在最后一刻完成了任务呀，委托金到手了。”眼镜男梯夺试图安慰他。

然而这句话却忽然让斑烈峻想到了刚刚妲芷奈说过的一句话“你的任务时限马上就要到了”，等等，斑烈峻很确信自己从没提过他的任务时限是多久，那她是怎么知道的？

难道她和自己做的是同一个任务？如果这样的话，那她把卡芙朵草给了自己，她的任务不就失败了吗？

斑烈峻顿时后悔：“还说她蠢，其实自己才是最蠢的吧！”

“她？你在说谁啊？”梯夺好奇地问。

斑烈峻没有回答，而是说：“我要回那个星球去，还有点事没处理完。”

“哈？打开一次虫洞通道也要耗费很多能源的，再去一次很不划算的！”

“多出的钱我付，我要回去！”

……

过去的事讲到这里，斑烈峻不禁叹了口气。

冷织蕴一边嗑瓜子一边问：“那后来你回那个星球了吗？”

“回去了，可是她已经不在那里了。”斑烈峻说。

冷织蕴笑道：“所以你就这么喜欢上她啦？既然知道她的名字，游戏里应该能搜索到她的账号吧，你为什么不加她好友，跟她表明身份呢？”

斑烈峻道：“因为我还没攒够钱啊！我悄悄关注了她的游戏主页，想等钱攒够了再去找她的，谁想竟然被一个香肠嘴的男人捷足先登了。”

冷织蕴悠悠地道：“可我觉得，即使你先找到她，估计也没什么希望耶。”

“为什么？”

“翩跹最后不是跟你说，让你把她当朋友吗？”冷织蕴憋着笑，“人家一开始就已经给你发朋友卡了啊！”

“……”

夜深了。

海浪层层叠叠拍向浅金色的沙滩，月光洒在海面上，像是蛋糕上星星点点的糖霜。翩跹躺在船舱内，在被窝里打了个滚，闭着眼睛发出一声恬睡的呓语。

聂壕坐在床边，看着她安睡的侧颜，低下头在她脸颊上轻轻亲了一口。

外面传来一阵放轻的脚步声，紧接着冷织蕴的脸出现在船舱内，低声问聂壕："睡着啦？"

"嗯。"聂壕点点头。

"那我们也该走了，今天谢谢你啦。"冷织蕴对他挥挥手。

聂壕将三个外星人送下游艇，斑烈峻扛着他的长刀转身就走；上官对聂壕点点头，也挥手作别；只剩下冷织蕴带着纠结的表情停留在原地。

聂壕问："冷姐，你还有什么事吗？"

冷织蕴有些难为情地说："我确实有点事情想请教你，不知道你方不方便说。"

聂壕说："你是翩跹的好朋友，只要我能帮你我一定尽力。"

"咳咳，那我就说了啊。"冷织蕴做了个深呼吸，红着脸问，"你们地球人的滚床单，到底是怎么滚的啊？"

聂壕愣怔了两秒，接着忍不住"噗"地笑了出来："哈哈哈哈，原来是想问我这个啊！说起来我还想问你呢，翩跹滚床单的办法真的是你教给她的吗？"

冷织蕴严肃地说："是啊！我自己觉得没有错啊，因为当时我跟那个人这么滚的时候，他没有说我滚得不对啊！他也是地球人啊！"

聂壕强忍着笑意说："这个……咳咳，我实在不好跟你直说，这样吧，我找个解释这个的链接发给你，你自己琢磨一下。"说着他便拿出手机，搜索了一会儿将链接发给了冷织蕴。

冷织蕴低头仔细研究屏幕上的文字，脸色渐渐地由红转白，惊恐着道："怎么会是这样……那我不是完全滚错了吗？他为什么不提醒我呢！"

接着，她的脸色又由白转红，指着聂壕道："你们地球人滚床单的办法太猥琐了！为什么就不能是单纯地在床单上滚来滚去呢！啊啊啊，讨厌死了！"

说着，她就捂着脸快速跑掉了。

"哎——"聂壕没来得及喊住冷织蕴，只好打开社交软件问上官，"你们玩儿星人是怎么繁衍下一代的，我怎么感觉和地球上差距很大啊。"

上官很快回复了："差距大不大很重要吗？"

聂壕："废话，当然重要了，这可是关乎我和翩跹一辈子幸福的事情啊！"

手机那边的上官快速联想了一下，这也是关乎他和涟凝一辈子幸福的事情，便回复道："差距不大，和地球人的繁衍方式是一样的，我生理卫生课上学过。"

聂壕抓狂道："那为什么你们都以为滚床单就是在床单上滚来滚去啊！"

上官："我要郑重声明，这么想的人并不包括我。"

聂壕无奈地收起手机，轻手轻脚回到船舱里，却发现翩跹已经醒了，他俯身用双手撑在枕头上，轻声说："我不在你就睡不着吗？蠢女人。"

翩跹拉着他的衬衫让他靠近自己，道："小妖精身上的味道好好闻，我要抱着你才能睡着嘛。"

"好好好。"聂壕钻到被窝里将她搂住，翩跹的小脑袋在他胸口蹭来蹭去。

聂壕却没有睡意，他问她："喂，你打算怎么处理你那个相亲对象啊？"

翩跹为难道："我跟他解释过很多次我有男朋友，可他就是听不进去，我现在也很发愁呢。"

聂壕又问："那你可不可以跟你爸妈说一下，就说你不需要相亲了？不不不，干脆还是让我去跟你爸妈说吧！我其实早就想见见你父母了。"

翩跹听了却打了个寒噤，使劲儿摇头道："不行的不行的！"

"为什么不行？"

翩跹小声道："我爸爸妈妈很传统的，尤其是我妈妈，她肯定接受不了我找了一个外星人。而且还是一个落后星球上的外星人。"

聂壕被"落后"这两字捶出了一口血，无奈道："我知道我们跟你们星球有差距，但是其实地球还是有很多可爱的地方的，对不对？不然你也不会喜欢上这里的美食，喜欢上我了吧？"

"是呀。可是这些事情只有亲身来到这里的人才能体会，我爸妈都没来过，他们肯定理解不了的。"

聂壕激动地说："那还不简单，咱们邀请他们来地球上玩啊！"

"哎？"

"啊啊啊，讨厌死了讨厌死了！"

冷织蕴一个人在漫长的沙滩上低头走着。她将鞋子提在手里，光着脚踩着沙滩，脸上全是懊悔和害羞的表情。

她回想起两年前的那个夜晚，她和那个男人约会，却在回来的时候扭了脚，他抱着自己回到家，想把她放下的时候，却被她一鼓作气抓住了西装的领口。

当时她用自以为特别诱惑特别妖媚的语气问他："你要不要跟我滚床单？"

男人勾唇一笑，嗓音暗哑道："好啊。"

于是冷织蕴便将他推到了床边的沙发上，让他看着自己像个春卷一样在床单上滚来滚去！

"滚滚滚，感情滚出来！滚滚滚，爱情永保鲜！"

"……"

冷织蕴来回滚了十圈，擦了擦额头的汗珠对他眨了眨眼，说："你也来滚呀。"

男人用一种似乎从未见过她的表情看了她好几秒，接着忽然捂着脸低声笑了，笑得肩膀都在微微颤动。

冷织蕴紧张地问："怎、怎么了？"

“咳，没什么。”男人从沙发边站起，也脱掉了自己的西装外套，走过来躺在了她旁边，“你滚得太好了，我很喜欢。”

冷织蕴松了口气，男人照着她的样子也在床单上滚了几圈，外表看上去禁欲而冷情的他做起这种动作时，竟然有种意外的反差萌感。

接着男人搂住她，将被子盖在两人身上，摸着她的头发说：“嗯，睡吧。”

冷织蕴靠在他的胸口，轻轻说：“明天早上起来，我有个秘密要告诉你。”

男人似乎一点都不意外，勾着嘴角说：“嗯。”

“你都不问问是什么秘密吗？”冷织蕴奇怪地看着他。

男人在她脸颊上轻吻一下，说：“明早不就知道了吗？”

冷织蕴只觉得脸颊发烫，说：“嗯，好吧。那晚安啦。”

“晚安。”

窗外的月光温柔地洒进屋子里，照在依偎在一起的两人身上，照在冷织蕴那幸福的浅笑上。

然而，等第二天她醒过来，身边却已经空了！

那个说好要听她的秘密的男人，就这么消失了！

“啊啊啊啊啊！”想到这里，冷织蕴抓狂地在沙滩上跺了跺脚，带着哭腔说，“呜呜呜，原来我早就露馅了！石徵！你这个浑蛋！猜到我是外星人就直接告诉我啊！你就那么害怕我就那么讨厌我，所以这辈子都不想再看到我了吗！”

她捡起地上的一块小石子朝海面扔过去，咆哮道：“我——讨——厌——你！”

发泄完后，她只觉得浑身无力，垂头丧气地朝远处走去，时不时抬手擦掉从眼眶里掉出来的泪珠。

等她骑着摩托车走远后，海面上方的天幕上，却显现出一架UFO的身影。

一个男人坐在UFO内，盯着显示屏上刚刚拍到的录像，听着冷织蕴那句“我讨厌你”，不禁蹙紧了眉头。

他熟练地在操作台上操作，将录像倒带，最后在不久前的一个画面上定格。

画面里，冷织蕴正和一个长相帅气高大的男人面对面站着，她微微红着脸，看向那个男人的表情也略显忐忑不安，两人有说有笑地交流着。

男人的视线冷冷锁定在画面里的男人身上，轻声说："就是因为他而讨厌我吗？既然如此，那就让这家伙尝尝我的厉害吧。"

地球的夜晚也是这么的无聊啊，真不知道那个女人到底喜欢这里什么。

走在闹市街道上的斑烈峻一边浏览着街边的各种小店，一边发出如此感叹。

系统出声道：[我感觉到您似乎过得不顺心呢。我们最近拓展了"乐于助人"业务，可以在一定程度上帮助本游戏玩家解决一些生活上的小问题，您愿意先跟我讲讲您遇到的麻烦吗？我会仔细分析有没有可以帮您的策略。]

斑烈峻想反正闲着也是闲着，便把他要追翩跹的事情跟系统大致说了一遍，最后无奈道：[我的条件应该不算差吧，起码比那个香肠嘴地球人好吧，可她为什么就是对我没兴趣呢？]

系统：[原来如此。真诚地向您推荐由玩儿星的众多宇宙文明研究者历经多年研究出的《地球人恋爱攻略》，现在正在做特价，只需要45万玩儿星币哦。]

斑烈峻：[我要追的是玩儿星人，你推销一本追地球人的书给我干吗？]

系统：[您想想，您要追的姑娘是不是非常喜爱地球？她又在地球待了这么久，想法习惯肯定已经被地球同化了，所以想要追她，就得按照地球人的方法来。]

斑烈峻：[似乎有点道理，好吧，那我买了。]

他立刻打开那本《地球人恋爱攻略》仔细研究起来。

半小时后，看完大半本书的斑烈峻觉得自己像是打网游换了新装备似的，全身都充满干劲儿，他知道该怎么办了！有了这本书的辅助，他一定能追到翩跹！

第二天，翩跹和聂壕像往常一样一起去公司上班，晚上下班时，她挽着聂壕的手臂朝停车场走去，抬头一看，却发现斑烈峻正站在聂壕的跑车旁边，双臂抱胸抬着下巴看着她。

翩跹拉着聂壕想走，可是后者却不乐意，说：“怕什么！有我呢！我倒要看看这家伙想干吗！”

“我没想干吗啊。”斑烈峻耸耸肩，指着跑车问翩跹，“这车是你的吗？”

“不是，旁边那辆是我的。”

“哦，很好。”说着，他便走到翩跹的车旁，二话不说一拳砸在了车前盖上！

“哐当”一声过后，车前盖凹下去了一大块，翩跹的耳朵里嗡嗡作响。

然后，斑烈峻抬起头，朝着翩跹露出了那熟悉的邪魅一笑，低沉道：“女人，你成功引起了我的注意。”

翩跹：“……”

聂壕：“……”

聂壕面无表情地问斑烈峻：“接下来你是不是要用手挑我女朋友的下巴？”

斑烈峻点点头，摩拳擦掌道：“正有此意。”

“口袋里露出来的那个是防狼器，对她放电用的？”

“你猜得很对。”

“我估摸着如果时机合适，你大概还想跟她说一些类似于‘你这个磨人的小妖精’‘女人，你这是在玩火’之类的话吧？”

斑烈峻终于有些狐疑了，问：“你怎么猜得这么准确？”

聂壕做了个深呼吸，转身看向一旁抖成筛子的翩跹，怒道：“给我解释清楚啊你这个蠢女人！为什么他追你的办法和你当时追我时用的一模一样啊！”

翩跹的视线四处乱飘，道：“这就是传说中的巧合呀！”

“巧合你妹！你再不跟我说实话，我就把你吻到什么都说不出来！”聂壕霸气地说。

翩跹愧疚地垂下了小脑袋，低声道：“对不起啦，其实我是按着一本攻略书教的方法来追你的，我错了。”

聂壕问：“什么书，拿出来给我看看！”

就在这时，脑海里忽然传来了系统冰冷的声音：[已经帮您把《地球人恋爱攻略》传送到了手机里。]

翩跹：[嗷！系统你回来啦！我超级想你的！]

系统：[谢谢，可我一点也不想你。]

“你出神想什么呢！还没回答我的问题呢你这个蠢女人！”聂壕没好气地捏着她的小脸。

翩跹这才回过神来，连忙拿出手机递给他，说：“书我存在手机里了啦。”

聂壕把手机塞进口袋里，然后再把翩跹塞进车里，一脚油门就把车开走了。

全程被忽略的斑烈峻眨了眨眼，突然怒吼一声，问系统：[为什么翩跹也会有这本攻略书啊！这样我还怎么追，所有的套路她都已经知晓了啊！]

系统：[活学活用啊。就算她知道了套路，但只要您运用得当，还是有很大机会追到她的。]

斑烈峻：[死骗子。信不信等我回到老家杀到你们游戏公司总部，把你们老总挂在飞船上荡秋千！]

系统：[别这样，而且我们老总现在也不在老家啊。您要是觉得这本攻略不好用，我再给您推荐一本攻略书《地球人恋爱攻略2》，这可是最近才上市的新书！是宇宙文明研究者对地球文明进行进一步探索后总结出来的，保证比第一部更好，现在买只需要68万，这上面还有《冒险吧宇宙》游戏公司老总的亲笔签名，可谓是收藏珍品，您再不下手，就要被抢光啦！]

斑烈峻：[好吧，那我再试一次，不过我告诉你，要是再没有用，老子就真的去找你们老总算账了！]

系统很快把书存进了斑烈峻的系统背包，斑烈峻打开书的第一页，上面悬浮着一个龙飞凤舞的签名，但令他感到意外的是，这个签名竟然是用地球语写的！

石徵？他认出这两个字，奇怪地问系统：[你们老总签名怎么用地球语？]

系统：[这个我也不太清楚，不过据说我们老总是地球文明的狂热爱好者。] 好吧，随便了。斑烈峻并不计较这些细节，继续翻开第二页仔细看了起来。

回到家，聂壕立刻就开始看翩跹手机里的那本书。他越看越生气，忍不住把缩在一旁的蠢女人拉过来使劲儿亲了几口。

“原来你一直在糊弄我！追求我也不认真，都是照搬书上的内容啊！”聂壕故作生气道。

翩跹小声道：“我以前没有谈过恋爱，又不知道地球人喜欢什么，只好用书上的方法啦。”

“还敢顶嘴！”聂壕捧着她用力吻了一会儿，吻到翩跹没力气说话，只能靠在他怀里喘气，才满意地说，“知道错了没有？”

翩跹因为缺氧而茫然地点头道：“知道了。”

聂壕问：“那今天他在停车场对你说那些话时，你有没有内心小鹿乱撞？”

翩跹连忙说：“当然没有，我的内心里已经有你了，怎么可能住得下小鹿呢。”

“我不信！”聂壕突然从沙发上站起来，郑重其事地说，“哼！你这么蠢，再被他这么撩下去肯定会被拐走的，所以我决定了！”

“决定了什么？”翩跹歪着脑袋问。

聂壕回头捏住她的下巴，说：“我要追你！”

“啊？”翩跹一脸茫然，“可是我们已经在一起了呀！”

“那我也要追你！我要让斑烈峻那家伙看看谁才是‘追人界’的No.1！”

夜晚时分，翩跹坐在别墅的阳台上给在宇宙里漫游的爸爸妈妈发通讯，奈何他们一直不接。翩跹只好给他们留言："亲爱的爸爸妈妈，好久不见，女儿好想你们！我在地球住了一段时间，发现自己喜欢上了这个星球，这里不仅有友好的地球人类，还有很多美食！我想邀请你们过来这里玩，你们有空吗？"

发完这些，她便想下楼去看电视，聂壕和他那些哥们出去聚会了，把翩跹一个人留在家里。其实她也很想跟着一起去的，可是聂壕却神神秘秘地拒绝了她。翩跹只好一个人在偌大的别墅里玩耍。

可就在她转身的那一刹，阳台上却忽然落下一个黑影！

"哇……"翩跹吓了一跳，定睛一看，惊讶地说道，"你怎么在这里？"

斑烈峻手里捏着一把玫瑰花，说："来看你啊。"

翩跹无奈道："你快走啦，我不需要你来看我！我都跟你说得很清楚了呀，我有男朋友了，不会接受你的追求，你放弃吧。"

斑烈峻无奈地叹了口气，问："你就真没想起我是谁？我们以前见过的。"

"啊？什么时候？我没印象啊。"

斑烈峻指了指自己的脸，说："那个时候我用了伪装，不长现在这个样子。我给你几点提示吧，卡芙朵草、缺水，还有一只紫色的毛球。你跳进沙坑里，是我拉你上来的！还问我要了一袋水，因为你的水都用去浇草了！晚上你一直拉着我说话，我嫌你烦让你闭嘴！现在想起来了没！"

"……啊！"翩跹沉默了几秒后大叫一声，"原来是你呀！好久不见呀！'不告诉你'先生！"

斑烈峻看她雀跃的表情，不禁心头一喜，想自己是不是有希望了，就听到翩跹接着说："既然这样，你应该早就明白我们是不可能的了呀。"

"……为什么？"

"在那个荒芜的星球上，我不就跟你说了，希望我们成为'朋友'吗？"

斑烈峻手上一用力，把玫瑰花给掐折了，道：“你还真给我发朋友卡啊，好，既然你认为我是你的朋友，那我就要以朋友的身份问你一个问题了。”

“好呀你问。”

“你打算什么时候跟聂壕坦白一切，说你追他只是为了完成游戏任务？”

翩跹的心“咯噔”一跳，斑烈峻说到了她最不想触碰的地方。她咬了咬嘴唇，说：“关你什么事啦！我决定了，我要收回给你的朋友卡！你走开，这里不欢迎你！”

“你们之间永远埋藏着这个定时炸弹。与其胆战心惊，还不如跟我在一起。”

“谁要跟你在一起啦，你走不走，不走我踢你下去！”

斑烈峻看着她气鼓鼓的小脸，只觉得怎么看怎么可爱，笑了一声，把蔫掉的玫瑰花扔到她怀里，道：“走了，明天再来。”

“你永远都不要再来了好吗！”

“那可难办。”纵身跳到花园里的斑烈峻抬头看向翩跹，勾唇一笑，指了指隔壁的那幢别墅，“我买了隔壁的房子，以后我们就是邻居了。”

翩跹气呼呼地说：“不准再用攻略里的办法了！我告诉你，这是没用的！”

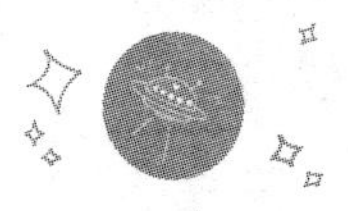

第十二章
父母

Chuanguo Guangnian
Aishang Ni

“气死我啦！气死我啦！他到底要怎么才明白，我是不会接受他的呢！”

虽然很生斑烈峻的气，但翩跹明白他说的是对的，她不能再瞒着聂壕了。决定了，今晚等小妖精回来，她一定要跟他坦白！如果他不原谅自己，她就抱着他不撒手直到他肯原谅自己为止！

正想着呢，门铃就忽然响了。

翩跹凑过去看了眼监控屏，画面上的人让她露出惊喜的笑容，她打开门朝着门外的女人扑过去，开心地大喊：“漂亮阿姨！”

聂妈妈皱着眉头接住她，无奈地道：“你怎么还是这么没大没小的啊。”

“嘿嘿，请进呀。”翩跹热情地问，“阿姨你要吃什么？家里什么吃的都有哦！”

“我不吃。”聂妈妈将一大包零食递给她，“给你买的。”

“哇！都是我爱吃的耶！阿姨你真好！”

聂妈妈看了看空荡荡的房子，问她：“就你一个人？大晚上的聂壕人呢？”

“他……他……他说今晚是他的兄弟聚会，不太方便，所以就不带我去了。”

聂妈妈蹙了蹙眉，扭头对翩跹说：“走吧。”

“咦？去哪里？”

“我那蠢儿子在外面胡混不好好陪女友，那咱就自己出去玩！”

“好耶！”翩跹拽住未来婆婆的袖子，两个人一起迎着夜色出门去了。

同一时刻，海边的游艇上，聂壕看向他三个最要好的哥们，严肃道：“今天叫你们来，是因为我和翩跹之间出现了一个意图插足的男小三！我需要你们帮我想想对付这家伙的策略！”

繁华城市夜色下的街道上，翩跹和聂妈妈坐在豪华轿车的后座里，由司机开车载着她们四处乱逛。聂妈妈问儿媳妇：“怎么样，想好去哪里玩了吗？”

翩跹有些为难地说：“我刚刚仔细想了想，好玩的地方小妖精都带我去过了呀，实在想不出什么新的了。”

聂妈妈问：“那要不要去做指甲？”

翩跹正想答应，眼角余光瞄到窗外一闪而过的一家酒吧，顿时激动地说：“漂亮阿姨，你带我去酒吧好不好！小妖精总是不带我去，说里面有好多坏人。”

聂妈妈皱眉道：“那里面……确实环境不太好，比较吵闹，不然还是……”

“你就带我去嘛，我就去看一看，不会乱跑的，拜托你啦，漂亮阿姨！”

翩跹一撒娇，聂妈妈顿时就拿她没辙了，说：“带你去可以，不过地点由我定。我知道一家环境比较好的酒吧。”

“好好好，没问题！”

聂妈妈拨通了酒吧经理的电话，快速安排好了事宜。

二十分钟后，司机将车停在一家装潢雅致低调的酒吧门口，不同于其他酒吧在夜晚时门外的人潮混杂，这里非常清静，只有两个门迎站在门口守着。

聂妈妈带着翩跹下了车，甫一走到门口，经理就笑容满面地出来道：“白总！真是好久不见！”

聂妈妈点头道：“公司事务太多，没时间来。”

“明白明白！”经理看了看站在旁边的翩跹，好奇道，“这位姑娘是？”

“我儿媳妇。”

经理接着立刻笑逐颜开道：“那可真是大喜事！”

他热情地将二人带进酒吧，里面的环境和外面相得益彰，都给人低调而典雅的感觉，大厅中间是一个下陷的贝壳形状舞池，舞池旁边立着一排排装潢奢华的酒架，上面陈列着不同年代不同品种的酒，每一瓶看上去都价值不菲。

“哇！原来酒吧里面长这个样子哦！”

经理笑盈盈道：“二位想喝什么酒，我给您介绍一下？”

翩跹说：“我要喝那种有好多颜色的，里面放着水果，杯沿上还有一把小伞的酒！”

“哦，您说的是鸡尾酒吧，这样吧，我带您去吧台，您想喝什么样的，让我们的调酒师现场给您调。”

“好耶！”翩跹拉着聂妈妈就朝吧台跑去，“阿姨，我们快去看看呀！”

两人来到了吧台，英俊高大的调酒师露出礼貌的微笑，一一向她们介绍经典的鸡尾酒还有这里新出的品种。

翩跹听完之后问：“我想要一杯粉粉的酒，里面放好多好吃的樱桃，上面再插一个小伞，可不可以呀？”

调酒师道：“我尽量满足您的要求。白总，您喝什么呢？”

聂妈妈报上红酒的名字和年份，道：“我就喝这个，你给她调酒就行。”

一旁的经理连忙吩咐服务生去取酒，然后热情地问：“二位需要包间吗？”

聂妈妈扭头问翩跹：“要去吗？”

翩跹指着吧台上面的水晶灯说：“这里的光线好漂亮，我们就在这里喝吧！”

“嗯。”聂妈妈对经理说，“我们就在这里，不需要包间了。”

“好的。”经理送上红酒之后道：“那我不打扰你们了，有事叫我就成。”

不一会儿，翩跹的鸡尾酒调制好了，调酒师的手艺高超，做出了一杯可爱到爆棚的鸡尾酒，翩跹忍不住对调酒师说：“嗷呜呜！好萌好可爱呀！这就是我梦想中的酒呀！你实在是太厉害了，我可以和你合个影吗？”

调酒师自然会看人眼色，转头看向聂妈妈，见她点了头，才说：“可以的。”

“耶！阿姨你也来吧，我们一起和帅气的调酒师合影！”翩跹拉着聂妈妈，把手机调成自拍模式，和站在吧台后面的调酒师合了影。

两个人一边喝酒一边聊天，东拉西扯，翩跹在不知不觉中就喝了好几杯鸡尾酒，又把聂妈妈要的那瓶红酒也喝光了，她小脸红红地趴在吧台上，酒精膨胀了她的情绪，让她不禁想到了那个至今还深藏在内心里的秘密。

于是下一秒，她忽然毫无预兆地大哭起来，道：“哇呜呜呜！阿姨，我对不起小妖精！我对不起他啊！”

聂妈妈吓得差点把杯子给砸了，问：“为什么这么说？”

翩跹抽噎着说：“呜呜呜，就是……就是一开始我追他的时候，是有目的的！我并不是一开始就全心全意喜欢他的！可是，小妖精不知道！他还那么爱我！我现在每次想到这件事就好难过，哇呜呜呜呜呜呜……”

“你能不能不要每次都吓我？”聂妈妈说，“我还以为是什么大事。那现在呢？”

“呜呜，什么现在？”

“现在你是真心实意喜欢我儿子吗？”

“是啊呜呜呜……”

“那么你当时追他的那个目的，会伤天害理吗？”

“不……不会……”

“那不就得了。”聂妈妈说，“现在我把我儿子找来，你把这件事给他解释清楚。”

翩跹顿时哭得更惨了，道：“我不敢！万一他不肯原谅我，要甩我怎么办！”

“他敢。有我在呢，你怕什么？”

翩跹泪汪汪地拉着她说：“漂亮阿姨，你能跟我保证他不会甩了我吗？”

“可以。”聂妈妈叹了口气说，“就我儿子那个心疼你的样子，我估计无论你做了什么他都不会甩你，你乱想什么啊。”

“好，呜呜，那我把小妖精叫来。”

看她那抽噎的样子，聂妈妈怕她电话里说不清，便道：“我来吧。”接着她给儿子打了电话。

聂壕很快就接了，道：“妈？”

“我和翩跹在酒吧，她有一件很重要的事要跟你说，你快点过来吧。”聂妈妈说。

“啊？重要的事？好好好，我马上来！”

聂妈妈报上了酒吧名字，聂壕说：“这不是你跟我爸约会常去的酒吧吗？”

“不然我会答应带她来吗？这里环境很好，比你去的那些地方强多了。”聂妈妈鄙视地说。

聂壕痛彻心扉地问：“妈，这么多年我真的忍不住了，那个问题我一定要问你！我到底是不是充话费赠送的啊？”

聂妈妈冷哼一声：“谁家充话费还送个蠢儿子？这么损业绩的策略也想得出来，我看迟早倒闭。”

聂壕伤心欲绝地大吼：“……妈！”

同一时刻，仍旧在外地出差的聂爸爸终于忙完了一天的工作，他靠在酒店高级套房的沙发上伸了个懒腰，打开手机社交软件想随意看看，这一看可不得了，上面竟然显示他可爱的老婆发了状态！这可是百年难得一遇的事，聂爸爸连忙点开老婆的主页，发现她发了几张照片，说：“和儿媳妇出来喝点酒。”

他一张张翻看照片，发现老婆去的是他们以前经常约会的酒吧，心里不由得泛起一股甜蜜，别看老婆平时面上高冷，其实心里还是记挂他的！

他美滋滋地想着，直到翻到了老婆最后那张照片。

照片里，他的老婆和儿媳妇坐在吧台前，后面站着一个年轻英俊的调酒师。

聂爸爸的心顿时咯噔一跳，紧张地给老婆拨通了电话。

聂妈妈很快接了，语气不耐烦道：“什么事？”

“老婆你发状态了你越来越漂亮了还去了我们常去的酒吧你一定是想我了吧不过最后那张照片上的男人是谁啊他虽然比我年轻一点但肯定没有我爱你啊老婆你没有变心吧？”

聂妈妈听完丈夫一口气说完这些话，简短地回了两个字就挂断了电话。

“呵呵。”

“……老婆！”

半小时前，游艇上，听完了聂壕对斑烈峻的介绍后，三个哥们不禁都露出为难的神色。

沈炽道：“不是我不给你出主意，实在是竞争对手太强大，完全把你压制得没有喘息空间了啊。”

陈鹰也说：“聂哥确实一表人才，奈何这个男小三除了有脸还有肌肉啊！”

“是啊。那就只剩下一点了。”孙相挚问聂壕，“这个斑烈峻性格怎么样？”

聂壕顿时灵机一闪，说道：“这家伙情商挺低的，不太会哄女生开心！”

“那不就好办了。”孙相挚说，“这种男人神经大条，很容易惹女生生气，你这段时间就对嫂子温柔温柔再温柔，她一对比，自然觉得你更好了。”

“还有，你媳妇儿最喜欢什么？你要投其所好才行啊！”

聂壕喃喃道：“她最喜欢吃，难道我要去学做饭？”

沈炽一拍手，哈哈笑：“可以啊！亲手做饭什么的，你家翩跹绝对超级感动！”

陈鹰阴险一笑，道：“我这里还有一个损招儿，聂哥，你要不要听听？”

聂壕双手抱拳道：“阁下请讲！”

“找个漂亮有手段的小妞儿，去缠着这个斑烈峻，我就不信他不上钩。”

聂壕顿时眼前一亮，这招说损是损了点吧，可谁让斑烈峻非要插足他和翩跹呢？他先不仁那就不能怪自己不义了！聂壕和几个兄弟商量好了相关事宜，将他们送下游艇，就接到了母亲的电话。

听完了母亲的话之后，聂壕二话不说立刻驱车朝那家酒吧赶去。

不知为何，路上他心底隐隐有些不安，不知道翩跹到底要跟自己说什么？

等他赶到酒吧的时候，喝高了的翩跹正在舞池里蹦蹦跳跳，聂壕连忙拉住了她。

“小妖精！”翩跹在音乐声中喊道，“你来了！我有好重要的事情要跟你说！”

聂壕问：“到底是什么事？”

翩跹做了个深呼吸，借着酒意壮胆道：“我要说了，你听好！其实我在玩我们星球上一款名叫《冒险吧宇宙》的网游，我接到了一个游戏任务，就是必须跟你谈恋爱并且结婚，这样我才能拿到大礼包！所以一开始我追你的时候，其实根本没那么喜欢你！”

聂壕愣愣地开口：“你说什么？”

“我是说！我追你，只是因为我想要游戏的大礼包！”翩跹用尽全身力气说道，“我以为我不会在意的，拿到礼包就可以全身而退。可不知道什么时候我就真的喜欢上你了，但是我不敢告诉你，我怕你生气不要我了……”

说到这里，她的眼里慢慢地溢满泪水，对他大喊道：“我知道我错了，可是，我真的不可以没有你啊小妖精呜呜呜呜呜……原谅我好不好……”

聂壕将她拉到怀里，一边给翩跹擦眼泪一边问：“你要说的就这件事啊？”

翩跹哭着说：“嗯，对不起。早就想告诉你了，可是我每次都不敢，呜呜呜……你可不可以不要生我的气？不要跟我分手，呜呜呜呜呜呜……”

聂壕柔声问她说：“那现在呢？你是要我，还是要那个游戏大礼包呢？”

翩跹毫不犹豫地回答：“要你！”

聂壕顿时松了口气，道：“那不就行了！不要哭了，你哭得眼睛都肿了。”

翩跹愣了一下顿时哭得更惨了，道：“呜呜呜你就这么原谅我了吗？为什么你可以对我这么好呢？”

聂壕搂着她在舞池里轻轻地晃动身体，低声说道：“因为……我爱你啊。”

“我也爱你呜呜呜！”翩跹抱紧了他的腰，在他怀里感动地大声哭泣。

聂壕也觉得眼睛有点酸，其实他心里一直在想，翩跹是外星人，为什么会莫名其妙跑到地球来，还那么热情地追他呢？但他又不敢问，怕问出什么不能承受的答案。不过好在她主动告诉他了，并说现在他才是最重要的，这就够了不是吗？

两个人在舞池里相拥着晃动了一会儿，翩跹终于平静下来了。

聂壕吻了吻她带泪的脸，说：“走吧，蠢女人，我们回家睡觉了。”

翩跹乖乖地点点头。

聂妈妈见状走过来问：“都告诉他了？没事了？”

“嗯。”翩跹感激道，“漂亮阿姨，今天真的谢谢你。”

“没什么。不早了，阿壕，赶快送她回去休息吧。”

聂壕连忙答应了。

三人在酒吧门口分别，聂妈妈让司机载着离开，聂壕则开着车带翩跹回家。

临走之前，酒吧经理还热忱地送了翩跹一瓶价值不菲的红酒。

翩跹兴冲冲地在聂壕的跑车上就把红酒给开瓶了。不过一小会儿的工夫，她就把整瓶红酒喝光了。

“你怎么这么快就喝完了？”聂壕懊悔自己刚刚没管住她，“喝那么快不难受啊？”

翩跹笑道：“不难受呀，嘿嘿嘿，我就是有点热……”

“喝那么多当然热了，赶紧进屋洗个澡，我们睡觉了。”聂壕顺势把她抱下车，稳稳地朝别墅里走去。

两人走进卧室后，聂壕想把她放下，去卫生间给她把洗漱的东西弄好，可就在一转身的瞬间，原本躺在床上说胡话的翩跹忽然抱住了他的腰。

“小妖精，我真的好热，好热……”她撒娇地说，“你帮我把衣服脱掉嘛……”

此时此刻，喝醉酒的翩跹实在是太诱人了，聂壕顿时就忍不住了，说：“我不管，我忍不到结婚了！”

翩跹困惑地问：“你在说什么呀？”

“我说我要和你滚床单！”

“好呀！怎么滚，你快点教——唔……”

聂壕吻住她的嘴唇，又顺势将这个吻滑下到脖颈。

“啊哈哈哈，有点痒……”翩跹忍不住笑道，然而就在她一扭头的工夫，却忽然发现阳台外面有两个身影。

她拍拍聂壕的脑袋，说：“小妖精，我好像看见我爸妈了，他们站在阳台上。”

聂壕刚想说那是她今天喝太多了，眼角余光一瞥，顿时吓得滚到地上去了。

阳台上还真站着两个人！

于是，翩跹的爸爸妈妈在不远万里来到地球之后，看到的第一幕就是他们的宝贝女儿和一个地球男人在床上亲来亲去的样子。

事情还得从几分钟前说起。

那时，翩跹的爸爸妈妈刚刚结束这次的宇宙搜索工作，接收到女儿发来的留言，是女儿邀请他们去一个名叫地球的星球玩的消息。翩跹的爸妈很想跟女儿聚聚，奈何他们的工作实在是太忙了，这会儿还真抽不出时间去地球，谁知就在此时，他们的飞船却又接收到了一条匿名消息。

这条消息是这么写的：

“你们辛苦养大的女儿马上要被拐跑了！这家伙无恶不作，坑蒙拐骗，已经骗倒无数天真女生！快去看看吧！别问我是谁，事了拂衣去，我要深藏身与名。”

讯息底下附带了地球的星际坐标，一张照片，还有一份资料。照片里，翩跹正靠在一个男人的肩膀上吃着烤鱼。而资料当中，则把这个搂着翩跹的男人的详细信息全都调查出来了，包括之前他有多少女朋友都写得清清楚楚。

夫妻俩顿时就着急了，就算工作再忙，也比不过宝贝女儿重要啊！于是，两人立刻请了假，开着飞船打开虫洞通道，就朝着地球进发了。

飞船很快穿过虫洞来到了地球。此刻，地球正是深夜时分，两人开启了飞船的隐身模式，将它悬停在半空中，接着便向下跳到了一幢别墅的阳台上。这里正是那个匿名人发给他们的准确坐标所在地。

然后，他们就看见自家的乖女儿正和那个叫聂壕的男人在床上亲来亲去。

在发现了夫妻俩的身影之后，这个地球男人吓得滚到了地上，然后又很快爬起来，一边帮翩跹穿衣服，一边套着自己的裤子。

翩跹妈妈愤怒地说：“我要打死这个占我女儿便宜的王八蛋！”

“哎老婆老婆，你先冷静一下！”

趁着翩跹爸爸把老婆稳住的空当，聂壕颤声问翩跹：“这真是你爸妈？”

翩跹道：“是呀，咱们不是说好邀请他们来地球玩吗，我就跟他们说了，但我没想到，他们来得如此突然！”

聂壕心底顿时一阵绝望，原本邀请岳父岳母来，是想给他们留下好印象的，谁想开场就如此糟糕，他要如何才能挽回自己在二老心目中的形象啊！

翩跹爸妈还在旁边用外星语争执，聂壕听不懂，问道：“你爸妈在说什么啊？”

翩跹有些同情地说：“呃……反正就是在讨论要不要打你的问题，小妖精，不然你还是先藏起来吧，我跟他们讲清楚你再出来！”

“那怎么行，这种时刻我不能让你一个人面对！”聂壕说，“咱们跟他们好好解释，就说我们已经在一起了，你不需要相亲。我想只要心诚，你爸妈会理解的。”

翩跹摸摸他的脸，说：“小妖精，你这么说我很感动啦，但是你又不会我们星球的话，怎么跟我爸爸妈妈说啊？如果用翻译软件的话，以我妈妈的性格，恐怕会觉得你更不真诚的。”

聂壕：“……”

对啊，他怎么把这事儿给忘了呢！为什么不抽空好好学一学玩儿星语呢！

于是，翩跹趁他发愣的时候，将聂壕塞进了衣帽间里，说：“你先别出来哦！我叫你你再出来，我妈妈脾气很大的，要是把你打骨折了就不好了！”

聂壕情不自禁地打了个哆嗦。

他把耳朵紧紧贴在门上，虽然能听到他们在讲话，然而他半个字都听不懂啊！玩儿星语在他听来，就像是一群小动物凑在一起呓语一样。

翩跹：“叽叽咕咕……哞哞……咩……”（爸爸妈妈，你们都误会了，他叫聂壕，是我的男朋友！我还没来得及告诉你们。）

翩跹妈妈：“唔嗷嗷嗷……咕咕叽叽叽……嚎嗷嗷嗷嗷……”（什么男朋友，我不同意！你现在立刻跟我回玩儿星，以后不准再来这里了！）

翩跹：“咕嗷！”（妈妈！）

翩跹爸爸："嘿嘿咩……嚷哟哟……嘟嘟唔……"（老婆你别急。咱们先听女儿把事情的来龙去脉讲清楚，再做决定好不好？你这样强行带女儿走，就不怕她难过，不怕她以后怨恨你吗？）

翩跹妈妈哼道："唔嘟嘟啦……"（那你讲讲你为什么和这个地球人在一起？）

翩跹尽量用简单又清晰的话语，将她和聂壕在一起的经过描述了一遍，还着重强调了聂壕对她有多好，这个星球有多么可爱，美食多么好吃等。

还没听完女儿的话，翩跹爸爸就两眼放光问道："真的有这么多好吃的？"

气得他老婆糊了他一巴掌，道："你的重点就是吃？我们来这儿是干什么的！"

翩跹爸爸连忙道歉："我错了老婆。"

"哼——"翩跹妈妈对女儿说，"别以为你把这个落后的星球形容得那么天花乱坠，我就会心软了！跟我走，我不许你继续待在这里！"

翩跹慌了，说："妈妈，我真的很喜欢聂壕，求求你不要带我回老家好不好！"

"谁说要回家？我带你去别的地方住！大晚上和男人腻腻歪歪，成何体统！"

果然老妈也不是完全不通情理啊，翩跹正想着，聂壕忽然从衣帽间里出来了，挡在翩跹面前说："叔叔阿姨，我知道我这么做很唐突，但我真的很喜欢你们的女儿，请你们把她嫁给我！"

说完这些话，聂壕突然朝翩跹单膝跪了下去，然后从口袋里掏出一个小盒子，打开递到了翩跹面前，认真地说："其实我本来是打算等你爸妈接受我了，再把这个拿出来的，可是我不能再等了！翩跹，我真的很爱你，你嫁给我好不好！我知道这个星球没有你家乡好，可我一定会把自己最好的东西都给你！如果你不喜欢这里了，我就陪你去你想去的任何地方！"

他虽然听不懂他们在讲什么，可是听到翩跹和父母争执的声音越来越大，聂壕猜到事情并不乐观，情急之下，他只想到这一个办法来证明自己的真心。

翩跹颤抖地接过那个小盒子，看了眼里面硕大晶莹的钻戒，把它捂在胸口说：“你……你是在跟我求婚吗？”

聂壕用力点头，深情地问：“嗯。你愿不愿意嫁给我？”

“嗷呜呜呜！”翩跹顿时号啕大哭着扑了上去，“我当然——”

但话还没说完，就被反应机敏的老妈一把给拽了回来，她捂住女儿的嘴，低头看看她手里放着石头的小盒子，狐疑地问女儿：“这男的在跟你说什么？”

机智的翩跹爸爸开启了身上自带的宇宙语言翻译软件，听完女儿和男友的对话后泪流满面道：“咱女儿被人求婚了呀老婆！手里拿的就是求婚的信物！”

“什么？”翩跹妈妈低头看了眼那枚钻戒，抓起来就扔回了聂壕怀里，气愤道，“用一块破石头就想让我女儿嫁给你，你果然是个大骗子！妲芷奈，我们走！”

“不要啦妈妈，我要嫁给他！”

“嫁个头！没有我的允许你谁也别想嫁！”

说完，翩跹妈妈就拉着她钻进了飞船里。

聂壕连忙追出来，却被她爸爸拦下了，他用十分生涩的地球语道：“别担心，我来说服我妻子。少安毋躁。”

聂壕只好退了回来，眼看飞船要飞走，他大喊道：“岳父大人那就拜托你了！我们地球有很多好吃的！你要是能说服岳母，以后我天天请你吃饭！”

翩跹爸爸双眼发亮地对他点头，钻进飞船里，飞船“咻”的一声就飞走了。

留下聂壕一个人站在阳台上望着黑漆漆的天幕发呆。他垂下头看了眼手里的钻戒，用力将它握在手心，然后拨通了冷织蕴的电话。

“嗯？小聂？你找我有事吗？”

“是，冷姐，不好意思这么晚打扰你。不知道你方不方便教我说玩儿星语？”

地球喧嚣的夜晚，翩跹一个人坐在酒店顶层豪华套间的落地窗前，抱着膝盖落寞地看着下面的车水马龙。

翩跹爸爸在女儿身边坐下低声道："你妈妈就是那个脾气，别跟她硬碰硬。她现在只是不想失去你，才一时想不通。"

翩跹说："我虽然有了喜欢的人，可我还是会永远爱着你和妈妈的啊！"

"爸爸知道。爸爸和妈妈只是有些不舍得。"翩跹爸爸笑道，"不过你放心，既然这是你的决定，爸爸一定会支持你的。"

翩跹睁大眼睛，问："真的？那你愿意帮我说服妈妈吗？"

"当然了。不过这事儿得慢慢来。"翩跹爸爸道，"我已经想好了，先让她喜欢上这个星球，再喜欢上这里的人类，最后才能接受你的男朋友。"

翩跹顿时来了精神，说："要喜欢上这个星球很容易的，爸爸！这个地方的美食超级多，比咱们老家的胶囊好吃一亿倍！你看，这是我拍的照片！"说着，她就把手机里的照片一张张翻出来给父亲看。

"哦哦，这个看着很不错啊，红红的油油的，这是什么？"

"红烧肉呀！咬一口下去，全是鲜美的肉汁，保证你吃一口就爱上哦！"

"那这个呢？金黄金黄的！"

"这个是炸薯条哦！要趁刚炸好的时候吃，超级酥脆的！"

"那这是啥？颜色好鲜艳。"

"这个是冰激凌！可甜可甜可甜啦！什么口味都有！夏天热的时候吃最好啦，小妖精给我买了好多呢，都在冰箱里放着，下次带你去吃呀！"

翩跹爸爸使劲儿吞口水，身后突然传来老婆的声音："你们两个，大晚上的不好好休息，在这里说什么呢！"

"咳咳，没什么。"翩跹爸爸连忙站起来，"走吧老婆，我们去休息了。"

可是翩跹妈妈是多么敏锐的人，她朝女儿伸出手道："把你手上那个落后的通讯工具给我。”

翩跹说：“不要啦，妈妈，你都不让我出门了，还不能让我留着它吗？”

“留着它让你告诉你那个男朋友你在哪儿吗？我有那么傻吗？”翩跹妈妈道，“快点给我！”

翩跹扁了扁嘴，啜泣着把手机上交了。

“好了，快回你的房间睡觉了。”翩跹妈妈指挥道。

翩跹只好揉着眼睛朝自己的房间走去，门外，翩跹爸爸有些无奈地问妻子：“老婆，你会不会对女儿太严厉了？以前你从来不会发这么大的火的。”

“我有什么办法，谁让她闯这么大的祸！一声不吭就谈个人渣男朋友回来，我再不好好管一管，谁知道下次她还能做出什么事！”

“你都没跟人家小伙子说几句话，怎么就断定人家是人渣了？”

“我说是就是！你不准反驳了！”

翩跹爸爸只好叹了口气，道：“好吧不说了，咱们休息吧。”

两人走进酒店卧室，翩跹爸爸趁机拿着女儿的手机给妻子看那些美食图片，道：“你看老婆！这都是地球上的美食哦！女儿说每一种都特别好吃，所以其实这个星球还是有可取之处的，你就不想尝一尝这些食物吗？”

妻子给他一个白眼：“不想，你以为我是你吗？快点睡了！”

“好吧。”翩跹爸爸故意把手机放在妻子旁边，然后背过身假装自己睡着了。

没过多久，他就感觉到睡在身后的妻子动了动，将女儿的手机拿了起来。凭借聪慧的大脑，翩跹妈妈很快就搞明白了这个叫手机的东西该怎么用，于是她点开了相册，看到了丈夫刚说的那些美食图片。

她带着鄙夷的神色一张一张翻过去，然而等她看完这个相册时才发现，她的口水都已经流到枕巾上去了。她连忙擦掉了口水，气愤地把手机扔回原处，哼，可恶的地球人，别以为用几道菜就能骗到她了！她是绝对不会心软的！明天一早她就和丈夫对这个星球进行考察，一旦发现不好的地方，她就带女儿离开这里！

想完这些，翩跹的妈妈便咽着口水进入了梦乡。

旁边的丈夫等她全然入睡了，才悄悄拿着手机走出卧室，敲了敲女儿的房门，将手机递给翩跹：“快跟你的男朋友联系一下吧，别让他担心。”

翩跹感激地说：“谢谢爸爸！”

“嘘！”

爸爸比了个噤声的手势，又轻手轻脚地回他的卧室去了。

翩跹连忙拨通了聂壕的号码，那边很快就有人接了，聂壕急切担忧的声音传了过来：“翩跹！你没事吧？你现在还在地球吗？”

“在的，我没事，你不要担心。”翩跹心里又暖又酸的，吸着鼻子说，“爸妈带着我暂时住在一家酒店里啦，他们跟我说，要从明天开始对地球进行考察，如果觉得这里符合他们的期望，才愿意考虑一下我和你交往的事情。”

聂壕顿时紧张起来，问：“他们有没有说要怎么考察啊？”

“没有耶，妈妈不肯告诉我。不过爸爸站在我们这边哦！我想他会偷偷跟我透一下口风的！”翩跹委屈地说，“人家现在好想你哦，没有你的怀抱我都睡不着，可是妈妈不让我见你，呜呜呜，怎么办，我好难过哦。”

聂壕不禁轻笑一声，想到了策略，道：“你把视频通话打开。”

翩跹眼睛一亮，连忙打开通话，顿时就看见了那个她深爱的人。

“呜呜，小妖精，好想你！”翩跹凑上去在屏幕上亲了几口。

聂壕也隔着屏幕吻了吻她，道：“我也想你。眼睛怎么红了？哭了吗？”

翩跹不想让他担心，便避过了这个话题，道：“没什么啦。你躺在床上吗？”

“没有，在书房呢。在担心你，又在想以后该怎么办，所以睡不着。”聂壕回答。

翩跹嘟着嘴说：“不行不行，都这个时间你该睡觉啦！快听我的话到床上去。”

“好好，都听你的。”聂壕听话地来到卧室里，躺在那张平时他和翩跹一起睡的大床上，摸着她平时枕着的枕头说，“好了，好了，我躺下了。”

翩跹也躺在床上，聂壕勾唇一笑，说：“把手伸出来。”

“嗯？干什么呀？”翩跹听话地伸出手。

只见屏幕那边的男人拿出了那个装钻戒的小盒子，低声道：“本来想把这个给你的，可是被你妈妈扔回来了。没办法，先勉强这样戴一下吧。”

说着，他便把戒指贴在了屏幕上，翩跹心领神会，将手指贴上去，覆盖在了那枚硕大的钻戒上。

“睡吧，晚安，我爱你。”聂壕如是说。

“我也爱你，晚安。”翩跹如是回答道。

尽管前路未明，心中忐忑不安，可是两人却都带着幸福而坚定的笑容，就这么对着屏幕对面的那个恋人，渐渐进入了梦乡。

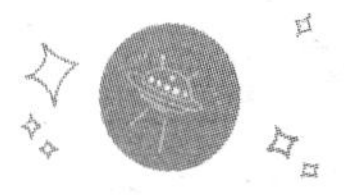

第十三章
打动

Chuangguo Guangnian

Aishang Ni

第二天一大早，翩跹妈妈醒来后伸手去摸枕头旁边的手机，然而枕头边却是空的。她立刻就明白了是怎么回事，瞪了一眼还在睡梦中的丈夫，起身走到女儿的卧室里，正想训斥她，却被她的动作吸引住了。

只见女儿侧身睡在大床上，一只手紧紧攥着她的手机，另一只手则贴在手机屏幕上，嘴角还带着甜蜜的微笑。

翩跹妈妈走到床边低头仔细一看，才发现手机屏幕亮着，女儿正在通过手机和人进行视频通讯，屏幕的另一边正是她昨天才见过的，她宝贝女儿的男朋友。

聂壕也保持着侧身而睡的姿势，一只手也贴着屏幕，手里拿着一枚钻戒。

哼，这两个笨蛋，难道就保持着这样的动作睡了一夜吗?

翩跹妈妈从女儿手里抽出手机关掉屏幕，女儿立刻就醒了。

翩跹想把手机拿回来，她妈妈却说："好啊你，和你爸爸联合起来气我是不是！"

翩跹委屈地说："我就是想跟他说说话而已啦！妈妈不爱我了！对我那么凶！"

翩跹妈妈看着她泛红的眼角，终于妥协了些，将手机还给她："可以跟他联系，但在我做出决定之前，你不许跟他见面。"

翩跹连忙拿过手机，用力地抱住母亲说："呜呜呜，就知道妈妈对我最好了！"

翩跹妈妈笑着揉女儿的头发，道："现在知道我对你好了，那刚刚是谁声泪俱下地说我不爱她了啊？"

"我那是在撒娇嘛！"翩跹靠在母亲怀里脸红地说，"妈妈，我知道你对这个星球，对聂壕全然不了解，可是我请你相信我，他真的是个好男人，地球也是个很温暖的地方。"

"我会慢慢体会的。"翩跹妈妈摸了摸女儿的脸，"晚上没睡好吧？黑眼圈都出来了，再去睡一会儿，我和你爸爸出去考察，下午就回来。"

"好……好吧。"

等妈妈出去洗漱之后，翩跹爸爸也进来了，低声问："怎么样，你妈怎么说？"

翩跹兴奋地说："不知道为什么，妈妈好像没有昨天那么反感地球了呢！"

翩跹爸爸得意地笑道："嘿嘿，看来昨晚把美食图片给她看这个决定是正确的。"

"可是爸爸，我不能陪你们出去，妈妈万一误解了这星球上的人怎么办？"

"别急，爸爸我已经想到好办法了。"说着，翩跹爸爸从口袋里拿出他昨晚偷偷买的手机，"咱们用这个社交软件加个好友吧女儿！接下来，就看老爸我的！"

十分钟后。

聂壕的三个好哥们齐齐发现自己被聂壕拉到了一个名叫"地球考察大作战"的聊天群里。群里除了聂壕、翩跹，以及他们三个之外，还有一个陌生账号，众人正要问这人是谁，就看到那人发消息道："大家好，我是欧翩跹的父亲。"

沈炽："欧叔叔好，我们是您女儿男朋友的铁哥们。"

陈鹰："再通俗点讲就叫'损友'。"

聂壕："喂你们几个，好好的，别给我捣乱！"

孙相挚："那聂哥你倒是告诉我们为什么拉我们进群啊，你们两个秀恩爱还升级了是不是，隔空发照片示爱就算了，现在还要拉我们进群逼我们吃狗粮？"

聂壕："这回是有重要的事拜托大家，只要这回大家帮我解决这件事，我聂壕，必有重谢！"

沈炽："如果我们不配合，你是不是还有一百种方法让我们活不下去？"

孙相挚："哈哈哈哈哈！"

陈鹰："哈哈哈哈哈！"

聂壕："如果你们再捣乱，我现在就让你们活不下去！"

沈炽："咳咳，好了好了，说吧，又有什么事麻烦我们？"

聂壕："翩跹的爸妈从老家过来看她了，但是岳母大人对我不是很满意，对咱们这个地方也不满意，为了赢得岳母大人对我的欣赏，我需要兄弟们帮忙啊！"

陈鹰："聂哥你说，具体怎么做？"

聂壕："因为岳母大人现在对我不太喜欢，所以我不方便出现，半小时后，岳父就要陪着岳母出门逛街了，你们就悄悄跟在他们身后，只需要做两件事就行！第一，找准时机跟他们提起我，把我形容得越完美越好；第二，尽量让他们感受到来自地球人的温暖！这么简单的小事我相信你们很轻易就能做到的！"

孙相挚："呃，我们三个偷偷摸摸跟在二老后面，会不会被当成神经病啊？"

翩跹爸爸："不怕，有我当内鬼，肯定能忽悠住我老婆。"

翩跹："呃，爸爸！是内应啦！"

翩跹爸爸："抱歉，你们地球的词汇真是丰富呀，我一时之间还不能掌握好。"

陈鹰："哈哈，不愧是嫂子的老爸，说话语气都一模一样的。"

聂壕："咳咳，不说这些。我把他们的坐标发给你们，接下来的事就拜托了！”

沈炽：“没问题。”

孙相挚：“这就从家里出发。”

陈鹰：“聂哥放心，你的终身大事哥们几个一定帮你搞定！”

翩跹看完群里的消息，给聂壕发私聊：“小妖精你现在在哪里，去上班了吗？”

聂壕：“没有，今天不去公司，有点别的事要做。”

翩跹：“什么事情呀？”

聂壕：“秘密。等我能做到了再告诉你，想要给你一个惊喜。”

翩跹：“哼哼，小妖精，那我期待着哟！”

聂壕又和恋人黏糊了几句，才依依不舍地放下了手机。此刻，他正坐在冷织蕴开的咖啡厅里。

几分钟之后，冷织蕴从咖啡厅后的休息间走出来，手里还抱着一沓打印纸，“砰”的一声放在聂壕面前，道：“这些是我们星球语的基本词汇，为了你学起来方便我全都打印出来了。不过你确定你要学吗？我们的文明比较发达，语言学起来没那么容易的，估计要花很长时间呢。”

聂壕重重点头道：“为了翩跹，我一定要学。我要学好他们的语言，才能向她爸妈证明我是真的爱她，才可以和他们好好交流。”

冷织蕴感慨：“翩跹运气真好。唉，我怎么当初就没遇到你这样的男人啊！不仅如此，还偏偏遇到一个和我睡了一觉就跑的！我到底哪里差啊！”

聂壕安慰她道：“别这么想，冷姐，或许属于你的那个人还没出现呢。”

冷织蕴笑了笑，说道：“你这小子还挺会安慰人的，行吧，不说闲话了，为了你和翩跹的幸福，咱们现在就开始学吧！从最简单的音节开始！”

“好！”

两人很快进入了认真地教导和学习中去，因此他们都没发现，咖啡厅对面二楼的落地窗边，正站着一个神情冷漠的男人。看见冷织蕴和那个男人有说有笑，男人猛地捏碎了手里的玻璃杯。

该死的家伙，都给你教训了，你还是不知道死心？好，既然你想脚踏两条船，我就让你那对外星岳父母知道你在劈腿！

男人一边想着，一边低头看了眼手腕上的手环，上面的数字在不断变化，这是一个倒计时，这一刻它清晰写着："距离您的试炼结束还有17天13时23秒。"

男人叹了口气，看了看时间，又看了看街对面那个他日思夜想的女人，不禁在心底迫切希望这个倒计时能赶快走到尽头。

"老公，我们该出发了。"翩跹妈妈站在酒店房间的门口，对仍坐在沙发上的丈夫说道，"你一直拿着那个地球落后的通讯工具干什么呢？"

"没什么没什么，我来了。"翩跹爸爸连忙跟上她，一边朝外走一边问，"老婆，咱们先从什么地方考察起呢？"

妻子回答道："先随便在街上走一走，看看他们的治安和卫生环境怎么样。"

翩跹爸爸连忙趁妻子不注意的时候把这个消息在群里传达给了三个"战友"。

夫妻俩手牵手走出酒店之后，守在外面的沈炽三人立刻跟了上去，沈炽和陈鹰装作若无其事地走在他们身后，孙相挚则开着跑车慢慢前进。

一开始，似乎一切都很顺利。

繁华的街道十分干净，路上的行人也都很讲礼貌，翩跹爸爸夸赞道："老婆你看，地球人素质还是很高的。"

翩跹妈妈正想回应，一个路过的行人突然把熄灭的烟头扔在了地上。陈鹰大惊，一个箭步冲上去，将烟头捡起来扔进了垃圾箱里，大声对着空气说："那个人真是的，其实我们这儿的大多数人都是非常讲文明懂礼貌的。"

翩跹妈妈盯着他看了一会儿，冷哼了一声，二话没说，接着往前走了。

陈鹰擦了把冷汗，在群里发消息："烟头已消灭！突发状况被我完美解决！"

聂壕："多谢！红包请注意查收。"

陈鹰晒了个红包截图，是6666元，高兴地说："哈哈哈哈，聂哥不愧是聂哥，就是壕！"

孙相挚顿时坐不住了，说："我不要坐在跑车里了，我也要去捡烟头！"

三个人跟着翩跹父母走了好几条街，捡了好几条街的垃圾，翩跹妈妈才停下脚步，揉了揉肚子说："我需要补充点能量。"

丈夫赶忙指着旁边那家餐厅说："老婆，老婆，今天我们就不要吃胶囊了，尝一尝地球的美食吧！难道昨天给你看的那些照片不让你心动吗？"

"我当然没有心动，你以为我是那种意志力薄弱的人吗？"翩跹妈妈一边说一边望着餐厅咽口水，"不过为了帮女儿考察环境，我可以勉为其难进去吃一次。"说着，她就拉着丈夫朝前方的餐厅飞奔而去了。

群里，沈炽对翩跹爸爸道："叔叔莫慌，那家餐厅我家里有股份，一定给你们无微不至的服务，让你们享受最棒的美食。"

翩跹爸爸："哈哈哈哈，那就麻烦你啦小沈！"

沈炽："这怎么是麻烦呢？为了聂哥和嫂子的幸福我一定会尽力的。@聂壕"

聂壕："红包请注意查收。"

沈炽："6666！谢谢土豪！"

孙相挚："我也要红包呜呜呜！嫂子你快出来评评理啊，他们都欺负我！@欧翩跹！"

翩跹："不哭不哭，我也给你发红包！"

孙相挚："哈哈哈，也是6666耶，还是嫂子好！我要做嫂子的脑残粉！"

聂壕："滚蛋，我女人的粉丝只能有一个，那就是我！你一边儿玩去！”

收到了红包的孙相挚心情大好，连忙和陈鹰他们一起尾随翩跹爸妈走进餐厅，坐在离他们不远的餐桌上，打算趁二老吃饭的时候给翩跹妈妈灌输一下“聂壕是个好男人”的想法。

同一时刻，聂壕家门外。

斑烈峻提着一袋零食，帅气而霸道地站在别墅外小道的树荫下，没注意到不远处一棵大树后有个姑娘在偷偷观察他。是的没错，这姑娘正是陈鹰他们专门派来扰乱斑烈峻计划的。

斑烈峻按了门铃，别墅里却没有回应。他顿时奇怪了，去聂壕那家伙的公司找翩跹没找到，他以为翩跹回家了就折返回来，谁想家里也没人？

该不会是聂壕知道是他敲门，所以故意不开吧？

想到这里，斑烈峻抬腿一脚就踹开了别墅的大门，在警报声中大踏步走了进去。

他大声喊道：“翩跹！你在不在？我给你带了很多好吃的！”

然而很遗憾，别墅里没有任何响动，看来她是真的不在，那么她和聂壕到底去了哪里？斑烈峻带着疑惑走出大门，旁边忽然传来一个女子的尖叫：“哎哟！”

他抬头一看，发现有个姑娘摔倒在了路边，脸色惨白地捂着自己的脚踝，看向他，用柔弱的嗓音道：“这位先生，我摔倒了脚好疼，能不能请你扶我一下？”

斑烈峻朝她走过去，伸出一只手给她，姑娘搭着他的手试图站起来，却很快痛呼一声坐回地上，道：“不行，我应该是脱臼了，可不可以请你帮帮我？”

姑娘露出自认为妩媚怜人的神情，巴巴地看着他，心想等着这个男人送自己去医院，两人擦出火花，她就能顺利地完成这个勾引他的任务了……

谁想斑烈峻忽然蹲下说：“帮你是吧？可以！”

接着，他就在她还未反应过来的时候伸手抓住了她的脚踝，用非常专业的手势用力一扭，姑娘的脚踝处顿时传来“咔嚓”一声。

斑烈峻微微张大嘴，道：“啊，糟糕，忘记控制力度了。”

姑娘在愣怔了两秒之后发出鬼号：“嗷嗷嗷你是不是有毛病啊！我腿断了！”

对于玩儿星语的学习明明才刚开始一个早上，聂壕却感觉像经历了一个月那么漫长和疲惫。他瘫坐在咖啡厅的椅子上，满脑子都是那些外星语言符号和发音。

冷织蕴走过来递给他一杯咖啡，很理解地说：“休息一下，明天再学吧。你已经很厉害了，才花了半天时间就掌握了这么多基础发音，我现在算是明白翩跹为什么喜欢你了，原来你也没有表面看上去那么玩世不恭。”

“多谢冷姐夸奖。”聂壕笑了笑，喝了一口咖啡，然后便开始整理东西。

冷织蕴问：“这就要走吗？不再多休息一会儿？我不着急营业，没事的。”

“不行，我报了一个烹饪班，距离这里有点远，必须现在就出发才赶得上。”

冷织蕴很快明白了，问：“是为了翩跹才报的吧？”

“嗯，现在她爸妈也来了，我总得学着做一桌子像模像样的菜才能招待他们。”聂壕很认真地说，“那我走了冷姐，明天还是这个时候过来找你。”

“嗯，加油吧。”

望着聂壕带着十足的干劲儿走出咖啡厅，冷织蕴心底却很是低落。有比较就有伤害，翩跹的男友为了能够被她父母所接受，做出了那么多努力，可是她曾经喜欢的那个人现如今却消失无踪。同样都是地球男人，为什么差别就那么大呢？

想到这里，一向坚强洒脱的冷织蕴不禁微微红了眼睛。但她很快平静下来，虽然心爱的男人离开了，可说不定就像聂壕说的，那个对的人还没有出现呢？

脑海里传来父母的通讯请求，冷织蕴像往常一样拒绝掉了。并非她冷漠不近人情，而是她根本无法和父母沟通。冷织蕴在玩儿星的时候，生活在一个富裕的大家庭里，她的父母对于孩子的教育非常看重，期盼自己的孩子能为这个星球的发展做贡献。

其他几个哥哥妹妹都按着父母的话做了，从不像其他人一样玩网游，可冷织蕴偏偏是个异类，父母不让她做什么她就偏要做什么。她在网游里认识了很多朋友，后来一个名叫《冒险吧宇宙》的网游火起来，冷织蕴就随大流一起去玩。但怎知，最后她抽到的终极任务却是让一个异星球的人类爱上自己。

然而和石徵一天天的接触当中，她却渐渐迷恋上他工作时认真的神情，他冷漠表情下暗含的温柔，还有他对自己任性脾气的包容……

这么多年来，为了达成父母的期望，冷织蕴被迫做了一些自己并不愿意的事情，而石徵是第一个对她说“无论你想做什么我都支持你”的人。她喜欢上了这个给自己自由的男人，喜欢上了这个让自己感到自由的星球。

最后，《冒险吧宇宙》对她来说渐渐变得不重要了，而石徵则变得很重要。她想要告诉他真相，然而他没有再给自己那个机会，那天晚上两人的相拥而眠，是他最后残忍的温柔。从此以后她再没有在这个星球上听过他的消息。

冷织蕴知道一开始是自己先骗他的，是她做得不对。可是难道连个解释和道歉的机会都不给她吗？她不禁气愤地从休息间里拿出一个巨大的娃娃，挥舞着拳头打了它几拳泄愤，那是以前她和石徵一起参加美食挑战赛获得的奖品。

冷织蕴打了几下又舍不得了，把娃娃抱在怀里小声说：“对不起，不是故意的，以后不会打你了。”

街对面的石徵就这么站在窗口，清清楚楚地看着冷织蕴的一举一动，内心因为她红彤彤的眼眶而跟着抽痛。

当他看见她搂住那个娃娃时，终于忍不住朝外走去，然而就在他跨过大门的刹那，手腕上的手环忽然发出一阵电流，把他整个人电麻在原地动弹不得。

这股电流并不达到伤害人体的程度，却也让他无法接近他无数次想靠近的那个女人，石徵咬牙切齿地低头看向手环，倒计时上方多了一句话：“时限未到，请和目标人物保持一定距离，谢谢合作。”

“该死的！”他忍不住一拳砸到门上。

餐厅里，翩跹爸妈已经开始用餐了，三人组对视了一眼觉得时机不错，便开始照他们刚刚排练好的对话唱双簧。

陈鹰：“对了，咱们市那个做生意的聂家，你知不知道啊？”

孙相挚：“当然知道了，那对夫妻经商了得，人品也好，在全市都很有美誉呢。不过你忽然提起这个做什么？”

陈鹰：“我是想说他们的儿子，聂壕！这儿子也是青出于蓝啊，他年纪轻轻就自己创建了公司，而且最近都成功上市了，你说厉害不厉害！”

孙相挚：“厉害啊！你一说我也想起来了，我在网上见过这个聂壕的照片，那真是一表人才啊！哪个姑娘要是能嫁给他，后半辈子肯定特别幸福吧。”

陈鹰：“这你就有所不知了吧，聂壕现在已经有女朋友了！虽然他以前有一段浪子生活，但自从遇到他现在的女友，人家可真是浪子回头了。一开始我也不信，男人嘛都一个样，怎么可能改变本性呢？但你猜怎么着？”

孙相挚：“怎么着？”

陈鹰：“人家还真的不花心了！现在每天和女朋友黏在一起，简直是十足的模范忠犬老公啊！唉，让我自愧不如。不过也不奇怪，他的女朋友据说又可爱又大方，简直堪称完美，这么好的姑娘他当然知道要珍惜了。”

孙相挚：“天啊，有钱有颜，还对女朋友忠心无二，这聂壕简直是人生赢家啊，你说是不是啊沈哥——”

接下来本来轮到沈炽用看似客观实则夸赞的口吻做总结陈词了，然而两人齐齐看向沈炽，却发现他一脸冷漠，孙相挚小声提醒他：“沈哥，该你了！”

但不等沈炽说话，两人背后传来了翩跹妈妈冰冷的声音：“不，现在该我了。”

陈鹰吓得把盘子里的牛肉给戳出去了。

孙相挚颤抖地回过头，试图做最后的挣扎，道：“你好，你有什么事吗？”

“哼。”翩跹妈妈冷冷扫了他一眼，“按地球人的话来说，你们三个，应该是聂壕请来的‘托儿’吧？”

沈炽默默地低下头，在群里发消息：“@聂壕，恐怕要让聂哥失望了。”

聂壕：“怎么了？”

沈炽：“我们三个的计谋被翩跹妈妈识破了。我辜负了聂哥对我的期望，没脸继续在群里待下去了，我先退群了。”

陈鹰：“我也先退群了。”

聂壕：“退你妹，先把红包还给我啊你们这群浑蛋！”

餐厅内寂静无声。

此刻，翩跹爸妈坐在沈炽三人组面前，和对方进行着无声胜有声的眼神对决。

孙相挚和陈鹰都慌了，唯有沈炽淡定地和翩跹妈妈对望，好像完全没有被她身上那强悍的气场所影响。孙相挚和陈鹰对视一眼，不禁激动地想：果然关键时刻还是得靠沈哥啊！一定要稳住，千万不要被嫂子妈妈的气势给吓住，不然聂哥的红包就得还回去了！

果不其然，只见沈炽微微一笑站起身来，温柔地对翩跹妈妈说道：“这位女士，我们三个只是在这里吃饭，不知道你刚刚说的话是什么意思呢。”

其余兄弟俩感动得眼泪都快下来了，然而说完这句话后，沈炽忽然以八百米冲刺的速度朝餐厅门口跑去，还大声喊道：“全都是他们两个的计谋，我是无辜的！”

孙相挚和陈鹰顿时两口老血喷出来，然而翩跹妈妈抬手将桌子用力一拍，怒喝道：“给我回来！”

已经冲到门口的沈炽只能刹住脚步，望着外面明媚而繁华的大街，忍不住流下了两行难过的泪水。再见了，这个美好的世界……

孙相挚上去一脚把他踹翻在地，怒道：“原来最靠不住的就是你！亏我俩还那么信任你！”

陈鹰也悠悠上前，指着他对翩跹妈妈诚恳道：“他是主谋。”

沈炽立刻反驳：“什么主谋，这事儿明明是我们三个一起想出来的，你们别想让我一个人承担来自阿姨的怒火！”

眼看三个人玩起了推锅游戏，翩跹妈妈再度怒拍桌子，道：“都给我安静，吵什么吵！”

三个人顿时闭了嘴，乖巧无比地看着翩跹妈妈。沈炽果断转换策略，崇拜地说：“不愧是嫂子的妈妈，智商就是高！一眼就看穿了我们的小伎俩！”

“哼，别以为你三言两语就能打动我。”但翩跹妈妈并不为之所动，“聂壕出了多少钱让你们来做这件事？”

孙相挚不敢再隐瞒，全交代了：“我们每人收了6666的红包。”

“才6666，你们就出卖了自己的灵魂，为一个渣男说好话？”

最不怕死的陈鹰听了这话，顿时有点不服气了，他严肃地说道：“阿姨，我们的确收了聂哥的红包，但是这并不是我们为他说好话的理由。”

翩跹妈妈凌厉的目光刺向他，问：“那你倒是说说，你的理由是什么？”

“是因为他是我的好兄弟。”陈鹰淡然道，“我们几个都是初中就认识了，我承认，聂哥以前的品行确实不怎么样，对谈恋爱更是很随意，但自从他认识嫂子以后真的改了。再有，我们几个都很尊敬嫂子，不可能把她往火坑里推。”

沈炽也接着说：“没错。我们今天的行为看起来可能特别滑稽，但这正是聂哥为了让二老接受他而做出的努力啊！难道你们就一点都不感动吗？”

这回翩跹妈妈的语气柔和了些：“我有什么感动的，我又不是我那傻女儿。”

沈炽问：“那么您究竟想让聂哥如何做，才肯相信他对翩跹是真心的呢？”

孙相挚也说：“是啊，您究竟怎么样才肯满意呢？现在你们把嫂子和聂哥刻意分开，他们连面都见不了，现在都什么年代了，哪有这样的啊！”

翩跹爸爸低声帮腔道：“是啊老婆，你想想，咱们是从什么地方来的？竟然还用这种原始的手段阻止女儿恋爱，传到宇宙里，会被笑话的。”

翩跹妈妈的神情中带了点犹豫不安，叹息道：“我永远不会满意的。我的宝贝女儿这么可爱，就算她找到全宇宙最好的丈夫，我都没办法满意。”

“老婆，其实你现在只是因为女儿忽然谈恋爱了，心理失衡罢了。等过段时间就好了。”翩跹爸爸连忙说。

三人组也连忙点头附和。

翩跹妈妈像是在问自己又像是在问他们：“真的过段时间，就能好吗？”

“当然可以了，您现在不要把全部精力都放在这上面，去做点别的事情放松心情，肯定很快就好了。”沈炽道。

陈鹰也说：“是呢是呢，比如做做运动，去附近的景点玩一玩什么的。”

“唉……”翩跹妈妈长叹出一口气，“好吧，既然这样……”

“您就同意他们在一起了？”沈炽接腔道。

“哪有那么快！”翩跹妈妈瞪他一眼，“我允许他们见面了，至于这小子到底如何，我还要慢慢观察。”

三人舒了口气，心想虽然没达到最终目的，但总算是有点进展了。最重要的是他们的红包保住了，耶！

“至于你们刚刚提到出去玩一玩这个建议，我倒是很感兴趣。”翩跹妈妈敲着桌子说，“这附近有什么好玩的地方啊？”

孙相挚立刻说：“近一点有游乐场，新开业的，听说特别热闹好玩呢！”

翩跹妈妈说：“既然如此，你们三个就陪我们一起去玩吧。”

三人组：“……”

陈鹰给了孙相挚一拳，道：“让你提游乐场！陪吃就算了，现在还要陪玩！我堂堂一个富二代变成什么了我！”

孙相挚捂着肚子说：“出去玩这个建议是你先说的啊，我只是细化了一下！”

“好了，你们两个别吵。这是为了聂哥和嫂子的幸福所做的努力，我当然愿意陪着叔叔阿姨去。”沈炽用特别高尚的语气说，然后立刻转头在群里发消息——

“@聂壕，阿姨同意让你们见面了，但是她还要慢慢观察。她现在让我们三个带他们去游乐场玩，聂哥你看着办吧。”

聂壕：“好兄弟！你们注意查收红包！”

于是收到了大红包的三人组开开心心带着翩跹爸妈去游乐场玩耍，而翩跹也终于有了出门的自由。

不过小妖精还在给她准备惊喜，暂时不能去找他，那她做什么好呢？翩跹正想着，就接到了上官的电话：“翩跹，你没事吧？我听冷姐说你爸妈来地球了？要拆散你和聂壕？”

“哈哈哈，已经没事啦，不用担心！”翩跹开心地说，“你找我有事吗？”

“确实有件很重要的事，我已经考虑很久了，想来问问你的意见。”上官说，“就是不知道现在你方不方便……”

“当然方便啦！你是我的好朋友呀！你说，是什么事？”

她听见上官做了个深呼吸道：“我想像你一样，告诉涟凝我是外星人。”

午后，翩跹按时赶到了和上官约定好的见面地点——冷织蕴的咖啡厅。

“冷姐姐！”她一进门就冲过去抱住了冷织蕴，“下午好呀！”

冷织蕴笑她：“瞧你这春风满面的样子，怎么，你妈妈同意你和聂壕交往了？”

“还没有，不过我想快啦！”翩跹在窗边的位置坐下问，“上官人呢？怎么还没有来？”

“在路上，应该很快就到了吧。”冷织蕴递给她一杯刚刚调好的咖啡。

话音刚落，门外就传来了摩托车的轰鸣声，上官将车在门口停下，摘下安全帽走进咖啡厅里，他穿着机车夹克，里面是简单的白T恤，下身则穿着做旧牛仔裤，头发修理成了十分清爽潇洒的造型，再配上他一贯清冷的神情，远远看去，就像购物商城墙上的男模一样吸引人。

冷织蕴赞道：“哎呀呀呀，几天不见，你这小子……怎么好像又变帅了。”

上官认真地说：“为了今天的重大时刻，我特意将自己打扮了一番才来的。”

翩跹也夸赞道：“涟凝肯定会被这样的你迷倒的！”

上官听了，非但没有感到欣喜，反而紧张起来，他坐在两个姑娘对面，说：“我虽然已经决定要告诉涟凝真相了，但是对该怎么告诉她，我一点头绪都没有，所以想请你们帮我出出主意。”

翩跹举手道：“我已经想到一个超级棒的办法啦！”

上官连忙道：“什么办法，你说？”

“嘿嘿嘿嘿……”翩跹得意一笑，压低声音道，“晚上我们请涟凝一起吃饭，给她买一大桌好吃的，趁她吃得开心的时候，你大喊一声‘其实我是外星人’，她当时只顾着吃，肯定就接受这个真相啦——哎哟！”

冷织蕴捏着翩跹的小脸道：“你以为涟凝是你？吃的时候智商急速下降？”

“哎哟哟，我知道错了，姐姐不要捏了，我的脸要被你捏坏啦！”翩跹眼泪汪汪地挣扎着。

冷织蕴这才放开她，在她嫩嫩的小脸上揉了揉，才说：“虽然你这个方法蠢得没边，不过其中一点我还是蛮赞成的。”

“什么呀？”

“请她吃饭，吃饭是地球人交流感情最有效的方法之一，想必对钱涟凝也适用。除了这个，你要准备好台词，不然到时候一慌，话都说不出来就惨了。”

上官点头道：“台词我已经准备好了，我说一遍，你们听听看行不行。”

“嗯嗯！快讲快讲！”翩跹激动地看着他。

上官面无表情地说：“涟凝，我今天有三件重要的事要告诉你。首先，我很喜欢你；其次，我是外星人；最后，我们交往吧。”

冷织蕴一巴掌把他拍到桌子上，道：“你是想气死我还是想气死我啊？这么跟她说有用就怪了！你跟我说实话，你和翩跹到底是不是亲兄妹，我看你们俩的情商都是一个模子刻出来的！”

上官揉着脑袋，说：“其实我准备了一个比较长的版本，但是我怕太啰唆了，精简后，就剩下这三句话了，这就是我最想要表达的观点啊。”

“那也不能直接这么说啊，要有铺垫的！”冷织蕴一脸恨铁不成钢的表情，“好了好了，听你们说简直就是浪费时间，我直接告诉你怎么做，你照着我的办法做就行了，保证万无一失！”

上官激动地说：“谢谢冷姐！”

冷织蕴轻轻一拍桌子，道：“走吧，现在就开始行动！上官，你打电话约钱涟凝出来；翩跹，你负责订大餐；我嘛，就负责布置上官坦白的场地……对了，你想好在哪里跟她坦白了吗？”

上官沉思片刻，应道：“就在我家里吧，我觉得那里气氛能轻松一些。”

“好！行动开始，为了上官的幸福，大家都要加油！”

三个小时后，傍晚时分。

涟凝在接到上官的电话后，带着雀跃的小女生心情朝他家进发。自从那天上官邀请自己去他家玩过之后，两个人的关系就比从前近了很多，他们经常一起出去吃饭散步，或者和他坐在夜色下欣赏着头顶无垠而灿烂的星空。

一切都很美好，只除了一点，让涟凝每次想起就有点不开心。

那就是上官至今没有跟她表白过。

其实涟凝要的很简单，只要他认真地对自己说一句“我喜欢你”，这样她就可以告诉所有人他是自己的男朋友。然而上官一直没有行动。按她对上官的了解，她觉得他肯定不是那种优柔寡断没骨气的男人，那他为什么不肯表白呢？

她不想继续这种忐忑不安的心情了。

于是此时此刻，从出租车里下来的涟凝看了眼停在不远处的游艇，努力做了个深呼吸，鼓起勇气道：“罢了，不等了。干脆就让我先表白好了。”

她握紧拳头，快步朝游艇走去，然而就在她踏上游艇的一瞬间，四周忽然亮起了无数彩色的小灯。涟凝一步步走上甲板，看见中间摆了一张放满美食的桌子，而上官就站在桌子旁边认真严肃地望着她。

她的心不禁怦怦直跳！他是不是要跟自己表白了？

果然，上官说：“涟凝，我今天约你来，是有三件很重要的事要告诉你。”

涟凝忍不住激动地红了眼眶，但她很快发现有哪里不对……

什么叫“三件”重要的事？表白不就一件事吗？

许是发现了她的疑惑表情，上官解释道：“这三件事，我可能无法全部告诉你，因为这要取决于你听见第一件事后的态度。”

涟凝担忧起来，问：“是你出了什么事吗？只要我能帮上你，我一定……”

上官温暖地笑了笑，说：“我没有出事。我是想告诉你关于我的一个秘密。”

“……嗯，你说？”

上官看向广阔的海面，轻声道：“你还记不记得我们第一次见面时的情景？”

“记得。”

“那你还记不记得，我当时问了你一个什么问题？”

涟凝嘴角不禁浅浅地勾起，道：“记得呀。那天我从你身边路过，你忽然问我相不相信你是外星人，我就是在那时发现你的演戏天赋的！”

“可如果我告诉你，那天我并不是在演戏，而是在说真话呢？”上官捏紧了拳头，终于说出了那句话，“涟凝，我不是地球人。”

涟凝怔了两秒，刚想说话，却见上官按动了一下手腕上的手表，紧接着，那个她见过无数次的UFO道具就从不远处的海里升了出来！

“没错，这不是我做的道具，这是我们星球的交通工具，在你们地球上，你们把它叫作车。”上官一边说，一边操控UFO朝他们缓缓飞过来。

涟凝条件反射地朝后退了半步，但没有接着再退，而是神色复杂地看着上官，过去他那些略显怪异的行为，顿时全有了完美的解释！

“你……真的是……”

“对，我是外星人。”上官微微垂下双眸，“对不起，现在才告诉你。就像你写的剧本一样，我就是那个外星人主角，隐瞒自己的身份和人类一起生活。我知道你现在很害怕，但请你相信我，我绝对不会伤害你。”

涟凝双腿发软地坐在了甲板上，问：“那你为什么来地球？”

“我们星球的人大多数都很喜欢玩网游，我也是其中之一。我玩的其中一个游戏，需要我来地球完成任务，因此我遇见了你。”上官顿了顿才说，“但我没想到，后来我会慢慢爱上你。”

涟凝的心不禁跟着最后那三个字抽痛了一下。他终于说了，可她怎么也猜不到，自己想要的表白竟然会变成这样。

看着喜欢的姑娘那张惨白的脸，上官既心疼又失落，他想他已然看到了结局，神情不禁黯然了，道：“我想，第三件事应该是不用说了。对不起，吓到你了，你可以安全离开。明天……明天我就去剧团辞——”

“第三件事是什么？”然而，她清丽又坚定的嗓音却在这时打断了上官的话。

上官睁大眼睛看向涟凝，发现她的身体依旧在瑟瑟发抖，可是看着他的眼睛却是那么炽热和认真。

她说："第三件事是什么？你告诉我。"

上官颤声道："第三件事是：你可不可以和我这个外星人交往？我会尽我所能对你好，照顾你一辈子的。"

涟凝含着泪花，对他露出他这辈子见过最美的微笑，道："好，我答应你。"

上官愣愣地问："真的吗？你不介……介意我是外星人？"

涟凝"扑哧"一笑，脸色也从惨白变得红润，说："你又开始结巴了。当然是真的，这种事怎么能拿来开玩笑？"

上官脸上渐渐露出狂喜的表情，猛地站起来拉住涟凝的手，说："我——你——我太——我——"

"哎呀，他想说他太高兴了！他喜欢你喜欢得不行了！"终于看不下去的冷织蕴从船舱里钻了出来，翩跹紧随其后。

"翩跹？呃……这位是？"涟凝茫然地看着两个突然出现的人，猛地明白了什么，"等一等，难道翩跹也是……"

"对呀，我也是外星人哦！所以我才一直说上官是我老乡。"翩跹笑着介绍道，"这位是冷姐姐，她也是外星人哦！今晚这里是我们两个帮上官布置的呢。"

"好啦好啦，咱们不要再耽误人家的时间了。"冷织蕴上前推了上官一把，"还愣着干什么，快点跟她把咱们星球的事都说清楚。"

"哦哦！对！"上官如梦初醒，扭头问涟凝，"我记得你以前一直说，如果我的UFO是真的就好了。现在，我带你去UFO里，一边玩一边说好吗？"

涟凝点了点头，上官牵着涟凝的手要送她进舱，涟凝却说："等一下。"

"怎么了？"他紧张地握紧了她的手，"你……你后悔了吗？"

涟凝明媚地笑道："不是啦。我是想跟你说，我也喜欢你。"

"嗷呜呜，好棒！我就喜欢看这种剧情！"翩跹忍不住大喊起来，"涟凝，上官，你们两个一定要幸福哦！"

坐进UFO里的涟凝对她说："我会的，谢谢你们，翩跹，还有冷姐姐！”

上官对她们挥了挥手，带着涟凝开着UFO，缓缓地朝远处的海面驶去。

翩跹开心地在甲板上对远去的UFO挥手挥了好久，才回到桌前，却发现冷织蕴坐在桌前一动不动，眼泪从她的脸上大颗大颗地流淌了下来。

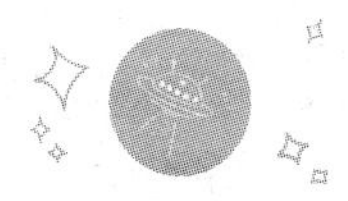

第十四章
亲密

Chuangguo Guangnian
Aishang Ni

翩跹吓了一大跳，连忙去给冷织蕴擦眼泪，问："冷姐姐，你怎么哭了？"

冷织蕴的眼泪不断往下坠，翩跹看得担心死了，连连追问："你不要哭呀，到底发生什么事情了你告诉我呀？你……你再哭下去，我也要跟着哭了啊呜呜呜呜……"

冷织蕴原本正沉浸在自己的落寞伤心里，看到翩跹哭了，只好停下来给她擦眼泪，训道："好了好了，你跟着哭什么啊！"

"呜呜呜，看着姐姐难过，我心里也好难过嘛呜呜呜……"

"我……我没事的，我只是想到一点过去的事，有点控制不住情绪而已。"冷织蕴的情绪稍稍平静了一些，她说，"你知道吗？今晚的这个场景其实已经在我脑海里设计很久了，我本来是打算在这种浪漫的氛围里告诉他我是外星人的。"

翩跹问："他？"

"嗯，我喜欢的地球男人。"冷织蕴望着海面落寞地说，"为了他，我决定在这个星球上定居，可还没来得及告诉他，他就因为发现我是外星人而逃跑了。"

翩跹连忙拽着她的手说："姐姐你千万别气馁！来，我们一起对着大海，把那个抛弃你的大坏蛋骂一顿！骂完就把他忘掉，开开心心生活！”

“好。”冷织蕴点点头，转身看向大海，吸了一口气，用尽全身力气朝海面喊，“石徵！你这个浑蛋！我不要再喜欢你了！从现在起我要把你忘掉！”

翩跹也跟着喊：“石徵，冷姐姐不喜欢你了！你听到没！坏蛋，大坏蛋！”

距离她们不远处的半空中，石徵的UFO像往常一样开启隐形模式守在那里，就像这两年来他一直默默守护着冷织蕴一样。听到了织蕴刚刚对海面喊的那些话，他忽然下定了决心，按下了操作台上的一个按钮。

紧接着，成片成片的小小满天星花朵就如同细雪一样，纷纷扬扬地朝着海面上的游艇落下来。一朵花落在了翩跹小巧的鼻头上，她捏下那朵花抬头朝空中看去，不禁惊讶地大喊：“哇！姐姐，下雪了！还是花瓣雪！这也是你安排的节目吗？怎么现在才落呀？”

然而旁边的冷织蕴却僵住了身体，因为这不是她布置的！而满天星，也是她最喜欢的花……

她忍不住推开椅子站起来，跑到护栏旁边抬头看去，然而因为花朵不断飘落，她根本看不清这是从什么地方洒下来的。

与此同时，坐在UFO驾驶舱内的石徵低头看向手环，果不其然发现上面的倒计时变成了红色，上面还浮现出一句话：“立刻赶过来见我们！”

石徵苦笑一声，又看了一眼屏幕里的冷织蕴，驾驶飞船依依不舍地离开了。

游乐场里，聂壕的三个好哥们陪着翩跹爸妈玩了一下午，都有些疲惫不堪。三人组刚想撤退，就听见翩跹妈妈说：“这就走了，红包不要了吗？”

三人齐刷刷止住了脚步，朝翩跹妈妈飞奔而来，脸上带着哈士奇般的兴奋微笑道：“阿姨，我们就知道你是好人！”

翩跹妈妈翻了个白眼，拿出一部手机，扭头对丈夫说：“把群二维码给我，让我扫一下，进去给他们发红包。”

翩跹爸爸无辜地说：“老婆，我不懂你在说什么呀？”

“少跟我装了，你们在那群里偷偷摸摸的举动我早就发现了。”翩跹妈妈哼道，“到底加不加我？不加我走了啊！”

“加加加！当然加！”沈炽他们连忙拿出手机，把二维码亮给翩跹妈妈看。

“这还差不多。”翩跹妈妈加了群，把自己的备注名改成“翩跹妈妈”，然后发了一句话——“晚上好啊。”

身为群主的聂壕顿时吓疯了：“……阿姨？你怎么进来的？”

沈炽：“当然是我们把阿姨加进来的了。话说聂哥，你建个群却不把嫂子的妈妈拉进来，多让她伤心啊？话说回来，今天陪着嫂子的妈妈逛了一整天，真是收获良多啊，我感到非常快乐！@翩跹妈妈”

孙相挚：“我也感到非常快乐！@翩跹妈妈”

陈鹰：“快乐！@翩跹妈妈”

翩跹妈妈：“嗯，乖，红包请注意查收。”

紧接着三人组连续发了收到22222红包的截图，齐齐说道：“谢谢阿姨！”

聂壕：“喂，你们三个这就不管我了吗！我该怎么办啊！岳父大人救命啊！”

翩跹妈妈看了眼旁边抖成筛子的丈夫，快速打字道：“他都自身难保了，你就别指望他了。”

聂壕：“……阿姨对不起，我知道错了，我不该安排他们来给你当托儿，但我真的只是想让你能尽快了解我！我真的很喜欢翩跹，想照顾她一辈子！”

翩跹妈妈：“好了，这些话就不用多说了，加我好友吧。”

聂壕：“……阿姨，你……你想干什么？”

翩跹妈妈：“干什么，给你发红包啊！”

聂壕：“阿姨？难道你同意我和翩跹在一起了吗？”

翩跹妈妈：“不要得意忘形啊，我会一直盯着你的，一旦你有一点让我女儿伤心的地方，我立刻把你打飞到宇宙边缘去！”

聂壕：“谢谢阿姨！不对，谢谢岳母大人！”

翩跹妈妈：“不用说那些客套的了，什么时候有空，让你父母和我们一起吃个饭吧。”

聂壕：“好！等会儿我下课了就去跟我爸妈说！”

沈炽：“哈哈哈，有情人终成眷属了，恭喜聂哥啊！”

孙相挚：“恭喜啊！”

陈鹰：“恭喜恭喜！”

聂壕：“少来！哼，你们三个见风使舵的家伙，我不会给你们发红包了！”

和冷织蕴吃完大餐，又聊了一会儿天之后，翩跹便开着车朝家里赶去。

然而刚把车开到别墅门口，就看见几个装修工人正在给别墅安装新的防盗门，翩跹好奇地走进屋里，喊道：“小妖精！小妖精你回来了吗？”

“来了来了！”聂壕抱住翩跹在半空中转了一圈，在她的小脸上亲了一口，“宝贝你跑哪里去了，怎么这会儿才回来？”

“嘿嘿，我去帮上官表白啦，他和涟凝在一起了哦！”翩跹自豪地说，“话说你为什么突然要换门呀？”

一提这个聂壕就没好气，他给她看电脑上的监控录像，说：“还不是斑烈峻那家伙搞的鬼，白天他趁咱们不在家的时候过来捣乱，你看你看！”

画面里，斑烈峻一言不合就把厚重的防盗门给踹翻了，翩跹不禁打了个哆嗦，道：“那扇门好可怜啊。”

“是啊，这种暴力的男人，以后你要尽量离他远一点啊。”

“嗯嗯，我知道啦。”翩跹乖乖地点点头。

“不过……”聂壕奇怪地问，“你和上官的力量都和地球人差不多大吧，为什么那家伙那么变态？”

翩跹说：“他应该是用了增强剂的。我们星球上有研制在短时间内增强身体各项机能的药剂，我爸爸妈妈去比较危险的星球就会用，这样就不怕受伤啦。”

聂壕说：“原来他用外挂作弊啊！”

翩跹公正地说：“唔，不过就算斑烈峻不用增强剂，他的格斗技能什么的也应该都比普通人强一些哦。”

聂壕捧着她的小脸使劲儿揉搓，说：“不准你夸别的男人！难道在你眼里我没有他强没有他帅吗？”

“怎么会，小妖精是最厉害的人了！”翩跹连忙搂着他的脖子撒娇道。

“这还差不多。”

翩跹忽然吸了吸鼻子，好奇道：“咦，你身上怎么这么香啊！”

聂壕神色微微一动，道：“饿不饿，今晚我给你准备了一些比较特别的食物，可能……不太好吃，但是你要不要试一试？”

翩跹立刻点头道：“好呀好呀。”

聂壕连忙说：“那你等一会儿啊，马上就好。”

说完，他就钻进了厨房里，一阵丁零当啷的声音过后，他捧着几盘菜出来了。聂壕俊脸微红，小声说：“你先尝尝，要是觉得不好吃，咱们再叫外卖。”

“嗯！”

翩跹拿起筷子，夹住一块松鼠鱼放进嘴里，鱼炸得不够酥脆，外面的酱汁也有点咸了，但她没有说话，而是接着吃下一道菜。酱香排骨稍微有点老了，肉啃着不是很嫩；青椒炒蛋里的青椒切得太大了，掩盖住了鸡蛋的口感；麻婆豆腐的豆腐稍微有一点点散了……

如果换作平时，吃到这样的菜，翩跹肯定会把这些建议告诉大厨的，然而她现在什么都没说，只是一口接一口地吃着，直到旁边的聂壕惴惴不安地问她：“怎么样，是不是不好吃？”

翩跹抬起头，大眼睛里已是水汽氤氲，她抽噎着问：“小妖精，这些菜是你做的吗？”

妈啊救命，他的蠢女人为什么每次都在关键时刻变得这么聪明啊！聂壕小心翼翼地回答：“嗯，是我做的，是不是很难吃啊？那我们叫外卖吧！”

可他话音刚落，面前的蠢女人就一头扎进了他的怀里，号啕大哭着说：“嗷呜呜呜，小妖精我好感动啊，怎么办，我感动得想要把你也一口吃掉！”

聂壕紧绷的身体一瞬间放松下来，他轻轻搂住她，笑着说：“吓死我了，我还以为你嫌我做得太难吃呢。”

“超级好吃的，这是我吃过全宇宙最好吃的菜了。”翩跹倚靠在他胸口说。

聂壕觉得鼻子有点酸，用力抱住翩跹把头埋在她肩膀上，好一会儿才平静下来，两个人依偎在一起吃完了这顿不完美却又完美的晚餐。

深夜，翩跹和聂壕站在卫生间里一起对着镜子刷牙洗脸，翩跹把他的剃须泡沫挤出来玩，然后趁着聂壕不注意抹在他的鼻子上，聂壕眉毛一挑，就要去抓她，翩跹笑着尖叫一声跑了出去，两个人开始在卧室里追着玩。

“哈哈哈哈，小妖精抓不到我！”翩跹满屋子乱窜，一会儿跳上床，一会儿又跑到阳台，像只活蹦乱跳的兔子，引得聂壕这只大尾巴狼急得不行。

然而跑得太快就容易出问题，翩跹跳下床的时候不小心被枕头绊了一下，眼看就要栽倒，聂壕一个箭步跨上来抱住了她，轻喘着气说：“看看看！差点就摔了吧！你这个蠢女人。”

“嘿嘿嘿。”翩跹顺势抱住了他，隔着衣服摸他的胸肌，“小妖精，我们来完成上次没有完成的事情吧！”

“什么重要事情？”

翩跹凑近他的耳朵用气声说：“滚、床、单、呀。”

这软绵绵的嗓音再加上她软绵绵的身体，聂壕顿时就要放飞自我了，他认真地问：“你确定？”

“超级确定！”

聂壕咽了一口口水，将她一把抱起来，大喊道：“好！放飞自我去了！”

卧室门在他们身后缓缓关上，时不时地会传来两人不甚清晰的交谈声：

“呀呀呀你压到我头发了啦！”

“哦哦哦对不起宝贝。”

“这感觉我不喜欢，我不要滚了……”

“嗯？真的不滚了？”

“我……我再感受一下……”

第二天清早，一身神清气爽的翩跹拉开窗帘，站在阳台上做了个深呼吸，朝着湛蓝的天空露出灿烂的笑容。她在社交软件上发状态：“原来地球人的滚床单这么好玩呀！嘿嘿嘿！以后我一定要经常和小妖精一起玩！”

而在她身后不远处的大床上，聂壕则像小媳妇儿一样缩成一团，一脸虚弱的样子。可恶，都怪这个蠢女人太诱人了，害他控制不住自己，放飞自我太过度了！

平时还叫他小妖精，哼，照他看，她才是真正的小妖精！

早晨，聂妈妈准时准点地来到她的公司，一路上遇见的所有人都非常恭敬地对她道早安致意，聂妈妈轻轻点头作为回应。她一路疾行走进自己的办公室，刚刚坐下，秘书便立刻将两沓资料放在了她桌上。

左边一沓是需要签字的文件，中间几张是今天的日程表，聂妈妈打开手机，点开儿媳妇的社交软件页面，然后把手机放在了最右边。

她快速签完了字，看完了日程表，确定没有问题之后便对秘书点点头，示意她可以出去了。

秘书转身离开的时候，聂妈妈便开始浏览翩跹的主页，只瞅了一眼就不得了了，她猛地开口：“站住。”

走到门口的秘书连忙刹住脚步，扭过头问道：“白总，您还有什么吩咐？”

“早上的行程全部取消，我有事要出去。”

秘书点头道：“哦，好的。是什么事啊？需要我陪您去吗？”

聂妈妈想了想，说：“不用。公司有紧急情况你给我电话。”

“好……好的。”

秘书看着聂妈妈拿起包风风火火冲出了办公室，立刻明白了，肯定是老板的儿媳妇有事，除此之外，她可想象不到还有什么人什么事能让老板这么着急了。

聂妈妈离开公司之后直奔附近最大的超市而去，买了一大堆的东西，然后又开车飞速地赶到了蠢儿子家门口。然而按响门铃之后，前来开门的并不是她想象中一脸酒足饭饱的蠢儿子，而是酒足饭饱的蠢儿媳。

聂妈妈嘴角抽了抽，问：“怎么是你来开门？”

“漂亮阿姨！”翩跹照常扑上去抱了她一下，问，“为什么我不能来开门？”

“我那个蠢儿子呢？”

“哦，小妖精说他有点累，正在床上休息呢。”

“……”

这画风明显不对啊！

聂妈妈万万没想到会遇到这种局面，她将自己从超市买来的东西全都拿了下来，和翩跹一起提着走进别墅。推开二楼的门，聂妈妈果不其然看到自家蠢儿子正带着一脸虚脱的表情靠坐在床头，手里还捧着一杯热牛奶。

“小妖精！你看谁来看我们啦！”翩跹开心地说。

“嗯？妈？你怎么来了？”

聂妈妈一脸黑线地看着儿子，干巴巴道：“本来是来看翩跹的，现在看来不用了。”

然后，她猛地提起一口气，训斥道：“你怎么这么没用！瞧你这德性，还有没有点男人的样子了！你现在给我下楼跑步去！”

聂壕顿时就明白了，肯定是他的蠢女人又在手机上爆料了。他哀叹一声说：“妈我没事，只是一时之间消耗巨大，缓不过来而已。”

聂妈妈简直没眼看，把手里本来买给翩跹的补品朝蠢儿子随意一丢，道：“把这些吃了。我走了。”

聂壕突然想起一件重要的事，说：“对了！妈，翩跹的爸妈来地……来咱们这儿了，他们想跟你和爸爸吃个饭呢，你看你什么时候有空？”

“我随时都有空。”聂妈妈说，“一会儿我跟你爸联系一下，把他叫回来。”

“好，你们商定好时间告诉我，吃饭的地点我来给大家选。”聂壕坐在床边边吃补品边说，还对翩跹招招手，“蠢女人快过来，这个糕点挺好吃的。”

“嗷呜呜，我要吃！”吃货翩跹立刻扑了过去，任由聂壕给她投喂食物。

聂妈妈面无表情地看着两人秀恩爱，道：“那我走了。”

“不要嘛，阿姨跟我们一起吃呀！”翩跹把装补品的塑料袋拉过来，想从里面找吃的，却翻出一件小小的粉粉嫩嫩的衣服。

她把衣服朝自己身上比了下，说：“阿姨，这个送我的吗？太小啦，我穿不上的。”

提到这个聂妈妈兴致就来了，她走过来认真地说：“不是给你的，这是买给我未来孙女的。”

“哎？”

“翩跹啊，阿姨以前一直想生个可爱的女儿，然而这个蠢儿子让我的梦想破灭了，所以这个希望我只能寄托在你身上了。”此时此刻，聂妈妈的眼神简直可以用殷殷期盼来形容了，她按着翩跹的肩膀，嘱咐道，“记住，一定要生个孙女！像你这么可爱，但是没你这么蠢，就行！生下来你们不想养也没关系，我和你公公可以全权负责养她的。”

翩跹顿时产生一种强烈的责任感，用力点头说：“阿姨放心，我会努力的！”

聂妈妈用力拍了拍翩跹的肩膀，又瞪了儿子一眼，道：“还不快点吃！就你这样子我什么时候能抱上孙女啊！”

“哦……”聂壕委屈地往嘴里塞补品。

“好了，我走了。”

翩跹把聂妈妈送上了车，回来就看见聂壕委屈地躺在床上说：“我妈越来越不爱我了。”

“没有啦，阿姨还是很爱你的啦，你看她给你买那么多吃的！”

“都是给你买的！这还有红糖姜茶呢好吗！”

“那……那你这么想呀，漂亮阿姨对我好，是因为你喜欢我呀，不然她肯定不会理我的。”翩跹扑上去抱住聂壕的腰蹭了蹭。

聂壕这才受到了一点安慰，在翩跹的发顶亲了亲。

“呼……”从医院里出来的时候，斑烈峻不禁微微出了一口气。

被他捏断腿的那个姑娘伤得并不太重，他全程陪她做完处理，交了医药费和赔偿之后，终于可以离开这里去处理自己的事情。

然而他不知道，就在这短短的两天内，一切已经发生了翻天覆地的变化。

斑烈峻刚想去找翩跹，就收到了系统发来的消息：[地球上有70多亿人口。]

斑烈峻：[嗯？]

系统：[和欧翩跹小姐相似的姑娘非常多非常多。]

斑烈峻：[所以？]

系统：[您其实可以换一个去追求。]

斑烈峻：[……发生了什么？]

系统给斑烈峻截图了一张翩跹今早发的“滚床单”状态，看完之后，斑烈峻黑着脸问系统：[你们游戏公司老板现在在哪儿？]

系统：[这位用户，您想做什么？]

斑烈峻：[老子去揍死他！卖我两本那么贵的书，什么用都没有！还有你也是！你给我等着吧，我现在就飞回玩儿星把你的服务器削成两段！]

系统：[别冲动！我也是无辜的，我只是按照老板的设定来运行的啊！]

斑烈峻：[你们那个该死的老板到底设定了什么？]

系统：[《冒险吧宇宙》这款游戏有个潜藏设定：那就是老板希望玩这个游戏的玩儿星人找到的恋人全都是他们失散多年的亲兄妹。所以我们设置的所有和恋爱有关的任务都是非常难以完成的，然后老板还故意找了一群人胡写了一本漏洞百出的《地球人恋爱攻略》，增加游戏难度。]

斑烈峻简直要疯了，问：[他为什么要这么报复社会？]

系统：[我也不知道啊！之前没换老板的时候游戏明明好好的，自从换了这个神秘的新老板之后，就变成这样了，想必他是受了什么伤吧。]

斑烈峻：[你们老板现在在哪儿？我去找他问个明白！]

系统：[……]

斑烈峻：[你说不说！]

系统：[好……好吧，为了我的服务器……老板现在就在地球，我把坐标给你。]

斑烈峻：[哼，石徵是吧，看老子把你拴在树上荡秋千！]

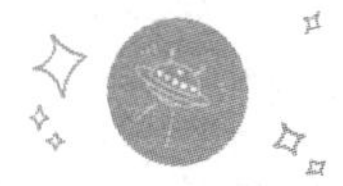

第十五章
真相

Chuanguo Guangnian
Aishang Ni

时间回到一天前的傍晚。

石徵在收到手环上的消息之后，立刻开着飞船在夜色当中赶往这两年他经常去的地方——郊区一幢伫立在半山腰的别墅。

石徵将飞船径直开到门口，抬步朝别墅里走去。

别墅里的布置隐约带着几分异域风情，房屋前的花园里种着几棵明显不属于地球的植物。而此时，一个看上去只有二十出头的姑娘正站在花园中给植物浇水。

石徵来到她面前，问："叔叔阿姨呢？"

"还要半小时才回来。"年轻姑娘说着，扭头看向他，同情又无奈地叹了口气，"姐夫，你怎么就是不长记性呢？每次都忍不住，这回老爸不知道又要给你增加多少天的试炼时间了。"

石徵不回答这个问题，而是朝别墅走去。

"我进去等他们。"

姑娘却好奇地跟在他身后问："这回你又是为什么忍不住靠近我姐的呀？"

石徵坐在沙发上，揉了揉眉心缓缓说道："我看她很难过，就近距离撒了她喜欢的满天星给她。"

“哇，好浪漫啊！”年轻姑娘一脸憧憬地问，“那满天星长什么样子呀？”

“小小的，一朵一朵，看起来像星星，也像是雪花。”

他话刚说完，年轻姑娘听到门口传来声音，连忙道：“老爸老妈回来了！姐夫，你做好准备啊！”

几秒种后，一对打扮高雅的中年夫妻走进屋里，冷妹妹立刻道：“爸爸妈妈好！”

“嗯。”冷爸爸应了一声，把锐利不善的目光投向了站在大厅里的石徵。

石徵忽然感觉到手环处传来一阵熟悉的电流，只是这回强度明显比之前大了不少，他咬紧牙关，但一条腿还是忍不住跪在了地上。

冷爸爸立刻哼道：“没用的东西！地球男人都是废物，这么点考验都经受不住！”

冷妈妈说：“你别这样，万一以后让乔腊知道你这样对小石，她就更不愿意和我们和好了。”

乔腊正是冷织蕴在玩儿星的名字。

“那就不和好！我优秀的儿子女儿那么多，还缺她一个吗？”冷爸爸怒道，然而对石徵的电击惩罚却收了回来。

冷妹妹小声嘟囔：“嘴上说着不在乎，那你干吗为了姐姐特地跑到地球来？”

“你咕哝什么呢？”冷爸爸瞪着小女儿。

“没什么。”冷妹妹赶忙说，“老爸你先训姐夫哈，我去给大家准备晚餐。”

冷妈妈上前来拉起石徵，让他在沙发上坐好，轻声问道：“你没事吧？”

石徵摇摇头，道：“我没事，谢谢阿姨。”

“唉……”冷妈妈不禁叹了口气，“也就只有你还能忍得了我们家这个臭老头子了，换作别的什么人，发现娶我们家女儿要这么辛苦，早就跑路了。”

“谁说的？”冷爸爸立刻反驳，“我们玩儿星的好男人多了去了，这种小小的试炼他们肯定不放在眼里！”

“你说得容易，再说了，就算老家的男人再好又如何，乔腊就是喜欢石徵啊！还有，你说你要考验一下石徵对咱们女儿是不是真心的，这个我可以接受，但你这考验未免也太久了吧？还不允许他们见面！我们和乔腊的关系本来已经闹得很僵了，她现在根本不跟我们联系，难道你想她一辈子都这样吗？”

冷爸爸哼了一声，问石徵：“你今天为什么又触动了手环上的接触警报？”

石徵平静地回答道：“我看她太伤心了，想安慰她。”

“试炼剩十几天就结束了，你就不能再等几天吗？”冷爸爸训斥他道。

“叔叔，你可不可以站在我的立场上想想？试问，为了和心爱的女人在一起，所以必须很长时间不和她见面，只能偷偷摸摸看着她，你是什么心情？”石徵问。

“你这么说是什么意思，你反悔了吗？”冷爸爸冷声问道。

“我不是反悔，我只是担心。”石徵认真地看着对方，“我消失得太久，她已经快要忘记我了。叔叔，我今天来就是告诉你，我已经找到了拆掉手环的办法。”说着，他突然将手腕上戴了两年的手环很轻松地摘了下来。

冷父顿时大惊，道：“你怎么做到的？这可是我们专门找公司定制的……”

“没错。可我这两年费尽心力收购玩儿星冒险游戏公司的股份，也不仅仅是投资而已。”石徵说，“有了你们星球的资源和人脉，找个研究团队拆除这个手环简直是再简单不过的事。”

冷爸爸生气道：“那你的意思是，你要违背和我们的约定，还没通过试炼就去找我女儿？”

“您可以接着考验我，但很抱歉我以后没办法再遵守这条‘不准接近她’的指令了。”石徵一边说一边启动了停在门外的飞船，“我现在就去找她，还请您不要阻拦。并且请您相信我，以您现如今的财力和掌控力，恐怕也没办法阻止我了。”

说完，石徵便头也不回地离开了别墅，飞船在他的驾驶之下快速升空消失了。

第二天早晨，当冷织蕴打开咖啡厅的门锁，将那块“休息中”的牌子翻到“营业中”那一面时，守在UFO里的石徵再也忍不住，快速跳下来朝她走去。

清早路上的行人并不多，冷织蕴听到店内响起脚步声，稍微觉得有些奇怪，心想这么一大早很少有人来喝咖啡啊？但还是带着微笑转过了头，说：“您好客人，想要什么——”

她的话在看到面前的男人时戛然而止。

那个消失了好久，她以为再也不会出现的男人就这么站在她的面前。冷织蕴感觉脚下的地面好像突然消失了，整个人朝着无底的深渊坠去。

石徵尽量控制着自己激动的心情，小心翼翼地朝冷织蕴走过去，但他才迈出两步，身后就突然传来“砰”的一声，是有人把咖啡厅的玻璃一脚踹碎了。

斑烈峻气势汹汹地闯了进来，将手里的长刀对准了他，道：“你就是游戏公司的老板？来来来，咱们来过几招！”

石徵很快认出了这个不速之客是谁——冷织蕴的老乡之一，但他应该和织蕴没什么很深的关系，为什么突然跑过来要跟自己打架？

更何况他现在时隔两年刚刚和冷织蕴相见，哪里有空理会这种闲杂人等。

他冷冷地说：“出去，我有话跟织蕴说，请你不要打扰我们。”

“哟，还挺嚣张的！”斑烈峻抬起下巴，“我还就偏要打扰你了！你骗我买那本根本没什么鬼用的《地球人恋爱攻略》时，就应该想到会有今天！”说罢，他完全不给对方反应的时间，便朝着石徵攻击而去。

然而挥出的拳头却被石徵精准的接住，并且顺势将他一脚踹出去老远。斑烈峻稳了稳身形，挑眉问石徵：“用增强剂了？地球人不可能有这么大的爆发力。”

石徵哼一声："你不也用了？我们现在应该属于公平比试。"

"说得好，我也不喜欢占人便宜。"斑烈峻摩拳擦掌，"那就继续打——啊！"

他的话还未说完，就被冷织蕴一拳揍到了脸上，斑烈峻的身体朝旁边晃了晃，捂着被揍的脸庞看向她，问："冷姐，你干吗？"

"有毛病啊！一言不发就跑到我的店里喊打喊杀！损失你来赔啊？给老娘滚出去！"冷织蕴气愤地踹了他一脚。

斑烈峻揉了揉臀部，走到门外，对石徵说："好吧，那咱们来外面打。"

石徵冷冷地说："谁要跟你打架，我说了我现在有事，请你不要打扰我！"

"你能有什么事？有本事说出来听听！"斑烈峻质问。

石徵做了个深呼吸，道："我是冷织蕴的男朋友。"

斑烈峻的眼睛微微睁大，道："什么？"

但他还没来得及想好该怎么办，冷织蕴就一脚将石徵也从咖啡厅里踹了出来，说："你也给我滚蛋！老娘没有你这个男朋友！我们早就分手了！"

她走到自己的轿车旁边，想先离开这里。

但石徵立刻拉住了她的手，焦急而恳切地说："织蕴！我知道突然消失是我的不对，但你能不能听我解释一下原因？我真的是有苦衷的——唔！"

冷织蕴一拳揍到他脸上，道："我不听！你给我滚！你早就不是我男朋友了！"

"我为什么不是！难道你对我已经没有感情了吗？"石徵反问。

冷织蕴顿时被他激怒了，回头问："我对你有感情？这话你也好意思说？你一声不吭就消失两年多，异地恋人家还知道打个电话呢，而你呢？连个音讯都没有，就这样你还指望我继续喜欢你？"

"如果你不喜欢我了，为什么留着我送你的玩具娃娃，为什么每次想到我还会难受，为什么会在游艇上对着海面喊我的名字？"石徵接连发问。

冷织蕴微微朝后退了一步："你怎么知道这些，难道你……"

"对，我其实一直偷偷藏在你附近，每天看着你生活。"石徵微微垂下眼帘。

冷织蕴觉得脑子快炸开了，她问："石徵，你是变态吗？为什么要这么做！就因为知道我是外星人，所以害怕得不敢接近我了，要用这种偷窥的办法吗？"

"如果我真的因为你是外星人就害怕你，我早就跑得远远的了，现在还会在这里跟你说话吗？"

冷织蕴不禁又朝后退半步："难道你早就知道我是外星人了？"

石徵点点头，道："你来我公司不久，我就觉得你很不正常了。一些地球人都知道的基本常识，你都不知道。后来我费了些力气偷偷观察你，发现你有一架UFO，你经常晚上开着它出去，所以我自然知道你不是这里土生土长的人。"

冷织蕴的嘴唇微微颤抖，问："那……那为什么那天晚上，你送我回家，我说有个秘密要告诉你，但是第二天起来你就消失了？"

石徵深呼吸一口气，用悲愤又无奈的声音对她说："因为你爸你妈趁你睡着之后，把我抓走了！你爸爸觉得我只是个地球人，配不上你，所以必须去别的星球接受考验，努力学习你们的语言与文化，等我各方面的实力得到他认可时，他才允许我接近你。他还让我戴上了一种试炼手环，让我一靠近你就会遭受电击，所以这两年我只能偷偷看着你。"

听到这里，冷织蕴终于忍无可忍，一脚将面前的石徵踹飞了，道："你脑子是不是被UFO砸了啊，这么坑爹的要求也接受！"

站在旁边看热闹的围观群众斑烈峻看着石徵在地上滚了几圈，愉悦地说："大老板，现在知道什么叫天道好轮回了吧？这就是你阻挡别人恋爱的下场。"

翩跹去公司上班后，聂壕像之前一样打算去冷姐那里学外星语。然而他的跑车还没开到咖啡厅门口，就被一群围观群众挡住了路。聂壕下了车，费劲儿地拨开一个个群众朝里走，同时他也听到咖啡厅里不断传来噼里啪啦的声音。

聂壕心道不妙，莫非有人在冷姐的店里闹事？赶忙冲出人群来到咖啡厅门口，看清一切之后他不禁张大了嘴——

确实是有人在闹事，只是这闹事的人是冷织蕴自己。

咖啡厅里，冷织蕴正揪着一个颇为帅气的成熟男人的衣领，把他像甩沙包一样，一会儿甩到左边，一会儿甩到右边，一边扔还一边说道："害我等你那么久！你这个脑子进水的笨蛋！今天不把你脑子里的水都倒出来，我跟你姓！"

男人趁机抬头看她一眼，很认真很认真地说："可是我就是想让你跟我姓。"

冷织蕴老脸一红，给了他一拳："不准跟我顶嘴，你这个笨蛋！"

男人又说："打吧，只要打完了你依旧愿意爱我，那你打多久我都愿意。"

"我爱你个头啦！"冷织蕴一脚将男人踢到了咖啡厅的角落里，又撸起袖子，四处寻找着可利用的揍人工具。

当她举起一把椅子的时候，围观的年轻女孩子们再也看不下去了，纷纷冲进门去拦住她，劝道："算了算了，不要打了，你都打了十多分钟了！"

"那么帅的脸，你怎么忍心揍得下去呀！"

"你们是在闹分手吗？如果你真的确定这个男人不要了，那我就接手了哦！"

还有几个动作快的，已经跑到石徵面前去嘘寒问暖了。

冷织蕴气得鼻子喷火，委屈地说："石徵你这个浑蛋！我就知道你变心了！"

石徵连忙走到她面前："我没有变心，是你爸爸不让我见你！"

"那你就不见我了吗？你应该想方设法地让我知道你没有抛弃我啊！"发泄完怒气之后，悲伤和委屈的情绪渐渐占据了冷织蕴的内心，让她忍不住气得哭了出来。

石徵赶忙上前抱紧了她，低声道："我这不是想方设法找到你了吗？对不起，用了这么久，让你难过了。"

他在她额头上轻轻亲了一口。

冷织蕴顿时哭得更大声了，一边哭还一边指着旁边的几个女生说："你们都给我出去！这个男人是我的！"

石徵连忙应和道："对，我有主了。亲爱的不哭了，是我不好，我保证以后再也不会离开你了。"

"真的吗？"冷织蕴不安地看着他。

"嗯，真的。我跟你保证，无论发生什么我都不会离开你。"石徵掷地有声地说，接着捧住织蕴的脸，用力吻住了她。

围观群众们顿时发出了一连串欢呼。冷织蕴胡乱扑腾了两下，但她很快就放弃了挣扎，反客为主把他压倒在咖啡厅的桌面上用力啃了起来。

身为围观群众之一的聂壕目瞪口呆地看完了这一切，忍不住打了个哆嗦，自言自语："冷姐果然霸气。她这个男朋友哪儿来的啊，之前没听蠢女人提过啊。"

身边忽然响起另一道声音："嗯，我也没听她说过。"

聂壕扭头一看，不禁吓了一大跳，道："斑烈峻！你来得正好，我正打算找你算账呢！你为什么把我家的门踢坏了？"

斑烈峻怒道："你抢了我的女人，我还没跟你算账呢！"

"什么你的女人，翩跹从头到尾喜欢的都是我！你这个妄图插足的家伙赶紧给我有多远滚多远！"

"废话少说！咱俩打一架！要是你赢了，我无话可说，要是你输了，我也有追求翩跹的权利！"

"你想都别想！为了避免你再来捣乱，我还是直接把你揍到外太空去吧！"

眼看两人就要打起来，石徵随意朝窗外瞥了一眼，顿时就愣住了，外面站着的那家伙不就是屡次试图勾引他女人的那个臭小子吗？他竟然还敢来！

石徵顿时怒了，放开冷织蕴说："等下再亲，我出去教训个人。"

"嗯？教训谁啊？"

冷织蕴还没问出结果，就看见石徵拎着椅子冲出门去，朝着聂壕走过去——

“哎，你干什么呀？聂壕小心！”

听到冷织蕴提醒的聂壕一回过头，就看见冷姐的男朋友朝他挥出了拳头。

他一脸莫名其妙地说：“大哥！你好好跟冷姐亲着啊，出来凑什么热闹？”

石徵冷冷地道：“你趁我不在的时候，想撩我女朋友，以为我不知道？”

聂壕脸上一个大写的“冤”字，说：“哈？你是被冷姐打得脑子出问题了吗？”

“如果不是，你为什么总是缠着她？”石徵质问，“在海边，还有在咖啡厅，你天天找她有说有笑的，现在不敢承认？”

聂壕还没来得及回答，冷织蕴就上来糊了石徵一巴掌，道：“你脑子有坑吧！他跟我学习玩儿星语是想给女友一个惊喜啦，你到底在瞎想什么啊？”

石徵问：“那你真的没有对他动心？”

“废话，我对这种傲娇系的小妖精没兴趣啦！”

聂壕：“……”

石徵松了口气，说：“好吧，那是我多想了，咱们接着亲吧。”

“等等等等。”冷织蕴却忽然察觉了什么，试探地问，“去年我聘用了几个年轻小帅哥来店里做服务生，本来生意很好，但没过多久他们集体辞职了，这事儿是不是和你有关？”

石徵道：“是我做的，那些男生花枝招展在店里跑来跑去，我看着就来气。”

冷织蕴接着问：“有个小老板经常来光顾我的生意，后来突然就不来了，有一天我在路上见到他想跟他打招呼，他撒腿就跑，这事儿莫非也是你做的？”

石徵道：“是我做的。他每天都来喝咖啡，一喝就喝三四杯，正常人谁会这样啊？肯定是对你有企图，所以我给了他一笔钱，把他打发走了。”

冷织蕴举起自己青筋暴涨的拳头，咬牙切齿地看着石徵：“我说怎么这两年我的生意越来越差呢，原来是你搞的鬼！石徵，你猜我现在想做什么？”

“亲……亲我？”

“打！你！”冷织蕴一拳把他揍飞了出去。

“你给我闭门思过去！如果反省不出来自己到底是哪里做错了，这辈子都别想见我了！”冷织蕴气呼呼地说完，便开着车离开了。

四周都是人，石徵不方便开UFO，便打了个车，朝着冷织蕴离去的方向追去。

留下聂壕和斑烈峻面面相觑。

好奇的围观群众问道：“你们两个还打吗？”

斑烈峻将聂壕打量一番，说道：“打是肯定要打的，只是不是现在。以我现在的水平，和他打架是不公平的。”

众人一看没戏看了，顿时快速从四周散去。

聂壕皱眉问：“什么叫不公平？你是看不起我还是怎么的？”

“不是，我身上打了增强剂，药效还没过去。你如果想现在跟我打，就得注射增强剂才公平。”斑烈峻道，“但我这里的增强剂不是为地球人设计的，不敢给你乱用。要我看，我们还是等等再打吧。”

聂壕想想也是：“也行。那你那个药效什么时候过去啊？”

“我打的是长效的，三个地球年。”

“哈？三年？”聂壕朝斑烈峻冲过去，“要打就现在打，谁要等那么久啊！”

半个小时后。

挂了彩的聂壕气喘吁吁地走进咖啡厅倒了杯水喝。几秒钟之后，原本躺在门外的斑烈峻也站了起来，擦了擦嘴角的血迹，对聂壕说：“喂，我也要水。”

聂壕扔给他一个一次性纸杯：“自己倒，老子才不伺候你呢。”

斑烈峻给自己倒了水，咕咚咕咚就喝完了，忽然豪爽笑道：“哈哈哈！好久没有和人这么痛快地打架了！你小子还挺能打的！我现在心情非常好！”

聂壕白了他一眼，道：“手下败将还敢这么大放厥词。”

“什么手下败将，我告诉你，那是我看你是地球人，故意控制着自己的力气，不然你现在早就全身粉碎性骨折了！”

聂壕挑眉说：“你的意思是，你控制力气，用地球人该有的力气跟我打的架？”

“对！”

“嘁，那不还是我赢？”

斑烈峻沉默了片刻，道：“你说得没错。其实这和我们两个都打了增强剂是一样的效果。”

“那不就得了，你就是手下败将。”聂壕揉了揉肿起来的侧脸。

斑烈峻又沉默了片刻，终于承认道：“是，我输了。”

“那就好，之前可是你自己说的啊，只要你输了，以后就不能再纠缠我家翩跹了。”聂壕说着，舒展了一下筋骨打算去上厨艺课。

斑烈峻盯着他的背影，不甘而挫败地说：“可我是真喜欢她。”

“我知道。那么好的姑娘谁会不真心呢。”聂壕叹息了一声，回头同情地看了他一眼，“但她已经是我的了。你只能重新找个人去喜欢了。”

斑烈峻苦笑了一声，道：“喜欢的人哪那么容易找？但……我祝福你们。”

“谢了。顺便说一句，我和翩跹的婚礼就不邀请你了啊，但红包你得照给！”

“……喂！”

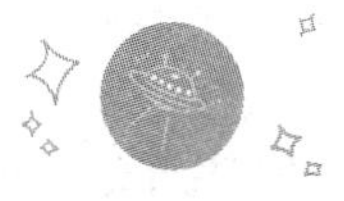

第十六章
坦白

Chuanguo Guangnian
Aishang Ni

这边，聂壕和斑烈峻终于决出了胜负，而另一边，翩跹则在公司里忙碌地处理着事务。几个经理八卦地问："老板娘，老板早上怎么没来啊？"

"哦哦，他这几天有点事呢，你们有什么问题全都跟我说就好啦。"翩跹说。

"好的好的。"几个人对视一眼，快速回到座位上，拿起手机在公司内部群里八卦起来：

"看看看！我没猜错吧！老板肯定是被老板娘榨干了！起不来床在家休息呢！"

"呜呜呜，追了这么久的公司自制浪漫言情剧，如今终于要Happy ending了，我好舍不得呀！"

"是呀，全程无虐什么的，甜得我牙都要掉了！"

"最可悲的难道不是目睹了全部过程的我们到现在依旧是单身狗吗？"

"扎心了老铁！"

傍晚时分，公司里的员工都下班了，只剩下翩跹还在聂壕办公室里处理资料。反正小妖精去上厨艺课没这么早回家，她索性帮他多分担一些工作。

正在忙碌的时候，门忽然被推开了，聂壕出现在她面前，翩跹立刻跳上去抱住他，说：“嗷呜呜，小妖精！好想你——啊！你……你的脸怎么了？”

光线有点暗，她这才看清聂壕的嘴角破了一小块，额头上也青了一片。

说起这个聂壕就露出得意又自豪的微笑，说：“没什么，我和斑烈峻打了一架，我赢了——哎哟！”

“笨蛋，谁让你跟他打架的呀，他打了增强剂很危险的！”翩跹顿时就急了，扒着他的衣服说，“让我看看，还有哪里受伤了吗？”

聂壕坐在老板椅里，将翩跹抱在怀里说：“都是一些小擦伤，过个几天就好了，没事别担心。”

“我怎么可能不担心嘛！”翩跹气呼呼地瞪着他，“你这个坏妖精！以后不可以再跟人打架了，不然我就不要你了！”

聂壕吻了下她的脸颊，应道：“好好，我都听你的。其实今天也不是我想打，只是必须要和那家伙做个了结，不然他一直缠着你多闹心啊。”

翩跹从抽屉里找出药膏，一边给他上药一边问：“‘了结’是什么意思？”

“就是他愿意放弃了的意思。”聂壕抱紧了翩跹，“我的老婆谁也别想觊觎！”

翩跹看着他伤痕累累的脸，不由得感动地靠进了聂壕的怀里。他身上的气息，他沉稳的心跳，还有他的呼吸声都是如此让她着迷。

就在这时，办公室的门忽然被人打开了。

聂壕在看清来人之后惊讶道：“妈？你怎么来了？”

翩跹也对聂妈妈挥挥手，道：“阿姨好呀。”

聂妈妈说：“有点事跟你们说。”

三人从办公室里出来，翩跹立刻朝聂妈妈扑过去，开心地问：“漂亮阿姨，你要跟我们说什么呀？”

“聂壕他爸爸马上回来了，说想立刻见见你们俩，让我们一起去机场接他。”聂妈妈带着嫌弃丈夫的表情说，“你们不愿意去也没事，这家伙就是事儿多。”

“去呀去呀，当然要去了。”翩跹转头看向聂壕，“小妖精你说对不对？”

聂壕点了点头：“爸这么快就回来了？不是在外地开会吗？”

“我告诉他要和亲家见面的事，那家伙立刻就奔回来了。”聂妈妈将视线投向翩跹，“你爸妈呢？干脆今晚就叫上他们先一起吃顿便饭吧。”

翩跹说：“早上妈妈给我说，她和爸爸去附近周边游啦，要两三天才回来呢。”

“那没关系，不着急。反正解决完蠢儿子的婚姻大事之前，他爸爸是不会离开本市的。”聂妈妈起身道，“那就走吧，去机场。”

翩跹开心地扑上去，一手挽着聂妈妈，另一手牵着聂壕，蹦蹦跳跳，三个人像不倒翁一样晃悠出了公司。

三人到达机场后，聂妈妈给丈夫拨通电话，冷淡地问：“我们到了，在大厅左侧门口，你在哪里？”

话音刚落，不远处就传来一个中年男声的殷殷呼唤：“老婆——”这声“老婆”带着拉长的尾音，一瞬间就传遍了整个大厅，让不少旅客纷纷好奇地转头四下查看。

翩跹也抻长了脖子朝前方看去，果不其然看到一个穿着儒雅面相温和帅气的中年男人正激动万分地朝他们所在的方向飞奔过来。

他后面还跟着两个男助理，手里拖着几个巨大的行李箱，吭哧吭哧地跟在老板背后一起跑。三个人在偌大的机场大厅里形成了一道华丽的风景线。

“哇，叔叔的步伐好矫健呀小妖精！”翩跹扭头对聂壕说，然而后者已经不忍直视地用双手捂住了脸，身上散发出一股“这不是我爸不要看我”的气场。

几乎只花了一瞬间的工夫，刚刚还远在十几米外的聂爸爸就奔到了三人面前，他眼角含着激动喜悦的泪花，张开双臂就想给自己老婆一个熊抱。

但是聂妈妈面无表情地朝旁边一闪，聂爸爸就扑了个空，他向前打了个趔趄，不禁回头委屈兮兮地看向妻子说："老婆，这么久没见了，抱一下嘛。"

聂妈妈甩了他一个冷漠的白眼。

聂爸爸扁了扁嘴，只好把目标转向聂壕，张开双臂："儿子！"

聂壕生无可恋地让他爸熊扑到怀里，非但如此，聂爸爸还试图把儿子抱起来在空中转几圈，但儿子的体重显然已经超过了他的搬运能力，他抱了几次都没成功，只好拍着他的后背说："哈哈哈，好儿砸，又重了啊！"

"……我没重！从二十岁以后我就一直是这个体重了！爸啊你什么时候能记住，我已经不是小婴儿了，我不喜欢玩举高高的游戏！"聂壕悲愤地说。

聂爸爸委屈地说："可是在'粑粑'心中，你永远是没长大的'孩纸'呀。"

"您能不能好好说话！"

聂爸爸顿时更委屈了，道："我看你们年轻人都这么讲话啊，我只是想和你们更贴近一点，这样也有错吗嘤嘤嘤？"

聂壕还没爆发呢，他妈就先冲上去糊了他爸一巴掌，怒道："你够了没有？"

聂爸爸立刻就老实了，说："够……够了。"

聂妈妈把怒火压下去，将翩跹拉过来说："这是儿媳妇，照片你见过了。"

翩跹立刻跟这位可爱的爸爸打了声招呼："叔叔，你好呀！我是欧翩跹！"

"你好，哎呀我儿子眼光真好！"聂爸爸笑眯眯地说，"我给你带了点礼物。"说着，他朝旁边的助理挥了挥手。

对方立刻提着一个皮箱走了过来，聂爸爸将皮箱塞到翩跹手里，道："我听儿子说你爱吃好吃的，这是我出差在当地买的特产，你慢慢吃，要是喜欢以后我再让人给你带！"

“谢谢叔叔。”翩跹感动地把皮箱抱在怀里，好沉！

聂壕看着两个助理手里剩余的几个大皮箱，问：“爸，那些箱子里是什么？”

“给你妈买的礼物呀。”

聂壕悲愤地怒吼：“那、我、呢？”

聂爸爸一拍脑袋，道：“哎呀，走得太着急，把儿子给忘了。”

聂壕不禁捂住了心口，他心痛得要窒息了。

“小妖精不难受，我的特产分给你吃呀。”翩跹连忙心疼地抱住了他。

“没事，翩跹你别担心，我儿子可皮实了，这点小事他不会放在心上的。”聂爸爸笑呵呵地开解道。

“谁说的！我的心都千疮百孔了好吗！”

“哎呀，你都这么大了，马上要成家立业，怎么还跟爸爸闹小孩子脾气？”

“哈？现在又说我是大人了，那刚刚抱着我要举高高的是谁啊？”聂壕气愤。

翩跹张大了嘴，完全不知道该如何劝阻这对父子吵架，聂妈妈一脸“我早就见惯了”的表情，把她拉到一边，漠然道：“一会儿就好了，不用理他们。”

“哦……”

翩跹不由得仔细看了看聂妈妈，又看了看聂爸爸，发现这两个人的性格简直是一个冰一个火，而聂壕则结合了两个人的特征——外貌长得比较像爸爸，但又有几分母亲的冷冽飒爽；至于性格上，则是他爸爸性格的加强版，再加上一点傲娇。

这样的小妖精，真的好棒呀！

翩跹忍不住激动地抱住了聂妈妈，说：“漂亮阿姨，谢谢你们把小妖精带到这个世界上来呀！他实在是太完美啦！”

“那么蠢，完美什么啊。”聂妈妈嫌弃地说，“当年也不知道我在想什么，选了这么个蠢老公。”

正在和儿子争论的聂爸爸听到这句话，顿时捂住了心口，秒速来到妻子面前，红着眼睛问她："老婆，你嫌弃我了吗？"

"……"

"我就知道！你肯定是看上酒吧里那个小帅哥调酒师了！"

"都不知道你在说什么。"聂妈妈牵住了丈夫的手，"好了不嫌弃你，回家吧。"

聂爸爸吸了吸鼻子，乖乖地跟在妻子后面朝外走去。

翩跹捂嘴"噗"的一声笑了，转头对聂壕说："小妖精啊，我们也走吧！"

聂壕指一指自己的脸颊，道："我需要你爱的安慰。"

翩跹在他脸上用力亲了几口，聂壕这才搂着她跟上了前方父母的脚步。

半个小时后，四个人回到了聂家的主宅，这还是翩跹第一次来这里，不禁好奇地在屋子里瞅来瞅去。

聂妈妈索性拉着她在房间里转悠，聂壕则和父亲一起在厨房准备晚餐。

晚饭过后，翩跹和聂壕住进了主宅的卧室，洗漱了一番后便滚到了床上，靠在一起拿手机看电视剧。正当这时，翩跹收到了妈妈发来的视频请求，她接通了通讯，对画面里的老妈挥挥手，道："妈妈好呀，和老爸今天玩得开心吗？"

"……就那样吧。"翩跹妈妈嘴里啃着一只凤爪，边吃边说。

旁边的翩跹爸爸却笑着说："哈哈哈，别听你妈妈的，她明明开心得不得了呢，但是就是脸皮薄不肯承认罢了。"

这番话语立刻让翩跹爸爸遭受到一个瞪视，翩跹妈妈啃完一只凤爪，又拿起一只新的，问道："小聂，我们想和你父母吃饭的事，你告诉他们了吗？"

聂壕连忙道："已经说过了阿姨，我爸妈说他们随时都有空，你们随便定时间都可以的。"

翩跹妈妈满意地说："嗯，未来女婿做事效率很高，不错不错。那时间就定在这周六晚上吧，具体地点你们两个来定，记住一定要找做菜好吃的餐厅啊！”

“您放心吧，一定让您和叔叔满意！”

“嗯，那接下来就该讨论一下给小聂父母带什么见面礼了……”翩跹妈妈扭头问丈夫，“咱们星球上的特产粉粉葫芦如何？煮熟了其实味道很不错的。”

翩跹连忙说：“那个恐怕不行，粉粉葫芦会发光，叔叔阿姨肯定会被吓到的。”

翩跹妈妈狐疑地问：“他们都知道你是外星人了，还会被粉粉葫芦吓到？”

翩跹不好意思地说：“我……我还没有告诉叔叔阿姨我是外星人的事情。”

“……什么！为什么不说！”

聂壕替翩跹解释：“阿姨，我们不是故意不说，就是觉得现在说可能时机不太合适。毕竟我父母是老一辈的人，接受能力没我强。”

“那也不能瞒着他们啊！我们马上都是一家人了，一家人之间还隐瞒这种重大的事情，以后肯定会出问题的！”翩跹妈妈说道，“我知道你们两个可能有点怕，但你们总不想在结婚之后，被小聂的父母发现了真相，然后闹得满城风雨吧？”

虽然翩跹妈妈脾气火暴，但聂壕知道她的话是对的。

他考虑了片刻，说：“好吧，我们会想个比较稳妥的办法告诉他们的。”

翩跹妈妈点头道：“一定要尽快告诉他们，就算你父母一时接受不了也没关系，我和翩跹爸爸愿意等，这毕竟不是一件小事。至于一起吃饭的事，就先暂缓，等他们能接受我们是外星人再说。”

聂壕坚定地说道：“好吧！”

通讯停止后，聂壕摸摸怀里的人，轻声问：“怎么了宝贝，脸色那么差？”

翩跹吸了吸鼻子，说：“我很担心嘛。我明白这件事早晚都要说，只是一想到你爸妈对我那么好，我却瞒着自己的身份那么久，我就很愧疚。尤其是漂亮阿姨，呜呜呜，万一她知道我是外星人之后再也不理我了，那可怎么办啊？”

“不会的！”聂壕抱紧她说，“你想想，我知道你是外星人之后有不理你吗？没有吧！那我妈肯定也是一样的，谁让我们是一家人呢！他们肯定会接受你的。”

翩跹应了一声，叹气道：“可我根本想不出该怎么告诉他们真相呀！聪明的小妖精，快点帮我想办法呀！”

“其实啊，我真觉得我爸妈不会介意的，不然咱们直接告诉他们算了？”

话音刚落，门外就传来“砰”的一声轻响。

两个人不禁竖起了耳朵。

翩跹压低声音问：“你听到什么声音没有？”

聂壕点点头，脑子里忽然冒出一个奇思妙想，问：“你说，我爸妈该不会正在外面偷听吧？”

“哈哈哈肯定不会啦哪有这么巧的——”

然而翩跹的话还未说完，聂妈妈就一本正经地推开了房门，说：“猜对了。”

翩跹猛地抽了一口气，眼睛瞪大，倏地就瘫倒在床上晕过去了。

聂壕愣了两秒，赶忙去轻拍翩跹的脸，大喊：“宝贝你怎么了？醒醒啊！”

聂爸爸也从门外探出一颗脑袋，茫然道：“是不是哪里搞错了，咱们还没晕呢，儿媳妇怎么先吓晕了？”

时间回到十分钟前。

洗漱完毕的聂爸爸从卫生间里出来，刚想和许久未见的老婆温存一番，却看见他老婆正光着脚踩在地毯上，脚步轻巧地朝外走。

“老婆你干什么呢？”

“嘘。”聂妈妈冷漠地对他做了个“噤声”的手势，严肃认真道，“我去观察一下咱们孙女的孕育情况。”

“哈？”聂爸爸没太听懂，但还是好奇地跟了上去，等老婆将脚步停在儿子和儿媳妇的卧室门口，把耳朵贴在门上，他这才明白老婆在干吗——

“老婆，这样偷听不好吧？被儿子发现他肯定会生气的。”聂爸爸低声道。

聂妈妈冷漠：“既然如此，你倒是先把耳朵从门上拿开啊。”

“我这是为了保护你嘛，万一被发现了，我们可以假装正在门外打扑克。”

“我还搓麻将呢！别说话了，我都听不清楚他们的声音了。”

“好像在玩手机？我听见电视剧的声音了。”

聂妈妈皱眉道：“这可怎么行，这样怎么能给我生一个可爱的孙女啊。”

“哎，这事儿也不能着急嘛，要慢慢来。”

聂爸爸话刚说完，翩跹妈妈的视频通话就打过来了，于是夫妻俩就维持着耳朵贴门猫着腰的姿势，听完了这个震撼无比的事实。

屋子里的翩跹和聂壕正在交流着如何把真相告诉他们，而聂爸爸却兴奋得差点跳起来了，道：“儿媳妇是外星人，还有UFO哎！我要买她的UFO开出去玩！”

聂妈妈糊了他一巴掌，道：“你就这点出息？就想着玩？”

聂爸爸撞到了旁边的花瓶，发出了一声轻响，接着他们就听到儿子在屋里说：“……我爸妈该不会正在外面偷听吧？”

于是，聂妈妈想也不想就冲了进去，谁知道儿媳妇登时就被自己吓晕了。

聂妈妈连忙去帮忙，道：“翩跹醒醒，我是你阿姨！”

然而翩跹并没有醒，只是在昏迷中嘟囔了几句什么“阿姨对不起”之类的话。

聂妈妈心软得不行，对儿子说：“你去拿点好吃的东西过来，给她闻闻看。”

老妈果然机智啊！知道这种时候只有美食能唤醒他的蠢女人！聂壕连忙捧了一大堆吃的过来，放到她脸旁说：“翩跹快醒醒，你看我给你买了什么好吃的！”

昏迷中的翩跹吸了吸鼻子，很快就睁开了眼睛，她环顾四周，在看清聂爸爸和聂妈妈关切的脸之后，立即扑到她怀里，“哇”的一声号啕大哭起来——

“呜呜呜叔叔阿姨我不是故意瞒着你们的，可不可以不要怪我呜呜呜……”

“没人要怪你，好了好了，不要哭了。”聂妈妈拍着她的背说。

“真的……真的不怪我吗？”

“不怪你，其实我早就发现你有点怪怪的了，只是从没往地球外面想过。”聂妈妈平静而温和地说，“既然我已经认定你是我的儿媳妇，就绝对不会改，无论你是来自哪个星球的都不会改。”

翩跹感动得再次抱住她大哭起来，聂壕只好认命地在旁边给老婆递纸巾。

这其中只有聂爸爸的思维不在状态，他兴冲冲地问：“等一下哈，儿媳妇，你来的那个星球有UFO吧？可以卖给叔叔一艘玩一玩吗？”

“爸！”

“你给我滚蛋！”

聂妈妈和聂壕两人一齐发声，把聂爸爸从卧室里赶了出去。

待翩跹平静之后，聂妈妈才问儿子：“所以她是外星人的事你早就知道了？”

聂壕点头道：“嗯，妈，其实翩跹和地球人很相似的，一起生活什么的肯定不会有问题，你不用担心的。”

“那就具体给我讲讲她来的那个星球吧。”

翩跹立刻举手说：“我来说我来说！”

聂妈妈将她按回床上，道：“你今晚好好休息，什么都不要瞎想，知道吗？放心吧，在我心里你永远是儿媳妇的唯一人选。”

“嗯。”翩跹感动地用被子盖好了自己，很快被聂壕哄着进入了梦乡。

深夜时分，冷织蕴家门口。

她的房子处于一个很高档的小区，门上安装了先进的监控系统，此时石徵正站在监控面前对着摄像头说话：“织蕴，我真的知道错了，你就让我进去吧。

“我知道我这么监视你的生活，还将你身边的人赶走，是控制欲很强的行为。但我是因为没办法和你相见才这样的，以前我不是这样的人，对不对？

“但我也明白，有些行为做错了就是做错了，我会改正。那些服务生我已经都帮你请回来了，等咖啡厅重新装修完毕，他们就会过去上班，以后我绝对不会阻挠你生意上的抉择；还有那个常来喝咖啡的小老板，我也跟他诚恳地道了歉。我跟你保证以后绝不会再做这样的事。如果你愿意给我一个机会的话，就把门打开好吗？这两年多，我都没能好好近距离地看看你。”

门内的人沉默了许久，才将门打开了。冷织蕴抱着双臂，瞪着他：“现在你看也看过了，可以走了吧？”

石徵却径直上前抱住了她，不顾冷织蕴的挣扎，认真地说：“不行，我再也不能离开你了，一分一秒都不行。”

这句话不知为何戳到了冷织蕴的泪点，她靠在他肩头哭道：“你这个浑蛋！”

“嗯，我是。对不起。”

“你知不知道这两年，我看着别人都有男朋友在身边，我是什么心情吗？”

“我知道，对不起。”

“你知不知道我现在特别想打死你！”

“随便你打，对不起。”

“一直说对不起有个毛用！别说话，吻我啊！”

石徵连忙抬起头，趁她继续骂自己之前，用力吻住了她。

然而两人的甜蜜还未持续几秒，翩跹的爸爸妈妈忽然就出现在了楼道里。

石徵的心不禁“咯噔”一跳。

“总算让我找到了。”翩跹妈妈拍了拍手，指着石徵说，“你就是那个匿名给我们爆料，说我们女婿行为不检点的家伙吧！”

冷织蕴茫然道：“你们二位是？”

“你是翩跹的好朋友吧，我们是翩跹的爸妈！这个家伙不怀好意，想破坏我女儿的幸福！”

冷织蕴眯着眼睛看向石徵，问：“你怎么解释？”

石徵认命地说：“打吧，我知道错了。”

冷织蕴一拳挥过去，怒道：“你给我滚回去继续反省！”

周六傍晚。

“小妖精，你快一点啦！”翩跹站在别墅大门口催促道。

“来了来了。”聂壕一边打领带，一边从屋里跑出来道，“其实不用着急，距离我们两家人约好的时间还有半小时，开车过去最多用十五分钟，时间足够的。”

“可是人家紧张嘛！”翩跹噘着嘴说，“要早点去嘛，万一出了什么事，我们迟到了可怎么办？”

“好好好，都听你的。”聂壕像往常一样吻了吻她的额头，两人刚要坐进车里离开，一个人影忽然“嗖”的一声跃过别墅的围墙，敏捷地落在了花园里。

“嗨。”

蹲在地上的斑烈峻在别墅的警报声里朝两人打了个招呼。

聂壕关掉警报，没好气地说：“你怎么又随便闯进别人家？出去！我们不欢迎你！”

斑烈峻指向翩跹，道：“我只是有几句话想跟她说。”

“说个头啊说，没门！”

翩跹也摇摇头，道：“斑烈峻，我都跟你说得很清楚了呀，你还是放弃我吧。”

听她这么说，斑烈峻自嘲地挠了挠后脑勺，说：“我是来跟你道别的。”

翩跹微微睁大了眼睛。

“所以有些话想对你说。说完这些我就离开地球，以后我们应该没有机会再见了……拜托你给我这最后的几分钟时间吧。”

他这么说着实显得有些可怜了，翩跹扭头看了看聂壕，见对方朝自己点了下头，这才朝斑烈峻走过去几步。

“那好吧，你想说什么？”

斑烈峻开口道：“那我就直说了，我到底哪里比不上他啊？”

翩跹认真地想了想，嘿嘿笑道：“其实好像你条件真的不错耶，人长得也挺帅，还会赚钱，家里条件也好，可爱情与比不比得上无关，我就是喜欢小妖精呀！当然啦，其实他本来也比你好比你帅！”

聂壕听了松了口气，斑烈峻却受到了十万点暴击。

他缓了半天，才说：“好吧，我懂了，看来这就是地球人说的咱们没有‘缘分’，我不会强求的，祝你们幸福。”

我方完全获胜，这爱情的战场上已经开始收拾残局了，聂壕不吝啬于展现一下自己的宽容大度，便说：“嗯，也祝你早日找到属于你自己的幸福。”

谁知话音刚落，翩跹就忽然开口道：“等一下！”

斑烈峻眼中重新燃起了希冀的曙光，聂壕则紧张地说：“宝贝你想干什么？这种时候可千万不要心软啊！”

“我没有要心软耶。”翩跹朝斑烈峻伸出手，“在你走之前，先把我们结婚的红包交给我吧！”

斑烈峻仰天吐了一口血，从口袋里拿出钱包塞给她道：“反正以后用不上，都给你吧。”

“嘿嘿嘿，你等等哦。”翩跹跑进屋里提了一大袋零食出来，塞给他道，“这些都是我最爱吃的东西了，离开这里之后你就吃不到啦，所以拿去吃吧！”

斑烈峻看着她的笑脸，不禁回想起在卡芙朵星上的那天，她也是这么对自己笑的。他用零食袋子遮掩住发红的眼眶，低声道：“再见。”接着便一个加速起跳越过了别墅的围墙，消失了。

“好好的门不走，为什么要翻墙啊！”聂壕抱怨。

然而回过头，却看见翩跹怅然若失地盯着天空，聂壕问：“宝贝，怎么了？”

“没什么，我就是忽然觉得，宇宙有时候真的很大，两个认识的人可能一辈子再也见不到了呢。”

聂壕抱住她说：“可我会永远在你身边。”

翩跹感动地抱住了他，忽然想起什么，大喊：“啊啊啊，我们还要去吃饭呢，差点就忘记了！快走吧快走吧！”

一周后的傍晚，聂壕家门口。

石徵将车停在别墅门外，下车按响了门铃，监控系统里很快传来了一个女声：“嗯？你找谁呀？”

“你好，我是石徵，冷织蕴的男朋友。”

“哎？”屋内的翩跹听到这个回答，说，“你等一下哦，我要给冷姐姐打电话确认一下。”

“不用了。”这时，冷织蕴也从车里下来，走到门口说，“翩跹，是我。”

一看到她，翩跹立刻打开大门将人领进屋里，惊喜地说：“姐姐！这几天你去哪里了，我去咖啡厅找你玩，可是你店里的服务生都说你不在呢。”

冷织蕴指了指跟在两人身后的石徵：“我去教训这个家伙了。”

翩跹猜到了什么，凑到冷织蕴耳边低声道：“姐姐，他就是以前惹你伤心的那个人吧？你们和好了呀？”

“还没有。”冷织蕴甩了石徵一个白眼，“要不要和好，就要看这家伙今天的表现如何了。翩跹，你家聂壕在吗？在的话麻烦把他也叫出来。”

翩跹完全不懂冷姐姐在说什么，但为了姐姐的幸福，她立刻跑上二楼把书房里的聂壕拉了出来。聂壕原本正在和婚庆公司的经理打电话商量婚礼细节，翩跹忽然焦急地把他拉了出来，他还以为出了什么事呢，谁知定睛往楼下一看，就看见了石徵。

“你这家伙怎么来了？”聂壕蹙眉道。

石徵看了眼冷织蕴，道：“聂先生，欧小姐，我今天是来跟你们道歉的。”

翩跹好奇地问：“你要跟我们道什么歉呀？小妖精，你认识冷姐姐的男朋友怎么不告诉我呢？”

聂壕说：“那天跟斑烈峻打完架太兴奋，把他给忘了。”

石徵微微垂下头，说：“那天是我不好。我有一些原因，一直不能和织蕴见面，所以一旦发现她身边出现别的男人，我就忍不住想把对方赶走，即使很多情况下那些男人并不是真的对她有意思。之前在沙滩边上，我看到你和织蕴聊天，聊得好像很开心的样子，所以就误会了你，我后来背着你们，偷偷给欧小姐的父母散发了一些诋毁聂壕的言论，导致他们对他很不信任……”

翩跹惊讶道：“难道我爸妈突然跑来地球，考验了他那么久，都是你的锅？”

石徵点点头，道：“对，我的锅，我背。”

冷织蕴给了他一拳，说：“道歉就道歉，你耍什么酷啊！”

石徵把头垂得更低了，道：“真的很对不起。那个时候的我因为担心失去织蕴，已经快要失去理智了，所以做了一些很疯狂的事。我愿意对你们做出补偿，你们想让我做什么都可以。”

聂壕看这家伙也是不容易，再说冷姐怎么说也教了他不少玩儿星语，他要是跟他计较那不是恩将仇报吗？于是他点头道：“行了，我们原谅你了。”

石徵眼睛微微一亮，问：“真的吗？”

“真的，虽然你是给我们增添了一点麻烦，但某种意义上你也帮了我们呢。”翩跹也笑眯眯地说，她看向冷织蕴，“姐姐，我们原谅他啦，你赶紧和他和好吧。”

冷织蕴哼道：“谁……谁想和他和好了！石徵！我告诉你，就算咱们重新在一起了，我也会时刻考察你的！”

石徵蹲在她面前，诚恳而温柔地说：“好，你想怎么考察我都可以。现在我可以抱抱你了吗？”

冷织蕴嫌弃地瞅瞅他，最后微不可察地点了下头。

石徵立刻张开双臂将她紧紧搂在怀里，冷织蕴的脸上虽然还是一副不情不愿的表情，可是翩跹发现她的眼圈渐渐红了。

所以说，其实她还是很喜欢这位石先生的吧。

翩跹忍不住靠在聂壕怀里，轻声说："小妖精，我们做了好事呢，你看他们多幸福呀。"

聂壕道："这算什么，我肯定会让你比他们更幸福。"

沙发上的两人拥抱在一起似乎就不想再分开，翩跹和聂壕对视了一眼，手牵手走上楼去，把独处的空间留给他们。

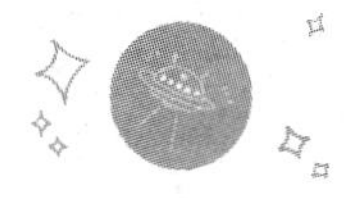

第十七章 婚礼

Chuanguo Guangnian
Aishang Ni

一个月后，早晨。

翩跹坐在梳妆镜前，看着站在她背后帮她往头发上扎镶钻彩带的婚庆公司工作人员，忍不住说："快一点呀，我好想快点去酒店！"

工作人员笑道："欧小姐一定是想赶快嫁给聂先生吧。"

翩跹还没回答，坐在后面的聂妈妈就开口道："不，我感觉她主要还是想去酒店吃东西，我那个蠢儿子提前一个月在酒店预定了很多稀有美食。"

"呃……"

"嘿嘿嘿嘿嘿，妈妈果然了解我！"翩跹兴奋地吞了口口水，"听说有比我的脸还要大的鲍鱼！一定超级好吃的！到时候我请你尝尝呀！"

被她提到的工作人员忍不住吞了口口水，说："谢谢，但只要您的婚礼完美进行，就是我们最大的愿望了。好了，您站到全身镜那里看看效果吧。"

"哦哦，打扮好了吗？"翩跹雀跃地来到镜子旁，打量着镜子里的自己，扭头问聂妈妈，"妈妈！你觉得好看吗？"

她身上的这件婚纱是找知名设计师定制的，主体是乳白色，远远看上去就像一块可口的奶油蛋糕一样。不仅如此，婚纱的裙边上还坠着很多宝石组成的食物：樱桃、草莓、西瓜等。翩跹的妆容也选用了可爱粉嫩型，头发扎着飘逸的彩带披散在身后。

聂妈妈将她审视一遍，确定没有问题后，点点头道："好看。"

"耶！"翩跹撒腿就往外冲，"我要赶紧给爸爸妈妈看看！还有小妖精！"

她打开了卧室门，高喊了一声"小妖精"，接着便朝楼下一溜烟冲去。

聂壕正和岳父岳母，还有几个哥们坐在客厅里等待，一抬头就看见他的蠢女人打扮得像个天使一样朝自己奔过来，赶忙走过去将她抱进怀里。

"我漂不漂亮呀！"翩跹蹭着他的脸说。

"漂亮，我老婆全世界最漂亮！"聂壕在她粉嫩的小脸上亲了一口，旁边的翩跹爸妈看着女儿这么美丽，不禁红了眼眶，走上来和女儿拥抱了一会儿。

孙相挚惊叹道："嫂子这婚纱这么多宝石，得多少钱啊？聂哥，不愧是土豪！"

聂壕却被他们说得十分心虚，虽然婚礼是他出钱操办的，可事实上翩跹家里比自己这个地球富二代条件好多了！他还怕委屈了她呢。不过没关系，他已经跟石徵聊过了，以后他也要去玩儿星经商，一定要让岳父岳母看见自己有照顾媳妇儿的实力！

沈炽点了点手表，提醒道："时间快到了。"

"走吧，咱们上车！"聂壕将翩跹塞进了门外的跑车里，众人纷纷坐进轿车里，朝订好的酒店出发。

到酒店门口后，翩跹被聂壕抱下车，酒店门口的客人们看到两人，立刻都拍手发出了欢呼声。翩跹幸福地靠在聂壕怀里，被他这么一路抱进酒店大厅，对从她眼前经过的每一个客人打招呼，看到熟悉的朋友时忍不住从聂壕怀里跳下来，跑过去和对方拥抱。

"冷姐姐！涟凝！"

"翩跹你今天简直太美了。"涟凝真诚地夸奖道。

另一桌的冷织蕴也点点头，道："小丫头越长越标致了。"

翩跹开心地说："你们一会儿好好吃饭哦！小妖精订了好多好吃的呢！"

翩跹又和朋友们聊了几句，直到台上的主持人开始幽默地催促了，她才连忙红着脸和聂壕一起奔上前去。

而双方的父母已经坐在了最前排的圆桌旁边。

在一番别出心裁的开场白过后，主持人问了双方几个问题活跃气氛，先问的是聂壕："聂先生，请问您和欧小姐是如何相识的？"

聂壕觉得他们相识的原因实在太复杂，最后只归结成了一句："缘分。"

场下一阵轻笑，主持人接着问："好，听说一开始是欧小姐先对您展开追求的，是吗？她都是怎么追你的呢？"

聂壕继续简短地说："砸钱。她说要养我一辈子。"

场下哄然大笑，主持人也憋不住笑道："所以你就同意'嫁'给她了是吗？"

聂壕点头，问台下的人："这么好的媳妇儿我当然要珍惜了，是不是啊？"

他那几个损友在台下大声帮腔："是！"

主持人笑着扭头看向翩跹："欧小姐，接下来该问你问题了。"

"嗯！"

"您当初看上了聂先生什么地方呢？"

翩跹揪着她头发上的彩带说："有好多地方耶……"

"没事，你可以都说出来让大家听听。"

"好！我喜欢他的双手锁骨胸肌下巴喉结——"

"停停停！"在众人的哄笑当中，主持人连忙打断了她的话，"我有预感，再这么说下去就要少儿不宜了。咳咳，其实我那个问题本意不是问这个，不过没所谓，欧小姐对聂先生的喜欢，我相信大家都深刻地感觉到了。"

三个损友继续帮腔："感觉到了！"

"好，那就不要浪费时间，赶紧让这对幸福的新人完成神圣的结婚仪式吧。”

主持人看向聂壕，问：“聂壕先生，你愿意和欧翩跹小姐结婚，并且与她相爱直到永远吗？”

“我愿意。”

主持人又看向翩跹，问：“欧翩跹小姐，您愿意和聂壕先生结婚，并且与他相守共度一生吗？”

“我也超级愿意的！”

“好，那么你们可以——”

“等等。”聂壕忽然打断了主持人的话，“在亲我老婆之前，我有几句话要对她说。”

主持人将话筒递给了聂壕，台上的灯光全都聚集到了聂壕和翩跹两人身上。

翩跹紧张地抓着婚纱裙摆，心想小妖精要跟她说什么呀？

聂壕做了个深呼吸，举起话筒道：“翩跹，咕咕咩咩咩哟。”

这句话是玩儿星语里“我爱你”的意思。

翩跹不禁感动地红了眼眶，抱住他哽咽道：“我爱你。”

台下的人虽然都没听懂是什么意思，但还是捧场地发出一阵剧烈的欢呼与掌声。

婚礼的部分结束后，台上开始有人表演各种节目，而翩跹则激动地跑下去四处问：“我的好吃的呢，我的好吃的呢！”

翩跹妈妈将她拉过来，说：“别急别急，都给你留着呢。”

聂妈妈将一盘冒着热气的蒸鲍鱼递给她，翩跹“哇”了一声，说：“真的比我的脸还要大耶！大家一起来吃呀！”

鲍鱼已经切成了一小块一小块的，翩跹用叉子插着递给双方爸妈，又塞了一块到聂壕嘴里，最后自己尝了尝，那香浓鲜嫩的滋味让她幸福地说：“好好吃哦！”

聂壕轻吻她的脸颊，拉着她在圆桌前坐下，一家人幸福满溢地吃起了午饭。

就在这时，许久未在翩跹脑海中浮现的《冒险吧宇宙》游戏系统界面忽然出现了，上面是一行加粗的大字：“恭喜您，完成了本游戏的终极任务，三十万玩儿星币和免费宇宙旅行通道已为您开启，您随时可以出发。另外，经本公司老板同意，您可以在旅行中免费带着一名伴侣共同前行。”

翩跹惊喜地瞪大眼睛，扭头去寻找石徵的身影，对方对她心领神会地点点头，她用口型对他说：“谢谢！”

“你看什么呢？”聂壕凑上来问翩跹，“你老公这么帅，应该多看我嘛！”

翩跹凑到他耳边道：“小妖精，你还记得以前我跟你提过吧，我玩的那个游戏的终极任务大礼包很丰厚的！你要不要跟我一起去宇宙里玩呀？”

聂壕问：“你拿到了？可现在去的话，我妈让咱们生孩子的事怎么办？”

“不影响呀，我们可以在飞船上生嘛，我们星球的飞船设备很齐全的。”翩跹蹭着他的脸说，“和我一起去玩，好不好嘛！”

聂壕看着心爱的老婆期待的眼神，立刻就点了点头：“好好好，都听你的！”

“嗷呜呜，我果然最喜欢小妖精了！”

翩跹激动地抱住了聂壕。

宇宙浩瀚无边，地球渺小得仿佛海边的一颗砂砾，然而两人依偎在一起时，便感觉他们是全宇宙最幸福的人。

五年后，地球上一个傍晚，夕阳顺着西边缓缓落到别墅区的山头后面，将最后一抹晚霞的灿烂留在渐渐变成墨蓝色的天空之中。

一辆豪车在晚霞的光芒当中，平稳地在别墅区的道路上行驶着，最后停在了一幢别墅门口——

那正是聂壕和翩跹的家，他们一起住了快六年的地方。

车门打开后，一个小小的灵动身影立刻从车上跳下来就朝别墅里跑去，她身后传来聂妈妈关切而略带担忧的呼喊：“鸡翅，慢点慢点，当心摔了。”

被叫作“鸡翅”的小姑娘回过头，露出一张和翩跹有八分相似的可爱小脸蛋来，她眨眨水汪汪的大眼睛，蹦蹦跳跳地回到车边，牵住了聂妈妈的手用软软糯糯的童音说："奶奶，我牵着你回家呀。"

聂妈妈的心顿时就化了，微笑着说："好。"

鸡翅拉着她的奶奶，蹦蹦跳跳地走进别墅里，此刻刚到下班时间，她的爸妈都还不在——爸爸在地球上的公司上班，要一会儿才回来；妈妈则在遥远的玩儿星出差，要下个礼拜才回来。所以当爸妈都没空的时候，她的爷爷奶奶和姥姥姥爷就会过来照顾她。

"先洗手，然后写作业。"聂妈妈像往常一样说道。

鸡翅乖乖地洗了手，坐在专门买给她用来学习的小桌子旁边，将幼儿园老师布置的作业都整整齐齐摆在桌子上，然后回头看向聂妈妈，问："奶奶，我可以吃点零食吗？"

聂妈妈说："写完作业可以吃一块巧克力，然后等你爸爸回来给你做晚饭。"

鸡翅眨着大眼睛，巴巴地看着她说："我可以吃一块半吗？"

聂妈妈摸了摸她的头："好好，那就一块半巧克力。"

鸡翅开心地晃晃小身子，拿起笔打开作业本开始写作业。

聂妈妈安静地坐在旁边，自从翩跹给她生了个孙女之后，她就将公司的主要业务交给了蠢儿子管理，自己和丈夫过来帮翩跹照顾孩子。亲家公和亲家母也常来帮忙，但由于他们的工作经常要在宇宙里出差，所以主要还是她和丈夫来帮忙照顾。

这个月，丈夫因为工作出差了，所以每天去幼儿园接送孙女放学就成了她一个人的任务。她的小孙女非常乖，而且十分聪明，在班上每次小测验都是第一名，每次她站在幼儿园门口等孙女朝自己跑过来的时候，都特别自豪。

十多分钟后，鸡翅由于写作业太过专注，慢慢把脑袋垂了下去，聂妈妈连忙伸手拍拍她的肩膀，道："坐好了，这样对视力不好。"

"哦。"鸡翅乖乖地说，看着作业本上她刚写完的一行字。今天她在班上学到了一个新词"鸡翅"，当时老师教大家念这个词的时候，所有小朋友都捂着嘴偷偷看着她笑，鸡翅知道大家都没有恶意的，只是有点不解，为什么自己会叫一个食物的名字呢？虽然她和妈妈一样都很爱吃就是啦。

于是，她扭头问奶奶："奶奶，为什么我的小名叫鸡翅呀？"

提起这个聂妈妈就有点想笑，她说："你妈妈有没有跟你说过，你是在哪里出生的？"

鸡翅应了一声："嗯，妈妈说我是出生在宇宙飞船上的。"

"是啊，当时呢，其实你爸爸也在。他们两个本来是去宇宙里旅游的，谁想没过半年你妈妈就有了你，快要生你的时候，他们的飞船很不幸地出了点故障，一时没办法回到地球，所以就决定在飞船上生你了。但是……"

"但是什么呀？"鸡翅紧张地揪住了奶奶的袖子。

聂妈妈憋着笑说："但是飞船上储存的食物不太齐全了，生你的时候你妈妈非常想吃烤鸡翅，奈何飞船上什么都有就是没有鸡翅，听你爸爸说，她生你的时候一直在喊'鸡翅'，所以，你就有了这个小名啦。"

鸡翅听完之后幸福又自豪地说："爸爸妈妈可真厉害，我喜欢这个小名儿！"

聂妈妈再度摸摸她的脑袋："乖孩子。"

鸡翅继续低下头写作业，二十分钟后就全部写好了，她将作业本交给奶奶让她检查。

聂妈妈快速看了一遍后说："全对，我们家小鸡翅就是厉害。"

"嘿嘿嘿。"鸡翅捧着小脸蛋笑了，"奶奶，那我可以吃巧克力了吗？"

"嗯。"聂妈妈从旁边的罐子里取出两块巧克力，心软地说，"算了算了，两块你都吃了吧。"

鸡翅将一块塞到嘴里，却没吃另一块，而是塞到了聂妈妈嘴里，说："奶奶也吃！"

聂妈妈感动地把孙女抱在怀里摇来摇去，就在这时候，别墅大门被人打开了，在公司忙碌了一天的聂壕回到了家。鸡翅立刻开心地瞪大眼睛，朝他一蹦一跳地跑过去，张开双臂大喊："爸爸！"

聂壕眼底的疲惫全因为这声呼喊而消弭无踪，他蹲下去，也同样张开双臂迎接：“乖女儿！”

“爸爸！”

“乖女儿！”

最后鸡翅跳到了父亲怀里，开心地在他怀里蹭来蹭去：“爸爸，我好想你哦！”

明明中午才视频通话过，但聂壕还是像几年没见女儿一样珍惜地说：“爸爸也好想你！让我掂一掂，嗯！我们家鸡翅又重了，哈哈哈！”

聂壕一手抱着女儿，一手提着公文包走到沙发旁边坐下，扭头对母亲说：“妈，今天辛苦你了。”

“这有什么辛苦的。”聂妈妈道，“好了，你休息个几分钟赶紧去给孙女做晚饭，她刚写完作业肯定饿了。”

现在聂壕对于自己是充话费赠送的这件事已经完全能够平静地接受了，他任劳任怨地站起身，脱下西服外套。

“好，去给女儿做饭！”

鸡翅立刻拿起他的外套，踮着脚想帮忙把外套挂在旁边的衣架上，但是因为人小腿短够不到，聂妈妈赶忙上前帮她把衣服挂好。

“谢谢奶奶！”鸡翅开心地说，“我去厨房帮爸爸一起做饭！”

聂妈妈知道自己阻止也没用，便随她去了，只是叮嘱道：“离灶台远一点。”

“知道啦。”

鸡翅跑进厨房，看见爸爸正蹲在地上削土豆，便拿过旁边的大蒜开始剥皮，其实以前家里是有保姆阿姨负责做饭和打扫卫生的，但爸爸总觉得她们做的菜没有自己做的好吃，后来索性就自己动手做了。没办法，谁让她的爸爸是跟全市最顶级厨师学过厨艺的总裁呢！

“晚上想吃红烧土豆，还是醋熘土豆丝？”聂壕将削好的土豆放进筐子里问。

鸡翅认真地想了想，说：“可不可以一半做红烧的，另一半做醋熘的？”

“没问题，女儿想吃什么我都给你做。”聂壕亲了下女儿软软的小脸蛋，转身站到案板旁边，快速敏捷地将洗好的土豆切成大小整齐的片状和丝状，然后问鸡翅，“再给你炒个油焖大虾和糖醋排骨好不好？”

“好呀好呀。”鸡翅开心地拍拍手。

聂壕从冰箱里取出大虾和排骨放在水盆里，麻利地将大虾处理干净，蒸上米饭，然后便开始炒菜了。

先是素菜，两道土豆很快就完成了，大虾也很容易炒，稍微有点麻烦的就是排骨，他先把排骨放进水里焯了一遍去掉血沫，然后锅里放油，将排骨炒上片刻，浇上料酒、酱油、醋和冰糖，再加上一些热水开大火炖排骨。

由于厨艺熟练，做完这些总共也没花到二十分钟。

聂壕趁着炖排骨的时候又调了两盘凉菜，一回头，看见女儿正吞着口水看着眼前那盘大虾。

他不禁笑了，拿起一个给她说：“吃吧吃吧。”

鸡翅一边咽口水，一边艰难地拒绝：“不行啦，要大家一起吃才好的。”

“没事儿，我和你奶奶都不介意。”聂壕将虾剥好，送到女儿嘴边，对方终于没能经得住诱惑，“啊呜”一口把虾肉吞进了嘴里。

那鲜嫩微甜的滋味顿时弥漫了鸡翅的整个口腔，她开心地在厨房里直蹦跶：“好好吃哦！爸爸做的饭全宇宙最好吃！”

聂壕得意地说：“那是，你爸爸我是谁啊。还要吃吗？”

鸡翅摇了摇头，挑出一只个头大的虾剥好了送给爸爸：“爸爸你也吃！”

聂壕感动地吃掉了那只虾。

鸡翅又拿了一只说：“我去拿给奶奶吃！”

“好。”

说着，鸡翅就拿着虾跑出了厨房。

聂壕又在厨房里等了二十分钟，糖醋排骨也做好后，他便端着所有菜肴放在餐桌上，呼唤道：“妈、鸡翅，过来吃晚饭了。”

一大一小原本靠在沙发里看动画片，听到这声呼喊，鸡翅立刻欢呼一声，拉着奶奶快速跑过来坐在了餐桌旁，她用力吸了一口气，说：“好香呀！爸爸好棒哦！”

聂壕温暖地笑了笑，家里有这么可爱的女儿，就算他平时工作再忙再累又有什么关系呢？

三个人开始吃饭，看着碗里的糖醋排骨，聂壕忽然想到了那个远在玩儿星出差的蠢女人，忍不住嘴角含笑地说：“当初在飞船上，要是翩跹想吃的不是鸡翅是排骨，那现在女儿就叫排骨了。”

聂妈妈也笑了：“是啊。”

鸡翅看了看爸爸，又看了看奶奶，发现两个人虽然脸上带着笑，可是眼底都暗藏着一抹淡淡的思念，她不禁也跟着心酸起来，连面前的饭菜也吃不香了，低头小声说：“我想妈妈了。”

聂壕的筷子一顿，轻轻叹了口气说：“爸爸也是一样啊。”

鸡翅索性趴在了桌子上，把下巴埋在手臂里，低声道：“妈妈如果可以早点回来就好啦。”

聂妈妈摸着她的脑袋说：“玩儿星那边的公司最近有点事，你妈妈也是没办法才亲自赶去的。想她的话，咱们和她三维视频通话，好不好？”

鸡翅委屈地靠在奶奶怀里：“可是我想见到真的妈妈，想缩在她怀里睡觉，呜呜呜……”

聂妈妈见劝不住孙女了，顿时把埋怨的目光投向自己的蠢儿子，用眼神质问他：“谁让你当初跑去别的星球开公司的！你看现在弄成什么样了！”

聂壕委屈地说：“妈，我那不是想给老婆多赚点零花钱嘛。关键是地球上的公司最近事情也多，所以翩跹才代替我去的。唉，早知道就应该让翩跹留在这里，让我去玩儿星，她这么一走，我怎么心慌得不行呢？”

鸡翅却立刻说：“不要不要不要！爸爸也不准走，我要你们都陪着我。”

话音刚落，鸡翅手腕上的手环就发出了粉色的光芒，那是三维视频通话的提示。鸡翅一看来电人是“妈妈”，立刻激动地接通了通讯，手环将一个三维影像投射在不远处的地面上，翩跹那逼真的身影便出现在了家里。

“妈妈！”鸡翅激动地跑过去，朝翩跹伸出了手。

“乖女儿，吃晚饭了吗？”翩跹也伸出虚拟的手，和女儿虚拟地触碰了一下。

“正在吃呢，妈妈我好想你，你……你早点回来好不好？”鸡翅眼泪巴巴地说。

翩跹对她神秘地微笑道：“那你现在打开门看一看呀？”

屋子里的三人全都一愣，接着一起朝着门口跑去，打开大门之后，就看见翩跹正站在她的UFO旁边，对他们挥着手，大喊道：“我提前回来啦哈哈哈！”

“妈妈！”

“老婆！”

“儿媳妇！”

三个人一齐跑过去将翩跹抱住，鸡翅挂在翩跹的脖子上，聂壕索性将母女两个一块儿抱在怀里，聂妈妈则微笑着跟在旁边。

才一进大厅，翩跹吸了吸鼻子，立刻道：“好香呀！小妖精你做糖醋排骨了吗？”

“对呀对呀，刚做好，妈妈你快来吃吧！”女儿立刻抢答道。

“好！我老公最棒啦！”翩跹在聂壕脸颊上用力亲了一口，拉着一家人在餐桌上坐下，开始这顿未完的晚餐。

门外的天空早已暗下来，无数星星在墨蓝色的天幕上闪烁，照耀着这家人的幸福与快乐。

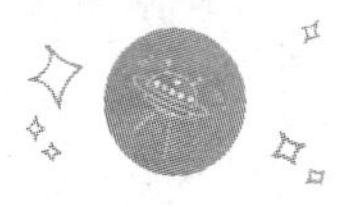

番外
美食旅行

Chuanguo Guangnian
Aishang Ni

时间回到翩跹和聂壕结婚后第五个月。

彼时，两个人正像结婚时说好的那样，开着飞船在浩瀚无垠的宇宙里遨游。

这五个月里，这对甜蜜的新婚小夫妻已经连续逛了十六颗星球，见到了很多不同的风土人情，但对翩跹来说，最重要的事情，当然还是吃呀!

所以对于到底去哪颗星球旅游，翩跹也是经过了精挑细选的。

她从宇宙网络上搜索到了一个“宇宙美食星球排行榜”，打算按着这个排行，从第一名一直吃到最后一名。

而在吃过了前十六名星球上的食物，并且做出了相应的总结后，她和聂壕正在向着排行榜上的第十七名“长老星”进发。

而这颗名叫长老星上的食物，以变化多端著名。听说这颗星球上最好吃的当属三种食物：一种是名叫变色果的果子，外表是淡粉色的，味道酸酸甜甜，还带着一股奇异的香味，让人吃一口就放不下，而且听说这种神奇的果子在某些情况下还会变色，这不禁让翩跹很是好奇；第二种是名叫紫色稻的主食，和地球上的水稻有些类似，但每一颗都是淡淡的紫色，吃起来有海鲜的鲜香味，不用拌着任何小菜都能让人吃下好几碗；最后一种则是非常神秘的长老菜，之所以说它神秘，是因为至今为止，还没有别的星球的人吃过这种蔬菜，它的美味只流传于星球上的原住民之间，据说吃到它的人会感觉到幸福无比。

虽然说现在翩跹已经生活得很幸福了，但是她还是非常想尝一尝这个大多数人都没尝过的好吃的。于是能够吃到“长老菜”就变成了这次旅行的最高目标。

其实本来他们的飞船可以直接从虫洞穿越到长老星上去的，但由于中间出现了一些干扰，导致飞船的穿越出了点问题，暂时不能使用虫洞通道了。不过好在当时飞船离长老星已经非常近了，所以聂壕便打算直接带着翩跹飞过去。

眼看着离这颗充满美食的星球越来越近的时候，翩跹在飞船里的豪华婚床上翻了个身，揉了揉眼睛醒来了。映入她眼帘的，是一片鸟语花香的景象，让她差点就忘了这不是在地球的家里，而是在漫漫的宇宙当中。

翩跹打了个哈欠坐起来，关掉墙壁上的影像投射，像往常一样用沙哑的声音喊道：“小妖精！”

“哎！”不远处立刻就传来了聂壕的回应，“等一下，正给你做饭呢！你可以去刷牙洗脸了。”

“嗯。”翩跹磨磨蹭蹭从床上爬起来，去卫生间洗漱，然而由于太困了，挤牙膏的时候不小心弄到了水池里。

她一边刷牙一边挠挠脑袋，喃喃自语：“好怪哦，为什么我最近好像越来越困了，总是睡不醒呢？”

“嗯，老婆你说什么呢？”聂壕把脑袋探进卫生间里问道。

“没有什么啦。”翩跹漱了口，转身在自家老公那英俊的脸上亲了一口，“我家小妖精好帅呀！每天早上看到你都超开心！”

聂壕得意地抬抬下巴：“那是，我可是万中选一的宇宙级别霸道总裁，当然帅了。”

“嘿嘿嘿。”翩跹扑过去跳在他身上，大喊，“去吃早饭啦！”

聂壕连忙伸出双手接住了她，抱着她来到饭桌前。

“咦……”路上，聂壕掂了掂怀里的人，不禁说道，“你好像又沉了点。”

“哼，人家只是最近吃得太好了点嘛，难道这样你就嫌弃我啦？”翩跹嘟着嘴瞪他。

“怎么会呢。”聂壕连忙亲了亲她软嫩的小脸，“我这是自豪啊老婆，以前你无论吃多少都是那么瘦，我看着都心疼，还以为是我做的东西不好吃呢。现在我就放心了。”

“嘿嘿，这还差不多。”翩跹在他脸上啵了一口，跳下来坐在椅子里，看着桌上聂壕为她准备的大餐，不禁幸福地做了个深呼吸，“好香啊！”

今天的早餐是地球上的香葱土豆饼，牛油果三明治，还有在上一个美食星球甜腻星买来的蔬菜做成的沙拉。

翩跹开心地拿起一个土豆饼，趁着它还冒着热气的时候咬了一口，顿时就被这酥酥脆脆的口感给征服了，大喊道：“好好吃！小妖精你的厨艺又进步啦！”

聂壕勾唇一笑，在她侧脸上亲了一口，说：“你喜欢就好。”

翩跹将手里的土豆饼递给他，说：“你也吃呀。”

于是两人你一口我一口，甜腻腻地吃完了这顿早餐。

而这时，飞船的系统突然通过脑电波对他们说道：[通知，飞船已经临近长老星，已从该星球外星部门取得了旅行登陆许可，是否现在就进行登陆？]

聂壕看了翩跹一眼，见对面迫不及待地点了点头，便说：[嗯，登陆吧。]

“好棒呀，终于要到了吗？”翩跹开心地趴到飞船的窗户上朝外看，此时他们的飞船还飞行在长老星的大气层上空，能隐约看到这颗星球的地貌，貌似很多地方都是原始森林，只有一小片地方看上去建筑物林立，是经济发达地区。

来之前翩跹早就做好了准备工作，她知道长老星这颗星球的文明发展程度并不低，但这里的居民有个特点，那就是他们喜欢以部落的形式生活着，目前这颗星球上主要有三个大部落，而那三种好吃的食物，则分别是这三个部落的特产。

看来，这回她要走遍三个部落，才能吃到好吃的美食呀。

在翩跹开心地幻想的同时，飞船也稳稳地降落在了这颗星球的外星飞船停靠平台上。自从这颗星球被宇宙美食家们发现有很多好吃的之后，来这里旅游的人就渐渐多了起来，也因此给这里的原住民创造了很多新收入。

翩跹和聂壕在船舱里佩戴好了环境适应器和语言学习器，还带了一两件可以用来防身的武器，便走出了飞船。

一下飞船，翩跹就对眼前看到的景象感到非常新奇：这里的人长相和地球人非常相似，唯一不同的就是他们身后多了三条毛茸茸的大尾巴，有各种颜色，随着他们走路的动作在半空中一晃一晃，看着可爱极了。他们身上都穿着部落人穿的原始粗布衣服，可是手里却拿着很高端的通讯工具，低空的停车区也停靠着很多小型汽车——也就是地球上叫UFO的东西。

对美食蠢蠢欲动的心，让她立刻就拉着聂壕直奔最近的餐馆而去。这里的餐馆布置得也非常有原始部落风味，但服务的方式却很先进。翩跹激动地拉住餐厅的经理，用当地语言问道："您好！请问您这里有卖变色果、紫色稻，和——"

"和长老菜，对吧？"经理笑呵呵地甩甩自己三条棕色的毛茸茸大尾巴，"一看你们就知道是游客啦！我跟你们说，这三种稀有美食在这里是吃不到的，你们要真的想吃，就得去每个部落的中心地带找找，这是需要机缘才能吃到的美食呢。"

擅长经商的聂壕一眼就看懂了，这不就是所谓的"饥饿营销"吗？先把美食的名头宣传出去，然后再弄得很难吃到的样子，让食客对这里的美食趋之若鹜。都是他用烂的老手段了。

不过看着身边的蠢女人一脸期待的样子，他也没有拆穿，便对经理说："谢谢，那请问部落的中心地带怎么去？"

经理继续摇晃尾巴，说："以变色果为特产的部落在海边；以紫色稻为特产的部落在平原上；至于很难吃到的长老菜嘛——"

经理故意拉长声音卖了个关子，翩跹立刻激动地凑上去问："在哪里在哪里？"

“在很危险的深山老林里，那里不允许车辆通过，也不允许使用太过先进仪器，只能徒步行走。”经理故作严肃地说，“很多游客都想去，他们在一路上都做了标记了，你们跟着走就能看到。但我真的要劝劝你们，吃了前两种食物就可以回去了，长老菜真的很难吃到，万一你们为了一口吃的，丧命在深山里，那多不划算啊。”

翩跹灿烂一笑说：“哈哈哈，不会的！我可是玩儿星的人呢，我们星球的人都很勇敢很厉害的！”

经理一听，大尾巴顿时收成了细细的条状，惊恐地说：“你……你莫非就是那个‘就知道玩儿星’的人？全宇宙军事能力排行榜上排行第十的星球？”

翩跹挠了挠脑袋，说：“唔，现在排行榜更新了，我们是第八名了哦。不过你放心啦经理，我们星球的人只喜欢玩网游，不喜欢跟人打架的。”

经理吞了吞口水，道：“好像我是这么听说过，那……那好吧，祝你们好运了。”

“嘿嘿，经理再见呀。”翩跹拉着聂壕走出餐厅，眼睛却在街上四处乱看。

聂壕好奇地问：“老婆，你在看什么呢？”

“看他们的尾巴呀！真的好可爱啊！”翩跹激动地说，“你说，他们生下来就可以把自己的尾巴当成布娃娃玩，这多开心呀。”

聂壕不禁一笑，搂着她亲了一口，问：“那接下来你打算先去哪个部落？”

翩跹说：“要去就去最难的！我们去深山老林找长老菜吧！”

“好，都听老婆的！”

两人在路边叫了辆出租车，让司机把他们送到那个部落所在的森林附近，一下车，果然看见路边有很多指示标牌，还有不少和他们一样的游客正在朝前走。

于是，翩跹和聂壕也加入了行进的大军，翩跹是玩儿星人体力很好，而聂壕为了陪她一起在宇宙里遨游，也打了专门为地球人研制的体质增强剂，所以两人走了许久都不觉得累。

但其他游客就不行了，很多人走了一半就放弃了，越往后走，留下的人就越少，最后路上只剩下了翩跹和聂壕两个人。

而天也渐渐黑了。

“今晚就在这里休息一晚吧。”聂壕说道。

“好呀。”翩跹一边说一边打哈欠，“奇怪，我最近真的很容易困呀。”

聂壕也没多想，说：“肯定是今天走这么久太累了，我去把休息仓弄好。”

进入森林时，他们身上的大部分先进仪器都被原住民收走了，只有用来储存日常用品的空间压缩器还留着，聂壕用它释放出了一个足够两人舒舒服服休息的悬浮休息仓，把翩跹塞了进去说：“宝贝你先休息一会儿，我去给你做饭。”

“嗯。”翩跹凑过去吻了他一下，便钻进休息仓睡觉去了。

聂壕又从压缩器里拿出锅碗瓢盆和新鲜食材，在树上挂了盏灯，然后开始在这静谧的深山里做起饭来。

由于他和翩跹身上都穿着能够抵御很多种类攻击的“万能外套”，所以他一点也不担心两人会在这里出危险。但是等他把饭做好，正要回头去叫翩跹的时候，却突然听到附近的树林里传来一阵窸窸窣窣的声响。

本着保护老婆的天性，聂壕还是警觉地朝发出声音的地方走去，一片幽暗当中，有个黑影从他眼前一闪而过，却也没有发动攻击就跑远了。在最后那一刻，聂壕隐约间好像看见对方长着三条纯银色的大尾巴。

是当地的原住民？

聂壕正想着，身后就传来了翩跹的呼唤声：“小妖精！小妖精！你去哪里啦！”

“哦，来了！”聂壕连忙转身回到她身边，“我刚刚听到那边有点动静，就过去看了看。”

“啊，要紧吗？你没有受伤吧？”翩跹顿时醒过来，拉着他紧张地上下打量。

聂壕勾着嘴角捏了捏她的鼻子，笑道：“蠢女人，我身上穿着‘万能外套’呢，能有什么事？我估计是有人误闯到这里来了吧，应该没事。”

翩跹这才放心下来，两人一起吃了晚餐，钻进休息仓里度过了安然的一夜。

第二天醒来后他们接着赶路，但由于后面都是游客罕至的区域了，所以他们只能摸索着自己前进。

走了半天之后，忽然看到前方有一座长长的小桥，看上去像是年久失修的样子，而底下虽然不是深渊河流，但也是个长满植物的山沟，摔下去要想再爬上来就麻烦了。

这种时刻聂壕当然是一马当先，说：“我先去试试桥稳不稳，老婆你先别上来。”

“嗯，小妖精要小心哦。”尽管知道聂壕身上有万能外套不会出事，但翩跹还是忍不住要担心他。

聂壕一步步走上了桥，其实他这么谨慎倒不是害怕掉下去，而是怕把桥弄断了，他们就没法去到对面了。这里是禁止车辆通行的区域，他也没法叫出租车来接自己。

等他一步步走到桥的后半段时，觉得这桥还挺稳的，便对翩跹挥挥手说：“老婆你也试着慢慢过来吧。”

“好。”翩跹拉着两旁的绳子一步步朝前走，然而就在这时，头顶上方忽然照下一束亮光，她不禁抬头一看，赫然发现头顶多了一辆小型飞船！

而一个异常熟悉的身影正站在飞船门口对船舱里的人说：“这片区域不允许飞行器通过，你们赶快走吧。我就从这里跳下去了，你们五天后来接我，我肯定能完成任务！”

“好的！”

话刚说完，那个身影便将长刀背在了身后，打开降落伞，然后猛地朝下一跃——

翩跹看了眼脚下晃悠悠的桥，顿觉不妙，连忙喊道：“喂！你小心不要跳到桥上呀！”

而那个身影在听到翩跹的声音后浑身一震，低头朝下看去，手上的降落伞歪了一下，顿时就带着他落在了小桥上。

赤裸着上半身，一身健壮肌肉的斑烈峻惊喜地看向面前的姑娘，只来得及说出："翩跹！没想到会在这里见到你——"

紧接着脚下的桥忽然就断裂了！翩跹不禁"啊"的一声拉着断裂的绳子朝下掉去，大喊道："斑烈峻你这个笨蛋！说了不要落在桥上的——啊啊啊——"

而斑烈峻则随着断裂的桥，朝另一边的山体摆动过去，站在桥边的聂壕已经完全蒙了，这什么情况！为什么他的头号情敌忽然出现了，为什么他的宝贝老婆突然就掉到山沟沟里去了？

他在愣怔了短暂半秒后立刻回过神来，想也不想就顺着断掉的桥往下爬，大喊："翩跹！你别害怕！我来救你了！"

然而桥的另一边却没有人回应。

聂壕的一颗心不禁揪紧了，连忙加快了下桥的动作，却在爬到最下面时看见了斑烈峻，他不禁没好气地踹了他一脚，怒道："你害我老婆掉在桥底下了，你知不知道！"

斑烈峻这会儿早就失去了往日的镇定，脸色惨白道："我不是故意的……"

"老子懒得跟你废话！"聂壕又给了他一拳，一看地面距离他已经不远了，便直接跳了下去。然后他丝毫不敢停歇，朝着翩跹刚刚掉下去的方向跑去。

斑烈峻在原地愣了片刻后，也像被人猛地打醒一般，连忙跟着聂壕的脚步追了上去，他边跑边问："你用定位啊！看看翩跹掉到哪里去了？"

聂壕在前面没好气地回复："刚进这片森林的时候当地的原住民就把我们身上的先进仪器都收走了，在这里是不能使用定位器的！倒是你，开着飞船大大咧咧就飞进来，还害得我老婆掉下桥！"

斑烈峻满脸自责道："我是来做代练的……我没想到会遇见她啊，如果知道我肯定不会……"

"好了好了，先别说了，帮我看看附近有没有翩跹的踪迹！"聂壕焦急地四处寻找着，“奇怪了，她应该就掉在这附近啊，为什么现在不见了？”

斑烈峻在附近仔细观察了一阵，忽然指着一处说：“聂壕！你看这是什么！”

聂壕走近一看，发现灌木丛上有几根纯银色的毛发。

他顿时就联想到了昨晚在森林里见到的那个有着三条纯银色大尾巴的黑影，聂壕心底顿觉不妙，难道翩跹被那个黑影抓走了？可对方抓走翩跹是为了什么呢？

“我们顺着这个毛发的方向找找看吧。”斑烈峻建议道。

此时此刻聂壕也顾不得跟情敌吵架了，点了点头，二人联起手朝着灌木丛的深处找去。

而当这两个男人走远了之后，刚刚翩跹掉下去的地方，却忽然发出了一阵窸窸窣窣的响动，紧接着，一只修长有力的手从灌木丛里冒出来，拨开了山体旁边茂密的植物，露出了一个隐蔽的洞口来。

一个金发蓝眼身材高大的男人从山洞里慢慢地爬出来，却没有立刻站起来，他先是看了一眼自己的腿，又看了一眼在山洞里陷入昏睡状态的黑发姑娘，最后摇了摇自己的三条纯银色大尾巴，爬出洞口用灌木丛把山洞掩盖住，在地上捡了根木棍，拄着它一拐一瘸地朝远处走去。

翩跹睡了好长好长的一觉，在这期间她做了无数奇怪的梦，但更让她感到奇怪的是，这些梦的背景音里都会有一个可爱的小孩子咯咯咯笑的声音，听得她心里痒痒的，忍不住就想找到这个声音的来源。

于是她在梦里伸出手四处乱抓，最后终于抓到了什么，却不是可爱的小孩子，而是……

怎么毛茸茸的？

翩跹终于从睡梦中睁开了眼睛，她迷迷糊糊看了眼自己手里抓着的东西，竟然……竟然是一条纯银色的大尾巴！

翩跹顿时就清醒了，猛地坐了起来，这才发现自己躺在一块兽皮上，而她抓着的这条大尾巴的主人，是一个金发蓝眼面容清隽的年轻男人。

翩跹愣了两秒之后，摔下桥之后的记忆顿时重新回流到了她的脑海中——

貌似，她抓着小桥的绳子摔下来时，一不小心就砸到了这个男人的身上，然后她只觉得眼前天旋地转，就昏过去了。

再看一眼这男人明显骨折的腿，翩跹顿时愧疚地咬起了指甲——呜呜呜，这肯定是被自己砸成这样的吧！也不知道这个男人把自己带到这个山洞是想干吗？该不会是要报复她吧？

但不管怎么说，道歉还是要的。于是，翩跹连忙道：“对不起，我不是——”

但她话还没说完就被清隽男人给打断了，他微微蹙眉道：“你会说我们的语言？”

翩跹指了指自己脚腕上的语言学习器，说道：“这是我们星球研发的语言学习器，里面囊括了宇宙中大部分语言，是这个教我学会的。还有就是对不起，我刚刚不是故意——”

然而她的话却再次被男人打断了，对方说：“我刚刚在下面寻找一样东西，忽然被不知名的东西砸昏过去，我的腿也骨折了，但我需要在两天内赶回部落中心的长老屋，否则大家会因为我的失踪而慌乱起来的。”

“长老屋吗？那……那你一定是你们部落里很重要的人了？”翩跹紧张地问。

清隽的男人点点头，道：“是的，我正是我们部落的长老。”

“哇，真厉害呀！”翩跹看看他的腿，心想这伤是她造成的，她得负责呀！于是她便站起来，“既然这样，还是我送你回去好了，我的医药急救包被收走了，不然我现在就可以治好你的腿的。你们那里有医生吗？可以治疗骨折吗？”

“有的，既然这样，就麻烦你了。”男人也没推辞，在翩跹的搀扶下走出山洞，“谢谢。”

“不客气，不过你有没有在这附近看见一个黑发男人呀？他没有尾巴，大概这么高，身上穿着一件白衬衫，长得超帅的！他是我老公，我掉下来了他肯定很着急的……”翩跹一边说，一边焦急地左看右看。

清隽男人沉默了两秒，道：“没见过。”

“好吧，唉，肯定是我掉下来滚进山洞里，他没找到我。”翩跹挠挠头，问男人，“你们的家怎么走，给我带路吧？”

清隽男人指了一个方向，翩跹小心翼翼地搀扶着他朝前走去。

路上，她忍不住问道：“长老大人，请问你叫什么名字啊？我叫欧翩跹。”

男人回答道：“我叫科恩。”

“哦哦，科恩长老，可以冒昧问您一个问题吗？我听说你们部落有一种超级好吃的长老菜，你知不知道哪里可以——”

“长老菜只是一个传说，并不是真的存在。”科恩淡淡地回答。

翩跹顿时被巨大的失落感笼罩了，说：“怎么会这样！我还一直想着尝一尝呢！呜呜呜，那紫色稻和变色果难道也是假的吗？”

“不，那两样东西是真的。”科恩看了她一眼，“我们部落就有储存这两样食物。等你把我送回去，我可以给你一些尝尝。”

翩跹眼睛不禁一亮，但很快就愧疚地暗淡下去：“那个……其实我有件事没跟你说清楚，你的腿骨折是因为我，是我把你砸晕的。”

“我早就猜到了。”科恩淡淡地说，“你也不是故意的，我不怪你。我们继续走吧，翻过前面那个山头就到了。”

“谢谢你不怪我。”翩跹诚恳又感激地说，“我一定尽快送你回去。不过你能稍等一下吗？我想在树上留个记号，这样我送完你回来的时候就不会迷路了。”

“嗯。”科恩点点头，坐在一旁的大石头上面等翩跹去做记号。

翩跹在树上画了一只肥肥的海鸥，看着这只海鸥，她不禁就想起很久之前，她和聂壕在游艇上玩，结果被海鸥夺走了食物，然后她掉到海里的事情。翩跹不禁噗地笑了出来，可是一想到现在聂壕不在身边，她心底就有点酸涩。

唉，都怪自己非要在宇宙里到处旅行，现在才会弄成这样，小妖精找不到她，此刻肯定很焦急吧？

“记号做完了吗？”身后的科恩忽然问道。

“嗯，好了。”翩跹点点头，“咱们继续走吧——哇！”

她一回头，就看见坐在大石头上的科恩将一条银色尾巴搭在自己腿上，毛茸茸的别提有多可爱了。她忍不住说：“你们星球的人太幸福啦，小时候可以抓尾巴当玩具，冬天冷的时候还可以用这个尾巴暖手！好萌啊！”

“萌？”科恩扶着她站起来，不解地问，“什么意思？”

“就是超级可爱的意思！”

科恩却一本正经地说：“这不是可爱，在我们星球上，尾巴越蓬松柔软，就证明这个人越机智勇敢。”说着，他还骄傲地将那三条毛茸茸的大尾巴左右摇了摇。

明明萌得不行好不好呀长老大人！翩跹努力憋着笑，表面上还得赞同他的话：“对对对，太机智了，太勇敢了。”

两人继续赶路。

而另一边，聂壕则和斑烈峻在山林里焦急地寻找着。

他们连续往前走了两三公里，都没能发现一点翩跹的痕迹，聂壕不禁停下脚步说：“越往这边走越荒凉了，我感觉应该不是在这个方向，不然还是回头到刚刚桥断的地方看一眼吧。”

“好。”斑烈峻点点头，于是两人又重新折返回了那座断掉的桥下方。这回他们仔细在四周搜寻了一遍，聂壕突然有了新发现：“你过来看，这里有个山洞！”

斑烈峻顺着他指的方向一看，山体上确实有个小山洞，只是因为被灌木丛遮掩着，所以刚刚被他们忽视掉了。

聂壕二话不说俯身钻了进去，很快大喊出来：“我找到我老婆的手链了！她刚刚肯定在这里待过！”

斑烈峻沉思了片刻，道：“或许刚刚我们看见的那些银色毛发，是有人故意误导我们，实际上翩跹可能被带着朝另一边走了。”

“……竟然跟我玩调虎离山！”聂壕也明白过来了，立刻朝反方向走去，“还抓走我老婆，等我找到这家伙，看我怎么收拾他！”

于是两人沿着翩跹和科恩刚刚走过的路前进，不一会儿，聂壕就在一棵树上发现，有人用荧光的果汁在树上画了一只肥肥的海鸥。

聂壕的眼圈顿时就红了，无数的恐惧一刹那涌上心头，说：“这肯定是翩跹画的，她……她会不会已经……”

“你先别担心，我看这幅画画得很完整漂亮，说明她画画的时候一点都不仓促紧张，那个带她走的人应该没有伤害她。”

“就算如此，也不能随随便便带走别人的老婆啊！”聂壕愤怒地大吼，“那可是我这辈子最爱的女人！”说着，他就加快脚步向前面的山头走去。

斑烈峻听到聂壕的话，心里不禁微微酸涩了一下，心想翩跹也是他最爱的女人啊……唉，不过事到如今，再说这些也没什么用了，还是快把她找回来吧。

等到太阳快落山时，翩跹终于带着科恩回到了他们部落中心，那里居住着很多部落的族人，一看到科恩回来全都恭敬地低头对他行礼，同时还用或羡慕或尊敬的目光打量着翩跹。

翩跹被看得一头雾水，扶着科恩到他的草房里坐下，说：“我去帮你叫医生吧！”

“不必了。”坐在草席上的科恩说。紧接着，他忽然站了起来！

翩跹吓了一跳，问：“你……你不是说你骨折了吗？”

“是。但我们星球的人恢复能力非常强，这点伤，今天中午其实就自愈了。”

“可我带你回来差不多用了一整天啊？”翩跹满脑袋糨糊，“既然你的腿好了，为什么你不告诉我呢？”

“因为我是专程带你回来的。”科恩一边说，一边慢慢向着翩跹走进，看向她的眼神很真诚，“我之前不是跟你说，我去山谷是找一样东西吗？”

“嗯……对呀？”翩跹隐约觉得不太妙。

“我在找的就是你。”科恩的语气很温柔，“我是我们部落的新任长老，今天是我满二十五岁的日子，部落里有个传统，那就是我需要在二十五岁时出去找到自己喜欢的姑娘回来结婚，我选中了你。”

翩跹感觉自己被雷劈中了，这是什么神展开呀！她连忙朝后退了一步，道：“不不不，我不是早就跟你说过了吗？我有老公的！”

“那不重要，重要的是你是我看中的女人。”科恩说，“我在树林里看见你的第一眼，就认定了，什么都无法阻止我们在一起的。”

“很多东西都阻止我们在一起的好吗！最重要的一件事就是：我不喜欢你呀！”翩跹急得抓耳挠腮，“我看我还是先走了，不打扰了，再见！”

然而科恩却在这时忽然说：“你不是想吃到长老菜吗？”

翩跹忍不住停下脚步，扭头看他，问：“你说过长老菜是个传说，是不存在的呀？”

科恩摇摇头，道：“其实它是真的，只是能吃到的人不多。因为长老菜就是我。在我们部落里，长老是最富有的人，拥有几辈子都花不完的钱，能和长老结婚的姑娘自然会觉得很幸福，所以渐渐地，我们这里就流传出吃了长老菜会感到幸福的传说。”

Excuse me？这是什么神逻辑啊！

翩跹试探地问：“让我猜猜啊，真实情况是不是这样的……其他两个部落都有真正的美食特产，但你们这里没有，所以你们就弄出了一个长老菜来吸引游客？”

“……也可以这么理解。”

吃货属性的翩跹顿时就生气了，说：“可恶，你们怎么可以欺骗食客的感情呢！今天我送你回来，算是我对弄伤你的道歉，你要经济赔偿的话出去了我也可以给你钱。但是嫁给你是绝对不可能的！我心里已经有爱的人了，那就是我的老公！”

说着，她就转身要朝外走，谁料一回头，才发现屋子门口已经挤满了人！这些部落的原住民们全都严肃地看着她，把她看得浑身起鸡皮疙瘩，她举起小拳头道：“你们不要小看我哦！我身上可是有万能外套的，把你们全部都打败也不是问题。”

一个面容苍老的老婆婆忽然问：“你真的不愿意选择留在这里吗？科恩一定会让你过上最幸福的生活，让你有花不完的钱。”

“重点不是钱啊这位奶奶！”翩跹严肃地说，“结婚这种事当然是和喜欢的人才能结啦！你们这种找另一半的方式太简单粗暴了，这样是不会幸福的！总而言之我现在要走了，请你们不要拦着我！我老公还在等我！”

她本来以为自己一定会被迫和这些人打一架，谁料话刚说完，这些人忽然就给她让出了道路，那个老婆婆也微笑道：“恭喜你小姑娘，你通过了我们的考验，可以得到你想要的东西了。”说着，她忽然从口袋里小心翼翼取出一个用透明玻璃罐装着的植物，那植物叶子是嫩黄色的，看着肥肥圆圆、水灵灵的，特别讨喜。

老婆婆将它举到翩跹面前道：“这才是我们部落真正的长老菜，而我，才是这里真正的长老。”

翩跹一脸茫然地回头去看科恩，问：“那他是……”

科恩回答：“我是我们部落的使者。翩跹，你不知道，长老菜是很难生长的，可能十年八年才能长成一棵，但最近，来这里想要吃到长老菜的游客越来越多了，所以我们要进行挑选，看看哪些人才有资格吃到它。”

“那你们是怎么挑选的呢？”翩跹挠挠脑袋，“我不觉得我有什么特别啊？”

老婆婆笑道：“对感情忠贞不渝，心地善良，这就是我们考核的标准，而你都达到了。所以小姑娘，过来拿着属于你的礼物吧。”

翩跹愣了半天，才渐渐地敢相信老婆婆说的是真的。

她受宠若惊地接过那个玻璃罐，说：“我一定会好好品尝它的，谢谢您长老大人！”

老婆婆摇了摇她三条白色的大尾巴，道：“不客气，欢迎你以后常来。”

“嗯！”翩跹不好意思地说，“对不起哦，刚刚对你们那么凶。我很想再多待一会儿的，但我和老公分开太久，我怕他会担心我，所以我得去找他了。”

老婆婆点点头：“我理解，去吧孩子。”

“等一等。”科恩却忽然开口。

他从屋子的储物罐里拿出了两种食物，递给翩跹：“这是答应给你的另外两种特产，变色果和紫色稻。”

“啊，谢谢科恩！”翩跹开心地说，“哇，看着好不错哎！这个变色果真的会变色哎！一会儿粉色一会儿蓝色，看着好可爱，都舍不得吃！”

然而听她这么一说，围观的群众顿时都惊呼了出来。

老婆婆也认真地问：“在你的眼里看来，变色果是一会儿粉色一会儿蓝色吗？”

“对……对呀。难道不该是这样吗？”翩跹奇怪地问。

老婆婆渐渐露出了微笑，道：“正常人看来，它应该是一会儿绿色一会儿紫色的。但只有一种人会看见你看到的颜色。”

“……什么人？”翩跹紧张地问。

“怀了孩子的人。”

翩跹愣了两秒，张大嘴完全说不出话来。而就在这时，越过茂密丛林终于找到这里的聂壕也对着她激动地喊道：“老婆我来了！你别怕，我现在就救你离开这儿！”

翩跹眨了眨眼，忽然“嗷”地叫了一声，就朝聂壕怀里扑过去，开心地大喊：“小妖精！我怀孕了，我怀孕了！哈哈哈哈哈哈哈，你要当爸爸啦！”

聂壕顿时呈现出痴呆状，盯着翩跹看了三秒之后忽然满面红光一声大喊：“我要当爸爸了！我要当爸爸了哈哈哈哈！”

跟在后面的斑烈峻不禁心痛地捂住了胸口，好不容易把他喜欢的女人找回来了，就听到这个消息，这个宇宙为何要对他如此残忍！

半个小时后，在部落里美餐了一顿的翩跹、聂壕、斑烈峻三人，准备动身离开这里了。

“婆婆，我下次再来看你！”翩跹拉着长老的手认真地说。

老婆婆微笑着摸摸她的脑袋，说：“好，祝你和你丈夫的孩子平安顺遂，聪慧可爱。”

聂壕礼貌地点点头道：“谢谢您。”

三个人转身离开之后，科恩却站在那里盯着他们离去的方向一动不动，三条大尾巴也无精打采地耷拉着。

老婆婆走到他身边低声问："你是真的喜欢上她了吧？"

科恩沉默了片刻，才说："就算无缘在一起，只要知道她在这个宇宙生活得幸福快乐就好。"